飘着药香的云

齐延龄 著

qi yan ling

中国文联出版社

图书在版编目（CIP）数据

飘着药香的云 / 齐延龄著 . -- 北京：中国文联出
版社，2025.1. -- ISBN 978 - 7 - 5190 - 5702 - 2

Ⅰ.Ⅰ247.7

中国国家版本馆 CIP 数据核字第 2024XE3308 号

著　　者	齐延龄
责任编辑	李　民　周　欣
责任校对	秀　点
装帧设计	中联华文

出版发行　中国文联出版社
地　　址　北京市朝阳区农展馆南里 10 号　　　　邮编　100125
电　　话　010 - 85923025（发行部）　　　　85923091（总编室）
经　　销　全国新华书店等
印　　刷　三河市华东印刷有限公司

开　　本　710 毫米×1000 毫米　　　1/16
印　　张　13.5
字　　数　218 千字
版　　次　2025 年 1 月第 1 版第 1 次印刷
定　　价　68.00 元

目录

带一刀 ………………………………………………… 1

张蝴蝶 ………………………………………………… 24

隔山石 ………………………………………………… 40

对　面 ………………………………………………… 56

二味中药 ……………………………………………… 85

南来北往 …………………………………………… 102

人间药方 …………………………………………… 141

情末了 ……………………………………………… 172

带一刀

一

石镇国药店由旧时万寿宫改造而成，全是厚实的木楼，上下两层。国药店有三个年龄大的老药工，一个姓戴，店里人叫他带一刀。走到哪里，背上总是背着一把刀，不是武人快刀，也不是屠夫砍刀和厨师菜刀，背面弯凹刀锋圆口，刀身比菜刀胖一点，像刀类中的胖娃。

清嘉庆二十四年（1819），带一刀曾祖父从江西樟树跟着一帮人随木船漂到涓江码头，爬上小山坡上的石镇，开了一家药栈，发迹后不可收，二十年内连开四家，几乎统揽了石镇的药材行，于清道光二十三年（1843）出资独建了江西商人会馆万寿宫。

带一刀出生后，一直生活在万寿宫这个院子里，读私塾两年和洋学四年，高小中途辍学。他从小就跟家里雇员混在一起，对中药材特别上瘾，中药的膏、丹、丸、散、水剂等制作过程耳熟能详，对药材加工如拣、选、洗、润（浸漂）、熏硫、蒸煮烫、烘烤和干燥等环节耳濡目染。

他不染指京剧、花鼓戏，对生、旦、净、末、丑及水袖、兰花指、莲花步等提不起兴趣，可对二胡声情有独钟。每当狭窄的麻石街巷传来悠扬动听的二胡旋律时，他就活跃了，他那肉嘟嘟的耳朵就会不自然抖动，发疯地欢快跑出门，追到街巷子，沐浴着琴声的时光。

十五岁时，父亲给他定了一门亲，女方叫吴福花，比他大两岁，南杂商行的大千金。

订婚之前，父亲对带一刀说："儿，你该成亲了，爹给你找了妹子，吴家的，贤惠端庄，知书达理，还能洗衣做饭，一把好手。"

"会拉二胡不？"他希冀的眼神看着父亲。

父亲愣住了，看儿子这般傻气，眼睛狠狠地瞪着他，说了一句气话："还会生娃哩。"

空气一下凝固，带一刀吐出舌头不敢往下问。

结婚那天，戴府上上下下热热闹闹喜气洋洋。拜堂时不见新郎，急坏新娘和父母，寻来找去，他独自在后院的加工室弓着腰握着刀。父亲责怪他："儿啊，到处找你，原来猫在这里。唉，咱戴家这盛大的喜事，今天，戴家的门店全歇业了，所有员工都放了假，可你还在瞎忙，快放下去洗手，与新娘拜堂。我的傻儿，人生三大幸事：洞房花烛、他乡遇故知、金榜题名。"他搁下药刀，抬头呵呵一笑："爹，今日不来加工室，我就感觉缺点什么？不快乐。你不是说，今天我家的喜事是让我快乐吗？"他父亲一下怔住，板着脸，生气地甩手就走。"爹，你等一下，我把这一手药材切完。"

完婚后，他酷爱药材的切制，在加工室一坐一整天。带一刀长大了，宽鼻阔脸，慈眉善目，中等身材。不赌不抽，也不嫖。父亲想，爱干这行也行，但不能限于药材的炮制，也要学药材的贩运和药店的经营管理，也要懂药行里五样基本技能，"称、包、写、算、切"。这五样，带一刀婚后三年基本掌握。父亲要他干采买贩运，让姓马的雇员带着他走南闯北，积累经验，练出一身处事本领，将来当好药行主事。

第一趟坐木船沿涓江逆流而上，去百里外的潭州十五总安康药栈，货没购回，钱却打了水漂，还闹出花边新闻。父亲恨他恨得牙根痒痒。至于后来，去了多地，如武汉、宁夏、河北安国、成都荷花池等，再没听说过出什么岔子了。

二

走南闯北流连颠簸几年后，带一刀执意从事药材的加工和炮制。父亲没办法，只能让他回到药房的加工室。他加工药材养成了一个习惯，收工后擅于养刀，鸡毛掸子掸去刀身上的药末和尘灰，再用油帚子清扫，打上一遍清油，然后裹一层油纸，又包一层抹布。次日，开工，只需拆散油纸和抹布在幼磨石上荡几下，药刀锋利，切在泡软了的药材上不费力，刀快顺手，想切瓜子片就切瓜子片，想切柳叶片就切柳叶片。加工室专有个小壁橱，每位师傅都有一个放药刀的抽屉，怕外人乱动伤人，药刀快得剖发丝，也怕新人和学徒乱拿，刀锋易钝和刀刃易损。

公私合营后的石镇国药店，加工室没装药刀的木橱，下班后皆放在自己的桌子上，老药工一般都懂规矩，不动人家的药刀。"修三线"回来安置在国药店的小王跟带一刀学切制，肯吃苦，又有静心，被带一刀和张蝴蝶喜欢，希望他是一棵药剂师的苗子。可有一次，小王惹得带一刀恼火。那天带一刀有事外出，小王和张蝴蝶切润软的白术，自己的刀刃不快，随手换上师傅这一把锋利的。带一刀进门看到小王握着自己的药刀，怒气冲天，上前一把将药刀夺去，盯着白亮的刀刃，用食指横着抹一下，随即哎哟一声，疼痛得像刀剐他的心似的，咆哮如雷，骂道："你这兔崽子，好大的胆子。""师傅，看你的刀快，我就用上了。""你还有理，是吧？"带一刀凶着发红的眼睛，伸手就要打小王。小王闪了下头，身子瑟瑟地抖起来，乞求地望着旁边的张蝴蝶。张蝴蝶放下铡刀慌忙地站起来拽住带一刀的胳膊，心想带一刀从没发过这么大的火气，也没动手打过人，看来小王真破了他的底线，想想只能打感情牌，说："带一刀，小王是不是你徒弟？""没错，张蝴蝶，动我的刀，徒弟也不行！"张蝴蝶见压不住带一刀的火气，也不客气，板着脸，大嗓门似的吼一句："带一刀，这是你的不对了，你是师傅，理应先教导和告诫徒弟，若小王重犯，再打他也不迟。我和你在加工室，没听你跟小王讲过，不能动你的刀。"这话见效，如一把利刃插入带一刀的穴位，见他火气缓了下来，张蝴蝶又说："带一刀，我说你还是老师傅，万事俱好，就是心胸狭窄，现在小王犯都犯了，你得原谅，小王不是别人是你徒弟，磨一磨药刀不就是多费点时间，多大的事啊。"带一刀袖子一甩，摇了摇头，唉的一声长叹，绷着黑了的脸，走近天井边一块大磨石，足足磨了一个小时，大气不出。

从这以后，带一刀捎刀下班。

三

　　一周过去迎来晴朗的一天，带一刀、张蝴蝶和小王三个人在加工室。三张桌子摆成三角形，各自在木桌上的砧板上加工，切了大半个上午，带一刀疲惫地放下药刀，仰一下胀痛的脖子，扭扭揉揉后。霎时，天外之音传来，带一刀神情怂忑不安，浑厚的耳朵敏感地抖了一下，向着门外竖起来。

　　小王随张蝴蝶抬出一麻袋的药材准备去水池清洗。刚出加工室，小王问张师傅，"我师傅正在听什么？"张蝴蝶打着哑语，指指走廊末端厕所边的房间。"啊，张师傅，我想起来了，声音似曾相识，是不是二胡声？"到了天井旁边的水池，卸下药材。果然，欢快的琴声如歌声一样传出来，富有诗意地充满对大自然的热爱。这琴声，好听。小王第一次听到，赞了一声，然后兴奋地打着拍子，打节拍感的手随着二胡声起起伏伏上下波动，琴止手停。小王木呆地站在原地。张蝴蝶把药材放入水池，轻拍打小王后背，说："小王，你也懂琴？"小王回过神后，先摇头后又点头。"你们师徒琴心相通啊。"张蝴蝶朝小王神秘一笑。

　　小王清洗完药材后，想到张蝴蝶所指的方向是师傅的房间，早听闻师傅跟小老婆生活一起。从那以后，他每次去厨房吃饭，路过师傅的房间，听到飘来的琴声，总会停下脚步侧耳倾听。时而琴声欢乐激情，时而琴声悲悯凄苦，时而琴声宁静温馨，时而琴声飘入月冷风啸之中。在张师傅没告诉他时，初次聆听，以为是窗外涓江河里小船上飘来的二胡声，或来自狭窄的麻石街道的小巷子，或从隔壁农副产品收购站家属房间传来的琴声，静气凝神谛听，皆不是，而是师傅的房间传出来的，师傅从不拉二胡？

　　小王好奇地向张蝴蝶探秘，知他酷酒，买一瓶二锅头。张蝴蝶见酒如猫见了鱼儿，伸手就扑上去，抢了酒，盖子一旋，吸了一口，眯着小眼睛向小王诡笑。小王得意，只有酒才能撬开张蝴蝶闭紧的嘴巴。可喝完，张蝴蝶只字未提。

下午带一刀收工比平常早一个小时，鸡毛掸子掸了药刀，刀刃和刀身擦了几遍油，油纸包了一层，烂布又包裹一层，然后甩在背上，急急忙忙赶路。小王收回好奇的目光，一声不吭地望着正在切药的张蝴蝶，还在心疼白花费的酒钱，实在忍不住就问："张师傅，我师傅急着去哪里？""小王，我没猜错的话，去老大家。赶十几里山路，走得快也要到擦黑时分。"小王一愣，"师傅还有老大？他不是没兄弟姐妹也没儿女吗？""唉，小王，我说的是他的大老婆吴福花，他大老婆是个好人、善人，不过人胖了一点，胖好呀有福态，招财招运。"

……

"当年，实行一夫一妻政策，你师傅拥有一大一小两个老婆，明目张胆地生活在国药店。单位老经理没逼他，但形势刻不容缓，逃不过'二选一'。有天我和他在加工室切天麻，他心不在焉地切柳叶片，我看他切一会儿叹一声冷气，有时干脆放下药刀望着窗外流淌的涓江水出神，有时起身在加工室踱步徘徊。我望着他桌上切了一堆的天麻片，尽是败片和初学的斧头片。我想说他，要是我的这帮学徒，我会毫不客气。我感到惊愕，你师傅的刀工在我之上，闭着眼睛切出来还是上等片。我知你师傅有心事，果然，他实在忍不住向我倾诉他的心结。昨夜街道办的积极分子又找到了他，这事躲不掉，他想让我给他出主意。我说：'带一刀，你在街巷子租一间简陋的房子放上一个，想看了，夜深人静时瞄准没人就过去。'他苦着脸摇头，'不行啊，逃不过街道办那人的眼睛，隔一两天就来了'。我骂了一句，'这个积极分子可恶。''张蝴蝶，这也不怪人家，事实摆在这里。'

"次日加工室只有我俩，他冷气长叹，'唉，遣哪个都是割肉啊，一个顾家，一个会弄琴，张蝴蝶这叫我怎么下得了手啊？又不能拖，总要决断。我问过大的，吴福花说，"你带她在身边吧：一来她不沾阳春水，离开你她无法生活；二来你也离不开二胡声，我也不想你今后跟我生活在一起丢魂落魄"。大的说完，泪珠从眼眶滚下来，往脸颊淌下，眼神呆滞。我心如刀绞，轻轻拍了拍她，说，"我会待你如初"。"这我知道，我也不会怪你。"大的说完搂着我的腰，俩人抱头痛哭。安静后，推开小的门，小青托着胡琴说，"戴哥，我什么也不要，妻名也不要，只要能跟着你戴哥，这世间，你识我的琴声"。小的一把眼泪一声哽咽，我也哭了，正如大的所言，小的离开我无法生存。没有大的生活会是一团糟，没有小的日子还空空落落。要下决定，就要在心上割来割去，都是很疼的一刀。'"

张蝴蝶深深叹着气，接着又说……

"万籁俱寂的夜晚我睡在木楼上。下面走廊末端，响起走来走去的脚步声，沉重又无措。随之而来的是从你师傅的房间传来了琴声，在我粗人的感觉中音符有些高高低低长长短短。"小王搁下了药刀，问一声："张师傅，是不是时而幽咽微吟、时而激愤高歌、时而深情倾诉、时而呻吟叹息，琴声诉说拉二胡的处境艰难前途渺茫？""对对，小王，当夜整个院子弥漫着一种独自的孤冷和生活面临的彷徨迷茫。"

"张师傅，这是民国时的产物，不能怪我师傅啊。"

张蝴蝶没接小王的话，好似醉了一般，滔滔不绝："你师傅的大老婆遣送到石牌村那个山沟地方，听说单位老经理（也就是那个南下干部）和街道办的主任一同去了。你师傅没去，他下午没上班，沿着涓江河漫无目的地走。小王你说怪不怪？谁也没告诉他，你师傅竟然知道。次日竟然找到了吴福花的新家。他告诉我的，冥冥之中心中就有目标，没去打听，一路走去，也没走错。从此，你师傅养成习惯，每月发了工资后，他兴奋不已，当日下午向我说一声，提早一个小时动身，走到石牌村，当天晚上又赶回来。"

"张师傅，听说我师傅的小老婆，二胡拉得好。""对对，琴声拉出，整个屋子氛围或悲或喜或忧或欢。你师傅就好这一口，兴致很高的听客，不时地边打着拍子边摇头晃脑地哼起来。酷爱琴才纳了这位拉二胡的小青。其实，你师傅当时与吴福花结了婚，算不得你侬我侬，但生活也算平静。可坏就坏在姓马的雇工带他到潭州进货，那年民国三十六年（1947），路过潭州十八总怡春院时，小青拉出一曲欢快又明媚的二胡声，如蝴蝶似的悄然地从红窗飞出，钻进你师傅耳朵里。宛若小鸟挟带原野的花香飘来的啁啾声，抑扬顿挫，顿时，令走在狭窄的麻石街道的你师傅耳目一新，心神舒畅，眼前一片曼妙春光。这奇妙又磁性的琴声如一根线牵着他的心，辗转之间踏进馥郁的胭脂香味的怡春院，又噔噔登上红色的小木楼，吱呀推开二楼一间虚掩的门。他顿时被眼前的一幕所惊艳，燃起的滴泪的红烛，昏黄色的光芒在清风拂动下忽闪忽闪，透过粉红色的丝帐，见到鲜红的柔软又富丽的绸缎被面，妙龄身姿袅娜般端坐在床前靠背的红漆木凳上，两个小巧并排的膝盖托着琴筒，纤纤玉手抽弄着琴弦，动作优雅，楚楚动人。你师傅看着看着，木呆出神，等他醒过神来，口里蹦出一句震惊了小青：'我要听你一辈子的二胡声。'小青弦止，见这个愣头青如此琴痴，脚有些乱，忙起身向他鞠躬又矜持含笑，说：'终身大事，公子莫儿戏。'他向小青拍着胸脯斩钉截铁地说：'男子汉大丈夫一言九鼎。'跑下花楼，找到马雇工要保管钱袋。马雇工愣了下，警惕地将钱袋捂紧，但又一想，少爷要保管钱袋不妨让他保管，到时进货还得他亲自验货算价付款。东家不是叫我带他历练吗？给他机会。从没料到少爷拿着一包银圆趸身走进怡春院把'二胡'赎了出来。马雇工马前失足，无颜待在东家，辞职走人。带一刀牵着腋下挟着二胡的小青踏进门时，被吴福花看见，想着带一刀的身心将要被眼前这位白皙又妙龄的小女人分去一半，瘫倒在地，伤心地哭得死去活来。风烛残年的老娘闻声出来，看见这一幕，扶起儿媳，臭骂了这个不争气的儿子。父亲见贩回的不是一船药材而是一个乐妓，心疼自己白花花的银圆，又气又恨，反而劝起儿媳，说我们不承认，就当这畜生雇回一个女佣。吴福花见公婆态度鲜明，心情舒畅了许多，生米已成熟饭，哭完后还得过日子，加之小青也对她礼貌，说：'姐，你放心，我小青进了戴家的门，就是来伺候姐的。'老大听着心里温暖了许多，看了一眼纯净的小青，反而怜悯起这个苦难的小女子。

"你师傅和大师娘结婚住在万寿宫院子的一层，靠天井边。后来带回的小青，把她安排在二层的木楼。带一刀下了班，就爬上二楼欣赏小青的二胡，一阵欢愉后，哪会回到老婆吴福花身边？两人欢欢喜喜，卿卿我我，宿在一处。吴福花先是叫带一刀回自己的房间，可叫不下来。父母也懒得管。吴福花也没办法，独守空房。虽没补办结婚，但上上下下的人都喊她小太太。

"到解放后，这万寿宫不属他家的了，公私合营时统归石镇国药店。经理这个南下干部还讲点人性，给他一大一小各分了一间房，位置偏僻，紧挨厕所。厨灶临时搭在走道上，大的在厨灶上忙来忙去，小的一般不出房门。街道办有个积极分子，住国药店隔壁，挺关心带一刀一家，对经理说：'要破除资产阶级的腐朽奢侈的风气，不能让姓戴的坏分子今天跟大的睡明

天跟小的睡，不准许这些奢侈和没落的旧遗风带入新社会。''好，我马上批评小戴要他改掉，只能睡结婚的这个老婆。'

"转天清早，积极分子逮到带一刀从小老婆房间出来，气愤地来找经理。经理认为他无事找事，小题大做，反驳说：'小戴从小的房间出来不错，并不代表他在小的房里过夜。''经理，你包庇下属。'气得积极分子转身就走，丢一句，'好，我会在他俩行苟且之事时捕个正着，到时看你还怎么护犊子？'从那以后，你师傅避嫌不敢去小师娘的房间，拿东西或叫小师娘吃饭，总叫大师娘去喊。那个积极分子有这个由头无所顾忌，有时晚上在走廊过道上蹲守，有时也躲在臊味熏天的男厕所。遇到大师娘，积极分子脸色如仇敌一样，看到小师娘，眼神温柔、一脸讨好地淫笑，来了几次胆子大了起来，大白天溜进你小师娘的房间。小师娘正在拉二胡，他忍不住动手动脚，小师娘害怕不敢喊，恰恰被大师娘撞见，大师娘早就看他贼眉鼠眼不怀好意，留了心，气愤地甩手给那个积极分子一个耳光，随着噼啪一声，小师娘嘤嘤地哭了起来。国药店的人闻声向带一刀小的房里跑去，抓了个正着。积极分子理直气壮地辩论，说：'我没欺她，是抢她的二胡。'经理也不客气，狠狠地剋了他一顿，还向街道办主任反映，从此，那积极分子也不敢来国药店了。

"你师傅拥有两个老婆的信息在石镇传开，初来石镇的新人听到有这稀奇，总想看看。摸进万寿宫，走在又窄又弯又长的走廊里，向左边的每张门探望，可怎么也发现不了你师傅那靠近厕所阴暗潮湿又臭气熏天的两间房子。即使知道，这两间的房门紧闭，也欣赏不到一大一小的容貌，失望而去。经理碰到一拨又一拨的外人来瞧稀奇也别扭，脸挂不住，担心纸终究包不住火。虽街道办的那个积极分子不露面，但镇上还有不少的积极分子，往上一报，又该倒霉。你小师娘受了上次的惊吓，整天拉二胡，演奏什么吟？以遣愁绪的。唉，我不记得了，有个病字。"张师傅拍了拍前额，"哦哟哦哟真忘记了。"

"张师傅，应是《病中吟》吧，听上去像人走在荒野渺茫无目的的味道。"小王懂琴曲，补上了一句。"对对，拉出声音，好像病人嚼苦参，越嚼越苦，如肚里回流无边无际的胆汁。唉，你大师娘每天做饭、洗衣、打扫房间，有时她也坐在小饭桌边呆神半天，脸上挂着一丝拨不开的忧郁。

次年，街道办的那个积极分子受了一肚子的气后，越过街道办主任向石镇政府的新书记告状。新来的书记不知情，批评经理明目张胆地包庇，这给带一刀带来一些压力。这节骨眼上必须发配一个。"

小王惊讶师傅有这磨难的经历。"张师傅，我师傅的工资也不高，一个月工资不过六七十元钱，两个地方要用不捉襟见肘？"

"小王你说问得好，你师傅常常为这事犯愁。有天，你师傅来加工室，脖子上两条一寸长的伤痕，一看是指甲的抓印。我很奇怪，问带一刀，你这是怎么弄的？你师傅忙掩饰，说在涓江河边散步从草地蹿出一条凶狗，跃起来咬他，闪开后，不料脸颊还是被狗抓了两下，气恼地捡起地上的石块砸去，可狗跑得无影无踪。'啊呀，带一刀，你快去镇卫生院打一支狂犬疫苗！''没事，不就抓了两下吗？张蝴蝶，我没那么金贵。'他的眼神躲躲闪闪，一看是撒谎。不一会儿，后院厕所边传来悠悠的二胡声，演奏的曲子忧虑又伤感。我坚定了自己的猜测，不好再坚持让他去打疫苗。他一脸的尴尬，起身手忙脚乱地关了加工室的木门，想挡住那忧伤的琴声，但还是隐隐约约地听到二胡声。快下班时，他又冒了一句：'张蝴蝶，你是副经理，我听经理说，单位要普加一级工资，不知几时能加到位？''带一刀，普调是县公司的事，我没见公司文件，也没听经理说过，估计要到猴年马月。'带一刀听后神情沮丧又在叹气，唉了一声，好像他的情绪如他的日子一样难熬。后来，听隔山石说，上厕所时，他听到你师傅和你小师娘吵起来。你小师娘的二胡拉出声音显得嘶哑，本让你师傅去买松香来擦拭。他就没去，到石牌村去了。这还了得，心没在你小师娘的身上，他哪肯罢休？'张师傅，我师傅为何不实说？''唉，小王你真是小孩子，之前，我跟你说过，小青进门，对大的吴福花说我是伺候姐的，那过场话，一旦融入这个家，任何女人，心再宽怀，在爱的这方面都不肯相让。'小王摸着头羞涩地笑，'我师傅真幸福，有两个女人爱着。'张蝴蝶又说，'你别看你小师娘看似柔弱小女人，可内心比一般男人刚强。'"

四

隔山石从市门走进加工室，打破他们的聊天。惊得小王停下刀，抬头往门口望。张蝴蝶看到隔山石进来，以为门市催饮片，敛了言，转头朝隔山石笑，"石公公来给我们下指示"。"别别，张经理又取笑我。我是来传话的，经理在县公司开会，刚才他打回来的电话我接了，通知你和带一刀下周星期五参加市药材公司举行的中药饮片比赛。""石公公，有带一刀去，我就不去了。""不行，这是经理的指示，你也是分管业务的副经理，再说在潭州，谁能将一颗槟榔铡切出108片，片片能吹起，飞得像蝴蝶，还只有你张蝴蝶。""石公公，那是老皇历了，现在不行，年老眼花没气力了，看来经理想让我显丑。""别别，经理和县公司领导想让你们两位露一手，等着两位大师傅为我们店和县公司争光。"说完后，隔山石的目光不安分地在加工室里到处巡视。小王知道隔山石在找什么。"石师傅，我师傅出去了，等会我告诉师傅。"小王点头向隔山石笑。

时光一晃，临近比赛的日子。出发时，带一刀把药刀背在背上，小王看了师傅那行头替他担心，摇了摇头，心想不是侠客背什么刀，嘴巴嗫了几下，忍住了没说。带一刀没注意小王的表情，看见张蝴蝶两手空空出来，故意在张蝴蝶前抖了抖肩膀，还提醒说："也带上你的宝贝。""不带，若我带了，那我不也姓戴了？"张蝴蝶调皮地直撑带一刀，可带一刀定定看着他。"哈哈，老兄别鼓着眼瞪我"，张蝴蝶阴阳怪气地笑，"你看看，我们店、县公司至市公司，还只有你这个带一刀，活宝级的人物，我算过啥呀？还敢带刀去？不是虱子身上耍大刀不知天高地厚。""哎呀，张蝴蝶你咋想的啊？我们参赛是为单位为县公司争名誉，到时，就不要临阵磨刀，不要把金贵的比赛时间花在不必要的地方。""带一刀，好是好，你想想，参赛的人数一百多，个个带把药刀和铡刀去成何体统？比赛的加工场所早备了切药工具和润好的药材。""哎呀，张蝴蝶我替你想，到时，你上场拿到不是锋利的药刀怎么办？我告诉你张蝴蝶，我们俩都要争名次，为成工作表率，为中药饮片的发展和今后传承而努力。""有你去了，名次十拿九稳。"张蝴蝶调皮地夸了一下带一刀。"张蝴蝶，你夸我也没用，我的铡刀功夫差你一个等次。"

最终带一刀没说动张蝴蝶带铡刀去，很凑巧两人乘坐解放牌顺风车，到了潭城的市药材公司。在比赛场，备十二把药刀和十二把铡刀，还有五块磨刀石。比赛分十批次，一批十二人，在限定时间内，给一定数量的浸软的药材，比切的饮片质量和数量，各占成绩50%。张蝴蝶上场，拿起圆形砧板上的一把药刀，握上去没握住，刀柄忒大，手又横着往刀刃一刮，粗糙迟钝没刀锋，急坏了他，心里叫苦不迭，后悔没听带一刀的，虚汗从额头往外滴，浸在脖颈上凉飕飕，又急着去磨刀，白花了金贵的七八分钟。而轮到带一刀这一组，他用自己带来的药刀，得心应手。参赛下来，张蝴蝶虚脱一般。张蝴蝶质量得的分数和带一刀一样，数量少一点仅拿了第二名。带一刀半安慰半调侃："张蝴蝶，也好，要你也带把药刀来，第一名轮不上我。""带一刀，你还是师傅，比赛经验比我足。"

次月，秋爽的一天上午，带一刀代表市公司参加省药材公司中药饮片比赛。隔天，他带着自己的一把锋刃的药刀，乘坐客车，抵达潭州汽车站，又转长途客车去省城。人多拥挤，刚爬到车门，后面一个左肩膀搭着一件夹克衫的年轻人使劲往上挤，把带一刀堵在车门口，推了他一把。带一刀跌倒，爬起来见年轻人不道歉，火气一蹿，两人争吵起来，又相互推搡，不料这时药刀掉在地下，碰在车子过道里的铁板上嘣咚一响，油纸破了抹布也被切开，雪亮的刀锋闪着一线慑人的寒光。年轻人见状边退边喊："快跑，拿刀杀人了。"乘客惊惶又恐惧地尖叫，乱成一团，司机赶紧报警。公安员以持刀行凶把带一刀抓了起来，押到车站派出所。当时，有个从潭州贩运衣服乘车回来的人，看到被押的人有些眼熟，想起戴婆婆的娘家人，回家告诉吴福花。吴福花打着飞脚，跑了十四里崎岖的山路，上气不接下气地来到石镇，冲开国药店加工室的木门。小王正在切生地，抬头见中年大婶慌慌张张，救命似的喊着张师傅和石师傅，答了一句："哦，石师傅在门市，张蝴蝶送货去了门市。"不见这两人，吴福花急得坐在凳上直哭。听了原因才知师傅被拘，眼前大婶是大师娘，小王一惊，心里一阵后悔，之前不该犹豫，要提醒师傅。他丢下药刀，安慰说："大师娘，您莫急，师傅

只是背把刀又没砍人，说明情况，会放出来的。我带你去见张师傅和石公公。"小王起身领着吴福花跑步去了门市。见到张蝴蝶和隔山石，吴福花一把鼻涕一把泪水地要他们设法救出她的老戴。不知谁走漏了消息，全店都知道了这件事。不久，带一刀的房间，传来恐惧和担忧的琴声。张蝴蝶、隔山石、小王和吴福花几人回到加工室，被急促又焦虑的二胡声，弄得人心惶惶，在压抑的气氛中几人商量。张蝴蝶望着隔山石说："这不是带一刀个人问题，是石镇国药店、县公司、市公司的名次和荣誉问题，不能错过省里比赛时间。"隔山石紧张地说："问题重大，要不要给经理汇报？"张蝴蝶冷静地摆了摆手，说："来不及了，经理在外地。还不如打电话给我的女婿，他在市公安局，方便。""好，张师傅，只求您女婿了"，吴福花向张蝴蝶深深地鞠了几躬。隔山石推了张蝴蝶一把，"好好，你别磨蹭了，快点去。"小王悬着的心落了地，先给吴福花泡了一杯茶，然后又和张蝴蝶跑到单位的电话机旁。张蝴蝶拨通他女婿的电话，女婿知晓原委并了解带一刀的为人，在岳父面前哪敢怠慢，赶紧说，戴伯的事包在他的身上。张蝴蝶回到加工室，把落实的情况，告诉大家。吴福花激动得满脸泪花，又向张蝴蝶说了几句好话，回石牌村了。

张蝴蝶的女婿当即就把车开到车站派出所，同所长说明了原委。所长让办案的民警把带一刀从审讯室放了出来。带一刀不走，回头笑着说："我还有药刀，没刀我怎么去比赛？"所长叫办案民警把药刀归还给他。带一刀又把药刀背在背上，所长笑着说："老爷子，带把刀走，不方便也不安全。"带一刀笑了笑说："这是我的宝贝，刀不能离人啊。"

张蝴蝶女婿当晚开着警车把带一刀送到长沙红叶宾馆。次日带一刀的情绪未受影响，比赛一帆风顺，还夺了头魁。带一刀背上背着一把药刀手里捧着一张大红奖状，踏着凯旋的步伐笑着回来。全店的人去迎接。小王凑上前，一把接过带一刀手里的奖状，边看，边吟诵："哦哟，全省中药饮片比赛第一名，啧啧，师傅您了不得，我得好好努力向您学习。"带一刀指着张蝴蝶、隔山石说："小王啊，师傅只有笨手艺，这些老药工才有真功夫，值得你学习和传承。"张蝴蝶和隔山石跑步上前，张蝴蝶先拥抱着带一刀，说："带一刀，你行啊，跟我们这帮老东西脸上涂了金。""哈哈，张蝴蝶多亏你，没你女婿，我还在号子里蹲着哪。""嚯嚯，得了不少奖金吧？"

带一刀惊得颤了一下，马上否认，说："没没。""放心我会保密，我不告诉小青。不过有个条件，搞瓶小酒三个老东西庆祝一下，隔山石你耳聋了？""没，张蝴蝶我隔山石听到了，要大庆，还叫上小王和经理。""隔山石，你还没聋，你这提议好。""行，我听你们二位的。"带一刀笑着回答。"到时，还叫上小青演奏一曲欢乐又明快的二胡。""好，随你们。""这才对了，带一刀。"隔山石说着上来也搂抱带一刀，手触到带一刀背后的药刀，敲了敲铛铛响，"唉，老兄，以后莫带这个，出差不方便，你闹了这一出，让我们和你的老婆都担心。"小王补了一句："对，师傅，石师傅和张师傅说得好，您是医药系统的宝贝，不能有闪失了。"带一刀笑了笑，看看他们，又拍打几下自己的胸脯说："我这不是好好的吗？"张蝴蝶叹了一声气，"唉，你说没事就没事，可你害苦了你的吴福花，前天晚上她为你跑断了腿。"带一刀惊了下，一把将隔山石推开，问张蝴蝶："她是怎么晓得了？""带一刀，我也不知她是怎么晓得的，没她传讯于我和隔山石，你现在还蹲在看守所。"带一刀一想，是张蝴蝶的女婿来接他出去的，相信张蝴蝶的话，眼睛一下潮湿了，柔和地说："吴福花这女人重情。"话刚完，揉了揉眼睛就往自己的房间跑去，放完东西跟小青打了一声招呼，又跨出门。他后面跟来一个细细的声音，"戴哥你又要去哪里啊"？带一刀不理小青，出门跑得不见踪影。

隔山石狂奔过来，追着他的背影喊："带一刀莫走，经理今晚为你备了一桌庆功宴。"可带一刀脚没停下，如风一样出了街道，朝那个山沟奔去。张蝴蝶一把抓住隔山石，"你莫管他，他去石牌村你拦也拦不住。隔山石，我们还是要庆祝，今天，我也太高兴了"。又向小王喊："叫上你小师娘。"小王上前扶着小青往厨房走，刚走几步小青就挣脱了小王的手，抹着眼角的泪水，一声不吭地进了自己的房间。

带一刀回来那夜快三更了，住在二层木楼上的小王睡不着。从走廊的末端传来凄凄冷冷的二胡声，好像演奏的《流波曲》，有点流落他乡生活困苦之意。他从床上爬起来，蹑手蹑脚下到一层，在走道中谛听，心想师傅惹小师娘生气了。住在隔壁的张蝴蝶也披衣起床，走到楼道去给泡了一天一夜有毒的草乌放水，闻声向小王问了一声："你师傅还没有回来？""不知道，只听见这孤寂又冷凉的琴声。"张蝴蝶哀叹一声："这个带一刀一定领

了不少的奖金。"小王懵懂地问："张师傅你怎么晓得？"张蝴蝶不解释，催道："小王你去睡吧。"张蝴蝶下了木楼，走到洗药池，见带一刀在放水，惊讶地问："回来了？""刚回来。""唉，带一刀，你可以明天去，冷了我们几个人的心啊。"见他没吭声，转而又说："带一刀，你问过你吴福花的，我没扯淡吧？""没有，"带一刀点点头，又说："她很担心我的，不送个信，我心里过意不去。""唉，带一刀，可以明天去，吴福花又不知你今天回来了？你想过没有，你一走，扫了老经理面子不说，还让小青难过，同为女人。"

<h1 style="text-align:center">五</h1>

时间跑得飞快，转眼冬季。呼啸的北风穿过石镇窄小的街道，向国药店的院子涌去，横扫着穿上厚厚棉袄的行人。带一刀、张蝴蝶也穿起长袍工作服。加工室的煤火散发着大量的热气，汇集着一股又一股无形的暖流向外面袭来的寒意川流不息地挤压。此时，一个脚穿解放鞋的陌生人轻轻地叩门。张蝴蝶把门拉开，挟一股寒气的人闯了进来，搓着冻僵的硬茧的手掌问："哪个是戴师傅？"带一刀手握药刀客气地站起来，笑着说："我是，你找我有什么事？""戴师傅，你姐夫死了！"带一刀惊了下，身子僵住，哐咚一声，药刀掉在砧板上，坐在木凳上想着大的吴福花发呆。

吴福花没过过几天好日子。遣散石牌村，村干部逼着她跟比自己大十几岁的穷单身汉结为夫妻。一大一小两间茅房，吃了上顿没下顿，但男人老实肯吃苦。夫妻不是那般恩爱，吴福花会过日子，精打细算，勉强度日。除带一刀捎点钱外，再没为她家出过力。一晃，五年过去了，今得到报丧，她穷男人在农田打药中毒而亡，想着大的命苦，一阵心酸和落寞涌入带一刀的心头……

小王起身给报丧人泡茶去了，张蝴蝶看客人站在那里，忙递上小王坐的木凳，并提醒带一刀："带师傅，不要过分哀伤，把客人领到你房里去。"带一刀才回过神，出去买了一包烟给报讯人，又领着客人去房间。那人进

14

门叫小青一声嫂子，小青没答。带一刀也懒得解释，免得小青猜七猜八，又会迎来一时心冷和忧愁的琴声。女人口里说得好的，心里就是过不了这个坎。小青上了一杯茶后，也不想与陌生人交流，怕他们打听自己的过去，借故上了厕所。

过两天，带一刀借了一千元钱，请张蝴蝶、隔山石和小王一同去石牌村。带一刀出门，挎了黑色的帆布袋。小王提醒带一刀："师傅，你药刀呢？"隔山石看了布袋眯着眼向小王笑。带一刀反手往后背拍了拍，"袋子在刀也在"，露出自信的微笑。小王一下悟出，自讨没趣，不该提醒时提醒。自从带一刀背药刀出了幺蛾子，他也想到了安全问题，袋子由麻布换成帆布。到了吴福花的家，带一刀也没把自己当客，自做了白喜事的都管，亲自上阵，安排隔山石采买，张蝴蝶切案，小王跑堂。丧事办了两天，一道响器就把吴福花的穷男人送上了山。当地人都说戴婆婆的娘家人够情义。大的成了寡妇后，带一刀仍然一个月送一次钱。

六

很快到了乱哄哄的时期，那个街道办的积极分子又活跃了，当上石镇革委会副主任，鼓动一群嫩学娃闯进国药店揪斗老经理、带一刀、张蝴蝶和隔山石，当然，第一个拿带一刀开刀，谁叫他拥有两个老婆？批斗会上，大的吴福花小的小青也被他们押来戏台，两个老婆站在他一左一右。老经理弯下腰求着那积极分子说："我该斗，带一刀也该斗，可他原先的一大一小的老婆不该抓来。"那个积极分子咧嘴凶着眼，说："我们是斗'地富反坏右'，她们两人都是地主婆。"老经理跟他解释："主任，大的吴福花早就遣散到石牌村了，现在是贫农的家属。小青也没做坏事，天天守在家，老实本分。"那个积极分子狠毒地剜了他一眼，说："你这个右派分子到死还给地主婆求情，怪不得你一直包庇他们。倘若我不厉害点，张蝴蝶和隔山石还在国药店，带一刀还在重要的岗位，他们在救死扶伤的战线上随时有可能毒害人民群众。你的小心思，我一眼便知，想把地主婆庇佑在国营单位没门，"又挥了挥手，"押到台上去。"嫩娃们一窝蜂地押着他们上了戏台，斗完后又游了一圈石镇街。

带一刀变得没什么脾气，像他这种身份的人早就要停职下岗扫地出门，好在老经理顶着压力，让他在国药店煮饭和扫地，还仁慈地留给他家一间房。张蝴蝶和隔山石就没保住，下放到乡村。通知带一刀不能加工，转岗煮饭和打扫卫生。出加工室时，他先还接受不了，腿一软，头一晕，瘫倒在地上。小王见状把他扶起来："师傅，上面叫你休息，为你着想，切制了半辈子的药材，该你指导我们这班年轻人了，这样就能更好地把你的手艺传承下去。师傅，有我在，中药炮制的手艺失不了。师傅，你空闲时多来指导。"小王也不便直说，从另一个角度安慰带一刀。带一刀一下死死抓着小王的手，就想听小王这句话，眼睛闪着晶莹又湿润的泪花，心一下子敞亮，情绪稳定了不少。

过了一天，带一刀忍不住，拿着扫帚站在熟悉的加工室门外。小王放下刀出去，开门就看到带一刀："师傅，你想进来，就进来坐坐吧。"带一刀摇了摇头，像个委屈的孩子。

有日天没有乍亮，带一刀起床去厨房生火做饭，打开煤炉的火门，不自然地走到天井左边的水池边，弯腰挽起衣袖摸摸池中的药材，拿上来，或掐几下或捏几下，探一下湿度和软硬度，比较硬就丢进水池，继续浸润，软化适宜，就把水池的水放掉。小王早上起来放水，常常看到水池的水早已放空。

一日半夜，带一刀睡不着，起床拿着发亮的药刀，用抹布擦拭几次，实在忍不住了，摸着墨黑的夜色，摸进了加工室，将浸好的白术切了起来。虽然声音轻微，但在寂寥的深夜还是发出铿铿的响声。小王下楼解手，听到加工室小响动，他知道这是师傅，于是轻悄悄地走过加工室上楼睡觉。

又有一次，他打扫了加工室的卫生，看小王切片、铡片，看着看着，情不自禁地跑进房间，爱不释手地摸索自己闪闪发亮的药刀，不由自主地提刀走进加工室，坐在凳子上，拿起药刀切苍术，瞬间愣住，"我现在能坐在这里吧？我的身份不对？"又摇了摇头，哐当一声，把跟了自己几十年的药刀搁在砧板上，眼睛潮湿。小王看见忙安慰带一刀："师傅，有我在，不要怕，师傅你切啊，切呀。"

"唉，师傅不是来切药的，师傅来送药刀，师傅用不上了，好刀留给你用吧。"带一刀哽咽，声音嘶哑，满眼是泪。

"师傅，你不用怕，我来给你守门。"带一刀瞅着注视门外动静的小王，眼眶内噙着热泪。他得放下，把热爱的事业留给徒弟小王，从那以后，心中一块包袱就放下了。"师傅，我知道你珍爱这一把药刀，时时带在身上，比您的命重。师傅，暂且我给你保存，到时，你返回岗位，我再给你……"

经过挫折，带一刀把世事都看开。小青在夜阑人静时拿出藏起的心爱的二胡，拉出一曲阿炳的《二泉映月》，寄心于曲，如泣如诉，人生坎坷和凄苦画面生生地一幕一幕地展现，好像这声音如利器一样一刀一刀刻在带一刀的心上。他惊吓了一跳，快速跑回房间，蹑手蹑脚地推开虚掩的木门，看到小青依着窗口朝窗外的冷月和宁静的涓河久久遥望，目光僵硬和呆滞，想上前安慰几句，又知道小青的性格执拗，此刻，听到走廊上有轻巧又疾快的脚步声，回头看到小王从浸药的水池边走过。

想喊小王，可他闪身不见了踪影。

带一刀听见走廊隔壁传来嘎嘎的响声，以为从屋檐沟爬出来了老鼠，后来声音逐渐地变大，发出喳喳的响动，似乎有人走动，脚步轻悄地踩在屋檐边的柴垛上。带一刀一下想到一个人住在隔壁，想细听，自己的房间凄凉的二胡声又袭来，掩盖了外面的这种声音。

小王重新下了木楼，听着哀怨的琴声，走到天井旁的水池边，看到水池里没有水只有湿透了的白术，碰到脸色凝重的带一刀。"师傅，石师傅来了？""来了。"带一刀惊得谨慎地看着小王。"师傅，小师娘拉琴有点不对劲。"小王想提醒。"没事，操乐器的人，随心情拉不同的调子。"带一刀显得无奈，无心答话。

翌日，小青又被嫩娃们押去镇上，罪行是对批斗不服以拉二胡来发泄心中的不满。欲加之罪，何患无辞，又惩罚地关了几天。小青不吃不喝，寻死觅活，他们只好把她放了回来。

当晚幽暗的夜空无月又无星，带一刀推开门，没开灯的房间格外漆黑和阴冷，心被里面的孤寂所笼罩，拉亮了灯，一瞧小青和二胡不见了，想起小王对自己说的，惊惶起来，在院子上下楼层寻了几遍，还把小王弄醒，两人出去寻找。一个街头街尾寻，一个沿河边找，找了整个晚上。俩人碰

到一起，小王对带一刀叹了一声："唉，师傅，没看见。""小王，没事，你小师娘性倔，但内心强大，以我对她的了解她不会做这等蠢事。""唉，师傅，看不出这石师傅还是小人，卖兄求荣，讨好积极分子。我昨夜看见他从乡下回到国药店，在走廊上又看见他踮起脚尖摸到你房间外偷听墙角。""小王，别错怪好人，你小师娘拉二胡，哪个人不会听到？别说老万寿宫院子里的人，就是寂寥的石镇半条街都笼罩在这凄凉而心冷的琴声中。"

次日，在涓江河挖河沙的船工发现在碧波荡漾的水面上漂浮着一把二胡，不远处……

带一刀耳边的二胡声突然消失，精神如一陡坍塌的墙。茶不思饭不香地，他脸上无一丝笑容，人显消瘦，整天精神恍惚。

七

过了一段日子，带一刀被长塘卫生院的院长冒着风险聘请。离开石镇国药店，去了长塘卫生院，小王去送他，同时，把带一刀的那把药刀还给他。"师傅，上天可夺其命，不可夺其刀。"带一刀闻声捧着久违的药刀，热泪盈眶，把药刀擎在头顶，发疯似地笑着，快乐得像孩子，欢叫："我的老朋友，我又和你在一起了。"

长塘卫生院离大的吴福花不远，仅半小时的路程。每天下班，带一刀不去吴福花的石牌村。可吴福花常来看他，每月逢三八赶集就过来。吴福花进门时，卫生院的女药技员朝加工室喊："戴公公，你姐来了。""知道，"他平淡地答一声，没出来，手不离刀。吴福花也不计较，转身去带一刀凌乱的房间，收拾衣服和打扫卫生，洗衣洗被，忙完就丢下一件新毛线衣，或半篓子新茶，或十几个鸡蛋。自己倒口水喝完就走。

有一次吴福花刚走，小王提着一对浏阳河酒和一条白沙烟进入卫生院药房的加工室，看到带一刀正在切药，说："师傅，我帮你保管的药刀，还行吗？""好，不愧是我的弟子。"俩人说了一些国药店的近况，最后小王又说来这里目的，是看师傅，要调往光明药材站了，跟师傅告别。带一刀听到，忙搓着双手，快乐得像个天真的孩子。"不错，不错，小王，县公司领导看中你了，前途广大。""师傅，放心我时刻会牢记您的教导，以饮片质量第一，遵循炮制规范。"带一刀很欣慰地看着小王。小王远去，带一刀望着小王坚强有力的背影，如晨光中看到一颗从东方升起的太阳。

吴福花知道带一刀这个孤苦老人心里的寂寞，又好那口听演，托人从上海捎来一部袖珍的小收音机送他。下了班一个人时，他就掏出藏在怀中的小收音机，拧一下听听京剧中的二胡，自个打着拍子，一下又一下，兴致之时摇头晃脑，偶尔也会想起拉二胡的小青，拧开米酒瓶盖，独自啜上一口，反而人的肚子变得慌慌浮浮的，重新又喝上一口，耳边似有清晰的琴声，想是小青走来了，一看又不像，一声哀叹，半是清醒半是醉。日子总在重复，走进思忆和忧愁中，又从思忆和忧愁里走了出来。

有一天，隔山石和张蝴蝶俩人想起带一刀。自从俩人被遣散回老家，半百之人重新回队当社员，俩人相距不远，经常走动。那日下午隔山石看望张蝴蝶时，手痒心也闷得慌，同时念到长塘卫生院的带一刀，羡慕带一刀还能摸药材还能握药刀，相约当月初三长塘赶集去看望一下带一刀。俩人走在长塘小街，街不长十多户人家，街面人来人往，挤挤挨挨，十分热闹。抵达长塘卫生院，带一刀见到俩人惊喜地放下刀，上前拥抱，招呼两位老伙计进入加工室。张蝴蝶看到药桌上砧板、药刀、铡刀激动起来，眼放光芒，说："带一刀，你好福气，天天切药，天天做喜欢的事。"而隔山石来加工室没坐下，弯下驼背到处闻闻，轻松愉悦，好久没闻到这股熟悉的药香味了，弯腰抓住桌上薄又匀的饮片，闭着眼睛，鼻子嗅了嗅，香气馥郁，说："这是木香。"张蝴蝶眼疾手快，立即在另一簸箕里撮了一手，撒在砧板上，然后否定说："不对。"隔山石惊讶，以为自己鼻子不灵，又抓一把往鼻子边一放，嗅了一下鼻子，香气浓郁，又用舌尖舔了舔，微麻，"怎么是川芎？"张蝴蝶诡异地笑："隔山石，不怕你懂行，三天不拿药你就生疏。"带一刀嘿嘿地笑起来："隔山石，你识药的本领没丢，可你没张蝴蝶的手快。"哈哈："你这不怀好意的张蝴蝶，又往我的痛处挠痒痒，知不知道，你跟我一样啊。"陡地张蝴蝶也唉叹一声，喉咙里涌出酸涩的东西："对呀，今生今世，不知还能不能摸到铡刀？"隔山石也触到伤心处，眼泪像断了线的珠子不停地往下淌，"张兄，我和你黄土都埋到脖颈了，还做什

么梦，后半生努力种田锄菜吧。"带一刀眼睛中也泛起红丝，知道他俩爱中药如命，抹了自己眼眶，一个劲说："不急，还有机会，在国药店扫厕所时，我哪会想到还能摸药刀啊？"隔山石说："借戴公公吉言。"三个老顽童抱在一团，泪流满面激动起来。

恰好，吴福花手提一只咯咯叫的黄毛老母鸡进来，两人见了忙叫大嫂。带一刀对他俩摇了摇手，两人同时看着带一刀有些错愕，但习惯了一时半刻改不过来。吴福花对这亲密的称呼倒是受用，回应带一刀兄弟，围上了抹巾，烧水剖鸡，炒了几碟荤菜。带一刀看了看桌上，缺了一个重要的东西。"哦嘀，你看我这记性，一高兴起来什么都忘了。"带一刀说完转身出门，在自己的房间找，有米酒、甜酒、药酒和白酒，他拿了一对浏阳河酒，摆在饭桌上说："这是小王临走送我的。""小王这徒弟，重义，不忘师傅。"隔山石说。张蝴蝶接下话："女儿休假回来跟我说，小王现在是光明药材站的副站长，带一刀，我说过小王将来有出息吧。""张蝴蝶，我说，老药工带一刀带出好徒弟，不论人品情义手艺都出类拔萃，还传承药人的精髓。戴兄借着你的酒，我敬你一杯。""我也敬你们两位，小王是我徒弟也是你们的学徒，没你们兄弟关怀，也没他的今天。""这倒也实话。好好，喝，喝。"三人边聊天边啜，你一盏我一盏的。从学徒聊到国药店，又从小王聊到各自婚姻，当然也说到小青的二胡。不亦乐乎。

吴福花虽老了但也嫉妒，当带一刀说到小青的二胡，心里那种酸溜溜压都压不住，在一边给他们斟酒时，故意不倒酒给带一刀。"哎，我的哩，倒满。"微醉的带一刀不观色，霸道地向吴福花呼叫。吴福花忍住，将瓶中酒倒入酒盏，溢出来，带一刀珍惜，一口喝倒一大半。酒喝得兴奋之至，掏出口袋里的小收音机来助兴，旋开开关，一段小桥流水的琴曲播出。"带一刀，快些藏起来。"张蝴蝶吓得放下酒盏喝道。隔山石也紧张得全身发颤："哎哟，带一刀你老兄还批斗不够，不怕人家告你偷听敌台。"吴福花说："没事，老戴他在这里一直这样听着。"隔山石愣了一下，望着吴福花，转又望着带一刀开心起来。带一刀抹着一嘴油腥，笑了笑说："兄弟，我在这过的是神仙日子。"张蝴蝶隔山石俩人羡慕，惊讶地望着情绪低落的吴福花笑。"嘻，你们不知道吧，她每场都来。没她送好吃的，帮我买衣，洗被子，我也没这般滋润。"嬉皮笑脸的带一刀开口，吴福花悄悄地离开了。张蝴蝶说："带一刀，我们多年兄弟，说句心里话，何必让吴福花跑来跑去？"隔山石擂了带一刀一拳，叫道："张蝴蝶说得没错，带一刀你听我们的，叫大嫂子过来一起生活，互相有个照应。"带一刀摆摆手："嫁出去的就如泼出去的水，覆水难收。""带一刀，你个死脑筋，之前是时代逼的，现在，俩人都没拖累。""兄弟，你们看，如今我们俩人姐弟亲不是很好吗？"门口响起一声长叹，又听到女人杂乱的脚步声。

时光慢慢划过数年，来到一九七八年。这十几年小王变化大，现在担任了县药材公司主管质量的副经理。

带一刀这一年复职重新回到单位，次年隔山石、张蝴蝶也重返石镇国药店。带一刀和张蝴蝶仍在加工室专职中药炮制，隔山石坐镇门市。随好名声和口碑的老药工复职，国药店的品牌加强，影响扩大。石镇国药店走过前段的混乱，又很快在经营和质量方面得到恢复。在小王经理力挺下，县药材公司下文，为抢救老一辈药师的技术，在全县公司及所属部门、站和店，推动老药工带徒。带一刀、张蝴蝶、隔山石三人各带一个新学徒。三个都年老了，同事都叫带公公、张公公，之前只有隔山石叫石公公。带一刀一旦拿药刀还是老习惯，下了班带刀下班。见带一刀这情况，张蝴蝶就笑，说："带一刀真是老古董，后年你就要退休了，还珍惜你那东西有啥用？年轻人不稀罕你的刀。切药铡药，许多地方都是半机械化了。""张蝴蝶，你不稀罕，可我稀罕，我上一天班，就要保养好一天的药刀，这是我的命根子。"隔山石进来，叹了一声："唉，张公公说得对，现在许多药店和医院中药房不用自己炮制，直接购进机械饮片了。"带一刀气得眉毛竖起，跺起脚，骂道："糟蹋祖宗的传承，《雷公炮炙》不去学，这是缺德。"他的新徒弟插了句："时代在进步，临县还办了大规模的中药饮片厂，业务员还找过新经理，让我们店里也购进一批中药饮片。""好呀，不用自己加工了，叫我们加工员都下岗。"带一刀愤怒地再一次向新徒弟咆哮起来。张蝴蝶一把拽住他。带一刀喘着粗气，坐下来无法平息情绪，猝然眼睛呆滞，仰头望去，一种悬在头上的无形的金环似的东西，蓦然哐当一声，坍塌坠落，从胸腔滑下，旋即一颗颗心酸又委屈的泪水在眼眶里打着转儿。刹那间一阵眩晕，他跌倒在地。张蝴蝶、隔山石和新徒弟三人七手八脚地把带一刀搀扶到床上。新徒弟对昏迷过去的带一刀说："师傅，你别这么激动

嘛，我还没说完，经理没答应购进他们厂家的机械饮片。"闻听这句带一刀身子动了一下，旋即睁开眼缓了一口气，嚅动嘴，说："我我要喝热水。"喝了几口水的带一刀，气力恢复一些，说："我没事，你们忙你们的去吧。"带一刀缓缓地站了起来，走出房间。经理闻信捎来一兜水果，进入带一刀的房间。带一刀见了经理，想问新徒弟讲的这事是不是真的，思忖一下忍住了，转而对这事算在新徒弟身上，对经理说："这个新徒弟我不带了。"经理诧异，说："带公公，你的手艺总要有人学。""经理，他的心沉不下，人一旦心浮，就坐不下来，就不会专心和钻研。""带公公，那不行啊，这担子您不能卸，老药工带徒是县公司下文布置的，也是您的大弟子王经理主持这项重要工作，关系到国药店饮片质量发展和传统。"带一刀对未来的担忧心里郁郁不乐，不可对新经理直说。经理又劝："带公公，我去找您徒弟过来，向您做个检讨。"带一刀无可奈何，说："算了算了，他也没犯错。"经理摸不着头脑，不知问题出在哪，更不知如何安慰带一刀的情绪。

怅惘的带一刀背一把药刀晃晃悠悠地赶上去石牌村的客车，五块钱一个单程。他进了吴福花的屋里，随手将装有药刀的帆布袋丢在饭桌上，心情不顺就用力过猛，帆布袋弹在地上，药刀跑出了袋子，从帆布袋磨出的洞口露出刀锋，白光闪闪。吴福花见状，目光惊悚，瑟瑟发抖，抹抹胸口。想到上次出那么大事，叫她担心，"老带这人就是不改，一意孤行"。这一想不要紧，一下把这些年来所受的苦难和委屈都带了出来。"倘若听我的，就不会讨了小的，我也不会挨斗，也不会半老徐娘改嫁"，一股脑的怨恨发泄出来。又想着，"小的走了，还不愿意接我回来，一直在嫌弃我。"吴福花便呜呜哭了起来，明知带一刀有这个习惯，还要故意数落一番："今晚趁我熟睡之际杀死我，想省心是不是？老戴，我问你。"带一刀措手不及，连连解释："哎，这这是药刀，你又不是不知道？……"似乎带一刀也受了冤屈。吴福花哪里会听？又恨又怨，气不打一处来："我说你老戴，不想来就不要来，不要下狠手嘛，本来我是你遗弃的女人，不要你牵挂了。""哎呀，你真错怪我了，你知道这刀是我的命，不便放加工室。"吴福花这时哪会信他？满脑子想的是带一刀不疼爱她，受到了委屈，说着说着又伤心地号啕大哭，一把鼻涕一把眼泪。带一刀也觉得今天祸不单行，在店里受了一肚子气，现在又被吴福花冤枉。怪真是怪，以往用油纸和麻布包裹的药刀，

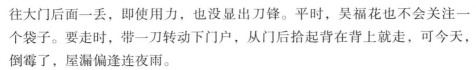

往大门后面一丢，即使用力，也没显出刀锋。平时，吴福花也不会关注一个袋子。要走时，带一刀转动下门户，从门后拾起背在背上就走，可今天，倒霉了，屋漏偏逢连夜雨。

带一刀退休后又被石镇国药店以老药工带徒为由签了五年合同。

阴雨天，带一刀去天井边的水池浸药，水池外的水泥地生长了绿泥菌，他不小心滑了一跤，嘣咚一声，如倒塌了一堵墙。隔山石闻声，出门看到此景，惊慌地叫出带一刀的新学徒，俩人一块搀扶起带一刀。他半边身体动不了，中风偏瘫，被送到镇卫生院。吴福花闻讯后，赶到卫生院护理，病情加重，转到市医院，又跟随而来。医院不治，送回家，她担起照护带一刀的重担，给带一刀做饭、煮药、端茶送水、擦洗身子和清洗衣裤、床单和被套，无微不致，为护理带一刀不方便来回跑动再也没回石牌村了。房间里所有东西包括钱她随便可拿，就是不能动带一刀摆在床头橱上面的药刀。

带一刀临死那日，北风呼啸，寒冷袭来，他身体动不了，又说不出话，奄奄一息，呆痴的眼盯着床侧的书桌就是不咽最后一口气。守在一边的吴福花看着带一刀这样子，眼泪婆娑，嘶哑着嗓子喊："老戴呀，你对得住我了，你还有什么不放心，你眨一下眼。"带一刀没一点动静，呆痴的眼睛一直盯在书桌上面，最后一口气不断。张蝴蝶趋近床沿说："大嫂子，老戴是放不下他的药刀，跟了他一辈子，留念他的中药事业。"恰好，隔山石走进来，头贴在带一刀的耳边，细声说："戴公公，放心，你的徒弟小王经理刚打来电话，说他会接下你的药刀，振兴中药传统饮片，完成你未完成的造福于人类的伟大事业。还说，他马上赶过来看你。"瞬间，带一刀喉咙咕噜了一声。

张蝴蝶走出门，闻听到走廊前面的二胡声，琴声凄凄凉凉。吴福花在房间也听到这悲伤的琴声，以为昔日的小青拉着二胡在走廊里徘徊，漫步出来与张蝴蝶碰了面，皆惊呼："我听到小青拉琴。""我也听到了。"

隔山石忙拽来了新学徒。惊魂未定的吴福花见不是小王愣了下，旋即张蝴蝶向她眨一眼，吴福花才没有出声。新学徒怯懦地进屋，身子不听使唤地抖动，叫了一声："师傅，我来了，我不会辜负您的期望。"走到书桌前，右手颤抖，药刀没拿稳，掉在桌上，铛的一声。带一刀喉咙咕噜几下，嘴角喷出一口血水，头一歪，眼睛一闭，眼角噙出浑浊又安然的泪水……

张蝴蝶

一

　　张蝴蝶石镇盐坡村人，十五岁在潭州十五总安康药栈学徒。安康药栈的东家是个大老板，拥有一个批发部和一个药店，批零经营，聘请潭州数一数二有二十年经验的大师傅主事中药炮制。张蝴蝶跟大师傅学炮制三年，先识药材，后清理原药（去皮去头）切制。切制方面先学切功，练习药刀和铡刀功夫。

　　大师傅在切制上规范严格，对学徒狠盯，好歹小张能吃苦耐劳。一味中药槟榔，让小张铡了半年，从无数次的爷头片半边片碎片，又至不均匀的圆片和全片，厚的厚薄的薄，等铡到像个样子了，又练了一段时间，圆片慢慢地均匀，厚是厚了一点，离"薄如纸"相差甚远，但一粒槟榔能铡出 90 片左右也达到了大多数中药加工员的水平。时间又过去了两年，有一天，他铡完一粒槟榔数了数正好 100 片，不顾手腕痛、身骨胀痛，兴奋得手舞足蹈，还偷偷地把制药的佐料一瓶白酒啜了三分之一，顿时身体燥热，脸颊通红，亢奋大喊："师傅，我一定要铡出 106 片。"在远处洗药池的师傅闻听这般放肆的叫声，想杀杀这小子的傲气骂一句："狂妄。"师傅心想，"我的极限也只能铡出 105 片，可我用了二十多年。你还是我的弟子，才三年不到，就超过师傅了？"

　　不料他那粗犷的喊声还惊动了一个人，倚着栏杆看书的小姐。文静的小姐束着两条细长的马尾辫，穿着白色棉麻上衣黑色的中裙。小姐抬头望一眼粗喉咙大嗓子的小药工如此得意，不知沉稳和文雅，不屑地哼一声。小张抬头看到小姐的轻视，心里咯噔一下，马上收敛自己的放肆。他心里敬佩博学多才的小姐，也向往小姐无忧无虑地在院子看小说过着优哉游哉的日子，露出不安又仰望的眼神瞅着小姐。不巧，大师傅悄然走近，往他的头猛敲一下，骂他："你的眼睛跑哪去了，想成癞蛤蟆？看你这般花心，罚你晚饭后再铡一个小时药材。"小张心里凉透了，白挨一顿打，在心里嘟囔起来，"什么天鹅肉，不也是个小女人，不就投胎好"，低头闷闷不乐，重新坐下拿起药刀。片刻，他抬头斜觑一眼，师傅已走远，小姐合上书朝这边轻微掠了一眼，抿着嘴浅浅一笑似乎还对他幸灾乐祸。他无地自容，握刀的手有些无措，但心里不服，做个挥刀回击的样子。

小姐也不客气，端着小主人的架势，居高临下，看作下人般瞪着他。张蝴蝶一肚子气无处可泄，想着师傅骂小姐欺，豁出去了，挥刀冲向小姐，心里说，"老子即使不干了也不能受这恶气"。小姐惊愕，瞪圆了眼，一向老实巴交的学徒，也敢于反抗，不乏有一丝男子气，呵呵地笑起来："你小子不是懦夫，本小姐就爱看这种有骨气的男人。"张蝴蝶见小姐笑，反而怒不起来，尴尬地退回。小姐又说，"你小子，真有意思"，嘻嘻又笑。

翌日上午，热辣的阳光铺天盖地洒向院子。小张燥热得身上只剩一件汗衫。他端着一圆盘饮片去晒，路过栏杆时停下了脚，向靠着栏杆看书的小姐瞅了瞅，她的眼睛和心思全盯在一本书上，看她那津津乐道的样子，他好奇地伸出头，一瞧，小姐手里的书页上面全是游动在水中的小蝌蚪，他摇头叹气。可小姐发现了，也不客气，不屑地瞪他一眼，好似说，一字不识，也想染书香学儒雅，还是老实做药工吧。他臊得满脸通红，低头快步跑开，哼了一声，"不过是识字，老子将来也要学会"。

庭院空阔，鹅卵石铺成的地面干净清洁，靠墙几盆茂盛的花草，花儿红艳，草儿翠绿；前面砌了个小水池，从中一陡隔墙分成两半，一半水池洗药另一半干池用来润药的。隔着水池不远，斜依后院搭建有青瓦的雨棚、下面摆着两张铡药桌子的加工场所。

小张每天在院子里晃动，不是洗润药材就是摊晒切制的饮片。加工场所前面有个一分田大小生长荷叶的小鱼塘，清粼粼的水面底下，藏着不少的礁石和珊瑚。暖暖夏日，水池的荷花绽开，绿的叶，红的花。等到北风

吹来，一池败叶残枝呈现出凋零的景象。水边的周遭围着油漆红色的木栏，小姐喜欢倚栏杆看元曲，随口吟诵刘秉忠的词曲："干荷叶，色苍苍，老柄风摇荡。减了清香，越添黄。都因昨夜一场霜，寂寞秋江上。"小姐多愁善感，又喜唐诗宋词元曲。小张曾听她读过《古离别》的诗，凉秋暮晚，凄雨冷风，看她在那愁眉不展。她刚订婚，也没看过订婚的人，是矮是高是瞎是聋是布衣是儒雅还是名士，脑子没一丝印象，想想那人时，心里如宁静的塘中水泛不起波澜，还不如眼前这个活人，每天还能在自己眼前生生地晃动。两只水汪汪的眼睛嵌在书页上，累了扭扭香脖，仰看飘动的云彩和滑落的红霞，怨自己的心不随去，想着未来又一番怨气的叹息。俯瞰水塘，两只小锦鲤游过水中倒影，跃起伏在水面的绿色荷叶上，沐浴阳光雨露，快乐无忧。一思，鱼儿虽无拘无束，但只能在水池游弋，永远束禁在这弥漫药味的院子里，又惆怅慨叹。

过一段时间，晚霞西落。小姐觑一眼切药的小张，心情也舒展起来，随意抬起一只左腿搭在栏杆上看《巴黎圣母院》。小张又起身走到西边的院子收晾晒的饮片，喜欢瞅栏杆上那景。陡地，他心惊得颤了一下，不行，小姐这样倚着栏杆会坏事的，竟把师傅的话忘到脑后，没管住自己，叫了声："小姐，你快把左腿放下来。"可她不依，似乎跟小张斗气，反而把左腿抬至头顶。恰巧一只彩色的蝴蝶闻墨香飞来，惊了她一下，分散她的心，一倾斜失去了重心，从横栏外往水池倒栽，身体落入鱼池。水面不深，头先入水，暗礁卡住她婀娜的身姿，又不习水性，在池水中扑通扑通乱打，水花溅起，鱼儿乱跳。小张见状，惊得丢下圆盘，顾不上脱衣，纵身跳下水将小姐救上岸。自从这次后，小姐情形逆转，在小张面前再没有高傲的样子。小姐也不叫他小张了，调皮地喊他小蝴蝶。小张随意回应，想想小姐因一只蝴蝶差点害了她，才把自己比作那只好玩的小捣蛋。

从此，张蝴蝶和小姐俩人走得近了。小张洗药，小姐找来竹筛子，准备给药材漏水晾干；小张往干水池取药，她就去拿竹簸箕装药；小张切药，小姐给他泡茶和打扇，还口不停地唱"白芍飞上天，木通不见边，陈皮一条线，槟榔蝴蝶片"。忽儿，小姐旋转身姿用柔软玉洁的手抄起木砧板上的饮片，一抄一手的饮片，轻轻地对着掌心呼呼吹气，纸薄似的一片又一片慢悠悠飘起，又一片一片徐徐落下。玩够了又拍拍手上的药灰，一下子又蒙住小张的双眼，说："小蝴蝶切呀，切出一根整的白芍，要片片像蝴蝶一样飞起，轻盈和飘浮。""小姐你的手勒痛了我的眼睛，松开些。""不行，不行，松开手你会偷看。""小姐，怎么会哩？我闭眼也能切，好，小姐你等着。"小张从簸箕里取了一根润透了心的白芍，放在砧板上，叮叮叮一阵轻响，过后片刻停了刀，喊一声："小姐，切好了。"小姐惊了下，头还在仰望蓝天心情飞扬，放下双手，俯身查看桌上的砧板上摆着一根完整的白芍，气呼呼地噘起小嘴巴，认为小张没听她的，一脸怨气，说："小蝴蝶，你骗我，刀还没动？让我白等。"小张轻轻地回笑："小姐，莫生气，先好好摸摸再说。"小姐用手抄上一根整枝，全散成了一片片白芍片，愣住了，又呵呵大笑："小蝴蝶，你真切了，我错怪了你。"欢快地用白皙的手托起几片，使劲地呼气，小脸肚如充气的麻拐，一吹，饮片如蝴蝶一样轻曼飞舞。小姐舞起双手，激动得又唱起来：蝴蝶飞呀飞……小张也被感染，放下药刀兴奋地跟着小姐跳起来。霎时，大师傅撞见了："小张，你不要不懂规矩，下人就是下人，小姐就是小姐，别胆大妄为。"小张惊悚，吓得脸色煞白，不敢和小姐玩了。

年少情窦初开，如流水一样，堵不住。小张也忍不住，洗药润药铡药切药晒药时，心不在焉，眼睛在院子里到处睃巡。小姐白天上洋学堂走心，想着这几日与小蝴蝶的交往，心里空空落落，放下书簇也不回闺房，无所顾忌地捎本书，故意在院子里溜达，看到小张既激动又欢喜，心就那么愉悦，好像蓝天都飘起了甜蜜的云朵……

二

世事多变，1948年1月22日银坡起义。遇战乱的潭州物价飞涨，杨家的安康药栈支持不住。四月贴出告示转卖，同行收购，只能贱价出卖，遣散了大师傅包括小张在内的十几个雇工，还准备近段时间把小姐嫁了。

仲春，小张走的那日下午，不停地在院子里徘徊，留恋昔日洗药、润药和切药的情形，望一眼花坛的花和草，虽有一点春色，但不十分盎然。

27

水塘的小荷仅露几枝尖尖的角，看不到多少茂盛的绿意。他也望不到在栏杆边时常看书的小姐，想着和小姐在一起的快乐，成为过往，告别时，期望能一睹小姐。此刻，心被眼前春寒的景象掏空，仅仅一丝忧郁和凄凉的落寞涌入心头，仰头望天，看到几只飞翔的天鹅，想起师傅所说，长叹一声，他毫不犹豫地走了。

　　转身跑向人流密集的码头，披着一身橘色的夕阳，搭上一条黑色的乌篷船，顺涓江水逆流而上，向老家盐坡竟发。不料后面追来小姐，跳上了船，在喊他："小蝴蝶，我来了。"张蝴蝶愣了一下，急忙回头，既激动又惊惶。只见小姐提着沉甸甸的黑色皮箱，正像一只翩翩起舞的飞蛾，向火坑里扑来。小张想起师傅的警告，一股脑儿怨气："小姐，你来干什么啊？这不是害我。""小蝴蝶，你一走，不是丢下我？你想让我凉着心写一首《古离别》？可我不写。"似乎听见小姐吟诵出汉乐府旧题："郎上孤舟妾上楼，阑干未倚泪先流。片帆渐远郎回首，一种相思两处愁。"小张略知词曲的大意，叫苦不迭，几时我敢有这样想法啊。可拗过心，没想法，怎会有情意深深，怎会有离别忧愁？错错。"小蝴蝶，你别紧张，我来乡下躲兵匪。""小姐，你避战乱也要跟着父母一起走呀。"小张想推辞。"小蝴蝶，你怕我拖累，这你想多了？以后，我在乡下开私塾教学童，不愁没饭吃。""小姐你赶快上码头吧，东家会焦急和担忧的，我心里也不得安生，这样对不起东家。"小姐不死心，笑着说："小蝴蝶，怕愧对东家，就好好待他女儿。""哎哎，我的小姐我说不过你。"小姐嘻嘻地笑："别叫我小姐，本姑娘姓杨，以后叫我小杨，若你想跟我识字，就叫我一声小杨老师。""不行，不行，以后是以后，这次不能带你一起回去。船家，有个小姑娘瞒着父母偷偷跑出来，你转头送她上岸。""船家，别听他的，你看我的行旅箱都带好了。"船停下来，船家看了一眼杨小姐手里的箱子，看在钱上，哪会听小张的？小姐得意地说："小蝴蝶，船家不会听你。小蝴蝶你也不要以为我来了是个累赘，到了你家，会教你识文断字。"小张想到读书，心有些松动也没什么顾虑，久盼的事就要实现，有些亢奋。他也想到，小姐打算好的事谁也拗不过。小姐塞了两块银圆给船家，叫船家开船。逆水而航，弯弯曲曲近百里。走过盐埠坡的小码头，再走几里路就是小张家的两间茅屋。

　　次日，杨老板差人来寻，小姐闻城里来人跑到屋后郁郁葱葱的竹山藏匿，寻人无着，无功而返。杨老板只好亲自租船寻女，进入这个偏僻之地，茅屋里没一张像样的桌凳床铺，抽一声冷气，沮丧了半天，又一想，有什么办法？峥嵘岁月，活下来就不错了。小张见昔日的东家，一脸歉疚，而杨老板愤懑地骂小张忘恩负义，勾引拐骗他家女儿。小张默不作声，以赎罪的心态，带着东家一起寻找，无果，又信誓旦旦地保证小姐在这一天，盛情款待一天。杨老板觉得小张家境虽贫寒，但小张心不坏，相信他会照顾好自己的女儿。骂了小张后又骂小姐不孝，没良心，生她养她，跟自己仇人似的，不愿相见，不该让她读书，骂几句悻悻地走了。幸好，小姐未婚的男家忙着逃命，把婚事丢在一边。老板娘思女心切，不顾杨老板舟车劳顿又雇了一条木船一同前往，带来五条金砖和2000块银圆来盐坡村。小姐远远望着父母背着大包小包往小张家走来，拔腿又往后山跑。小张朝山坡喊：“小姐，你母亲挂念你想见你一面。”没有回音。又喊：“你父母只想见你，不带你回去了。”听了这句，小姐才从后山的树丛中钻了出来，母女一见，抱头痛哭，小姐反而安慰母亲，说：“你女儿在这里生活快乐，小张全家对我好。”他们发觉女儿各方面都好好的，脸庞红润，白白胖胖，又生米煮成熟饭，赠上带来的东西，将小姐托付给贫困的小张。

三

张蝴蝶回到石镇盐坡村，次日带一刀亲自聘请，雇佣他为石镇药店炮制主事。张蝴蝶久闻戴家的声誉，不偷工减料，不以次充好，诚信地为病人服务。他不问月薪，愿来做工，不过他有个条件，每天晚饭后必须回家，主家的润药和烘干饮片的事，就不能保证。老板带一刀一思，知对方有娇妻在家，怕女人寂寥和忧闷，人之常情。又想，只在意张蝴蝶的铡刀手艺，至于在不在店子住宿也不打紧，自己中药炮制出身，便答应下来。

张蝴蝶去了石镇戴家药店做事，杨小姐留在家，想伺候公婆，可她在家从没进过厨房，也没动手做过家务，还帮了不少倒忙。婆婆看到了，宽慰她，说没做过，就不要沾阳春水也不要进菜园和水田，在家里看看书就

行了。杨小姐带来的书不多，看完，张蝴蝶就在石镇给她借，也托人从潭州捎书回来。吃饭看书，散心闲聊，久而久之杨小姐觉得这样下去不行。世上哪有婆婆伺候媳妇的？她心生愧疚，觉得对不起婆婆，心想不懂要学，什么苦都能吃，学婆婆做饭打柴杀猪草扫地，她悟性极好，抢着自己亲手做，单独弄几次，虽做得不完美，但越来越顺手。张蝴蝶回来，也揪住小姐不放，喊"杨老师，我要识字"。小姐故意不答应。张蝴蝶说："早晓得你不教书识字，我就不会留你。"小姐在张蝴蝶后背狠狠地揞一下，说："小蝴蝶，得了好处还卖乖。"张蝴蝶故作哎哟一声。闹归闹，静下来，还得拿书本教张蝴蝶读书识字。

转眼又五年，小姐上得厅堂下得厨房。新社会兴起扫盲潮，村上办夜校，让小姐去当夜校老师。张蝴蝶识字也上了瘾，从石镇回来，吃晚饭后积极与大伙一块上夜校。女儿三岁不到也牙牙学语，张蝴蝶搂抱着女儿一起走进课堂。写字时，一社员笑他，"张蝴蝶你一边和女儿学习，一边和女儿争着吃奶"，哈哈哈，大家哄然大笑。他没一点羞涩和尴尬，抹了一把鼻子和嘴巴，大笑，"不吃哪有动力？大家好好识字，学好了知识，不仅回家有奶吃，还能抽烟喝酒"。杨老师责怨他在公共场所油嘴滑舌，向他瞪眼，还假假地扬起了教鞭。闹声即止，笔走之声沙沙响。功夫不负有人心，张蝴蝶不仅能看报写心得抄语录和最高指示，还能在夜深时拿出藏着的《本草纲目》《黄帝内经》《中药炮制》等医书细读和钻研，变得越来越像个文化人了。

到了公私合营时，成立国营药店，南下干部任公方经理，人称他为老经理。上面要带一刀出任私方经理，合股的药材和房产等将要占大股。单单带一刀的天麻、红参就是二十麻袋，虎骨、猴骨各五十架，麝香五公斤。带一刀对上面说，我这一生只有两个爱好，一是炮制药材，二是听二胡，其余什么都不想干，也干不了，一时难住了上面。上面转而要带一刀推荐一个，人品、专业要过硬，他就想到张蝴蝶，识字晓药书。上面一看这人合适，又是戴家的高级雇员。老经理主持国药店的日常工作，张蝴蝶主管业务，大部分时间还在加工室干具体事。

张蝴蝶、带一刀、隔山石三个老手在国药店共事。里手一起，彼此想探功底，分出高低。张蝴蝶想起初回石镇被带一刀家聘请，进了戴家药店。

次日带一刀就试探他铡刀的功夫深浅，一声不响地拿着一竹簸箕的槟榔浸在水池。等第二日张蝴蝶上班，走进加工场所，看到水池这一幕，心紧了下，发现东家在试探自己。张蝴蝶小心翼翼，在洗、浸、切等环节做到不出差池。一天中隔两三小时看一次，捏一下药材的湿度，软得透不透了心，不透继续润。不能润得过头那就坏了药性，润得不透心又难切，硬切多是败片，也就废了药材。一句古话，润药师傅，切药徒弟。又等一天，槟榔润透了，他在细石上磨好铡刀，摆好架势，不慢不徐铡了五粒放在砧板上，有意上了厕所。带一刀也假装四处睃巡，走近俯身一瞧，五粒槟榔原封未动，心想，"我聘的师傅名不符实？"不会，安慰自己急什么，用手抄上一粒，惊艳了，片片大小厚度一样，可吹可飞，数了数105片，又数第二粒也是一样，很错愕，听说他可切到108片，一想，"这个张师傅还想瞒一分功力，不想在我面前露出锋芒"。

张蝴蝶想起那一段，也想试试带一刀的刀功。可在戴家不好试探，人家是东家，现在仗着自己分管业务，与国药店另一位老药工隔山石一说，俩人一拍即合。正好，今天带一刀的学徒小王休假。没有小王，三个老同事玩出格一点，也无所谓。隔山石在石镇早闻带一刀的手艺，想亲眼目睹。两个人说话时，对面南杂店的小慧在门外伸出头往加工室瞅，只见里面坐着张蝴蝶和隔山石，不见小王，正想转身往外走。张蝴蝶抬头向小慧笑，笑容亲切和蔼，说："小王这小子他休假没告诉你？这臭小子该骂。"小慧没回答，羞红了脸转头就走。张蝴蝶收回头对隔山石说："小王和她谈上了。""好事，男大当婚。"隔山石说了一句就起身返回门市。张蝴蝶从仓库称了半斤马钱子，马钱子有剧毒（砂炮，褪完细绒毛后才能入药），浸泡水池，润透后从池中取出，放在自己桌上，准备动刀时，隔山石进了加工室，喊："张经理，老干部喊你去商量事情。"他回头叱责一句："什么张经理，我们是兄弟。"隔山石忙改口，叫了一声"张蝴蝶，你赶快去，话我也传到了"。带一刀有事出去一会儿，返回加工室时，看到喊话的隔山石在走廊上。张蝴蝶答了话，忙起身，托付给坐在木凳上的带一刀，加工室请他多费会心。出门走廊的左边是隔山石的房间，张蝴蝶进来后轻掩门，一看书桌上备了两个小酒杯和一瓶二锅头，不高兴了，提醒说："上班时间，躲在房间喝酒不怕不好吗？""唉，我说张蝴蝶不要这么多规矩，这不是在制药？

虽老哥们品几口酒休息了一会儿，但我们也是为单位挖掘大师傅。"合理合情的说辞，让张蝴蝶没有顾虑，两人品上酒。七月的温度高，带一刀见湿润的马钱子窝在一堆，易发酵怕烧坏，把张蝴蝶的桌上润好的半斤马钱子拿过来，用了一个半小时切完。马钱子的饮片摊放在一个圆形簸箕里，特意桌上留下切完的五粒马钱子。等张蝴蝶和隔山石两人出来，带一刀假装出门去街上办事。张蝴蝶先察看圆簸箕里的马钱子片，均匀又轻薄，找不出一片瑕疵，又望到桌子砧板上的五粒马钱子，怎么看都是一粒粒完整的。他朝隔山石激动地叫起来："好手艺！刀功绝对上等。"隔山石不答，聚神于手，抄上一粒，细数205片，揉搓又细捏，又薄又匀滑。"张蝴蝶啊，耳闻不如目睹，真是鬼斧神工，带一刀是我见过切药的一等好手。""隔山石，他的切功在我之上。""不过，张蝴蝶，我有点存疑，在石镇时早闻带一刀切马钱子能切到206片，今天怎么就少了1片？"隔山石面色疑惑，又说："让我再数一数。"片刻，隔山石又肯定地叫起来："张蝴蝶，这粒也是啊。"张蝴蝶说："隔山石，这是一种谦虚表现，带一刀有意藏技，另一方面你就不知道了这是他不动声色还我一次。"隔山石拍了拍脑袋："哦，我竟忘记之前你在戴家药店主过事，肯定他早试过你的铡刀功夫。""对对，你说得不错。""张蝴蝶，怪不得带一刀一直敬重你。""隔山石，我也不过懂行罢了，没什么真手艺。但带一刀的切制远胜我一筹。"

次日，小王回来上班，看见张蝴蝶进门第一件事就是在水池边洗手。加工室没看见师傅带一刀，回头问："张师傅，我师傅呢？"张蝴蝶说："公司想开个新门市借你师傅一周，想让你师傅整点好饮片打开局面。"小王哦了一声后，回到凳上切药。吃了中饭，小王刚进房间，南杂店的小慧来了，闪身一下进了小王的房间。两个小时的午休，小王和小慧在房间卿卿我我，像两只小老鼠，窸窸窣窣。到上班时间，小慧面色红润地走出房间，随之小王懒洋洋地跟在愉悦的小慧后面。张蝴蝶坐在高腿木凳上，拿起药刀正要切白芍，听见脚步声抬头说道："小王，赶快去用肥皂洗好你的手。"小王怔了下，俯身看了看自己的手，没泥也没灰，又把双掌翻转来翻转去，手面手背干干净净，伸到张师傅面前："张师傅你看你看啊。"张蝴蝶扫了小王的手一眼，生气似的说："我不看，快莫让这双手玷污了药材。"小王一愣像是头上遭张蝴蝶一记闷棍，恍然大悟："张师傅，我没摸小慧。"张蝴蝶怒吼起来："我没问你这些，我叫你去洗就去洗嘛，不然，药王爷会怪罪下来。"小王不情愿地来到水龙头边，擦了数次肥皂，用清水冲洗了一阵，心里叨叨咕咕地骂张蝴蝶老古董。擦干手进来，张蝴蝶话柔和了："小王你不能怪我，弄药材的人，心要干净，手也要干净。干我们这行的进药房和加工室，都要净手，不信，你去问你师傅。"小王不说话，想起每天早上进入加工室前，看见张蝴蝶和师傅都在水池洗一下手的情形，才心服口服地点头。

四

一个月后的一天，张蝴蝶在加工室被老经理喊去了。带一刀出门去取原先的大老婆捎来的东西。加工室只有学徒小王，他正在切淮山药。营业员跑来要金钱草的饮片，门市药柜没有了，饮片仓库也没预备，明明备了五斤平常可用一周，可前天两位顾客各称去两斤，到昨天又有一个顾客称去一斤，这样，来了处方只能告急。小王停了手上的活儿，他望着营业员小冯纳闷，金钱草要洗要润要切还要干燥，每个环节不能马虎更不能少，一时半刻饮片弄不出来的。"小王哥别犹豫了，直接铡干的，很多药店也有临时加工。"门市的小冯说。小王想过临时加工，不过那是切生姜片和敲碎明矾之类的。他望着没选没洗没润的原材料金钱草下不了决心，药行的古训及师傅们的教海，还有上次没洗手，张师傅板着脸的情形，在脑袋里晃来晃去，这样做虽省了洗润和干燥的环节可损了药行人的良心。"小王哥，求你别等了，顾客在催我，先帮我救急。"小冯边催边掇拾起一把又一把灰尘纷扬的金钱草递给小王铡。小王没办法，边推边就地铡了一圆形簸箕，簸了几下，除去了灰尘、泥沙、羽毛等杂物后，直接拿到门市。张蝴蝶返回撞见这一幕，破口大骂："你们这帮昧着良心的人，丢了我们药行人八代的脸面。"又对小王发飙："你走走，不要跟我们学了，加工室不需要你这样的人。古言道：'炮制虽繁，必不敢省人工；品味虽贵，必不敢减物力。'你师傅不是一直这样教导你。"小王低着头，求张蝴蝶原谅，说："张师傅，我再也不敢了。"张蝴蝶又转身往门市跑，想把少了环节的中药金钱草追回来，恰好碰到气冲冲的隔山石端着一簸箕的中药金钱草来到加工室，朝张蝴蝶一顿劈头盖脸咒骂："张蝴蝶，你还是主管质量的经理，看看这灰尘蓬蓬的金钱草不洗不润，就送到门市当药卖，给患者治病，你真是昧着良心！""隔山石，你还好意思骂我，是小冯这兔崽子怂恿小王这样做的，你当大师傅，还石公公的，教出黑着良心徒弟。"这下把隔山石戳火了，开口便骂："张蝴蝶你睁开眼，好好看看，这是不是铡刀铡出来的，门市部有铡刀吗？"隔山石说完也不客气，气呼呼地将圆形簸箕往张蝴蝶桌上一丢。张蝴蝶眼一瞪，狠狠地回击，说："隔山石，是你的徒弟教唆，没有你那徒弟，小王敢？我的石公公，你晓不晓得我最恨的是在制药中偷工减料、敷衍了事。""好，等着，晚点带一刀回来看他不找你的麻烦才怪，你晓得他是最规范的人，视质量如生命。"两人一番怒撑，不可开交。带一刀进来听到这事也气炸了，责怪张蝴蝶和隔山石在他们的眼皮底下，让学徒干出这等缺德事。张蝴蝶认为带一刀不帮他说话也就罢了，还不分青红皂白、眉毛胡子一齐剃，就气不打一处来，回撑带一刀："带一刀这是你的徒弟和隔山石的弟子干的好事，我替你来擦屁股，看你还凶巴巴地倒打一耙。"隔山石跟着张蝴蝶炮轰，说："带一刀你失职，平日不教导你的徒弟懂规矩，搞出今天这等没良心的事来。幸好我发现及时，不然后果就大了。我就去一趟厕所方便，回来发现了这事，就让顾客留下了地址，打发顾客先走，药齐了再派人送到他家，顾客家还不算远。"张蝴蝶又咬起来，说："我的石公公，你没资格说带一刀，你也是一样货色，别把自己抹得溜光水滑，好事归你，坏事推给我和带一刀。"他们你一句我一句，互不相让。老经理出来，见三人搅在一起，忙打圆场，说："张师傅严格，石师傅擅于补救，戴师傅视古法如命，三个老药工都为国药店的名誉和中药的发展操碎了心，这种精神值得我和全店的新员工学习。"

　　张蝴蝶骑单车回来，一直生着闷气。妻子杨老师问张蝴蝶："领导批评了？"他沉默不答。"与戴师傅石师傅闹得不愉快？""唉，你别问了行不行？""看看你，板起这副面目像我欠你三吊钱似的，我天天教你读书识字，我看你书读屁眼里去了，看来还是得多学做人和修养。"张蝴蝶被杨老师责怨一顿，没脾气了，一屁股坐在竹凳上，独自唠叨："这帮年轻人，随心所欲，炮制不按规矩，他们的师傅还相互指责，这怎么行？""哦，我没猜错的话，真与戴师傅、石师傅发生了争吵。"杨老师说："你呀张蝴蝶，你们三个是好兄弟，兄弟就不要吵，相互沟通和理解。""哎，你又不晓得，他俩的徒弟不按规范做事，本是他们的失职，可他们反过来找我的麻烦，我成了夹心饼。"杨老师说："你也是老药工了，他们的徒弟也是你的学徒，告诫不就行了，不要揪着不放，年轻人在学习和工作中总有犯错的时候，准许他们改正。想一想，你在我家学徒时，一双眼总瞄着栏杆看，不是被你师傅敲了头？"张蝴蝶愣了下，脸有些挂不住，转而嬉皮笑脸："别说得那么难听，当时我又不是看你，是看你手中的书本。"杨老师嗔道："鬼才知道你当时想什么？不怀好意，一门心思打东家小姐的主意。""我那只能算三心二意，与他们有本质区别。他们不遵炮制规范，偷工减料，犯了行规。"杨老师见火候到了，也不客气，说："你不也有犯错的时候，我说你呀就是固执，你师傅不在就反口不认账。张蝴蝶，一个人都有不明智的时候，尤其年轻人，让他们在改正中成长。"张蝴蝶觉得杨老师说得在理，心情自然好转。

五

这事触动了张蝴蝶，他走了几家药店，了解了一些情况，痛心疾首，这样加工的不是个别的问题，现阶段中药加工和炮制出现偷懒、省环节的现象，像小王一样加工的人员不少，不洗的有，不炮制的也有，还有直接上药柜的。药店的负责人放松质量这根弦，不严格执行、不遵循古法炮制。自己积累了几十年加工炮制经验和一些心得，又得到带一刀和隔山石等老药工的鼓励，动念想写出来一些东西，把自己和老药工所集的经验写出来，不仅告诫学徒，还要引起各级药材公司和医药局领导们重视，让入行的所有年轻人认真遵守和学习。他把这个想法与杨老师讲，杨老师欣慰地说："我支持你，识字读书没白费。"

一年多来，他偷偷地写。有一天午休时，隔山石嘭嘭地敲门，他匆忙地把写的纸张藏在抽屉里，被隔山石发现。"唉哟，张蝴蝶你又见外，上次的事还不能释怀，就不够兄弟了。""石公公，你说到哪去了，我记一下日记。""张蝴蝶，你娶了读书的老婆，读书写字的动力比我们强，又坚持得好，变成了我们三个人中最有学问的。你写吧，不耽误你了。"隔山石出去。张蝴蝶得以继续写，想到下班了可以回盐坡。

下午带一刀和张蝴蝶在加工室切药。带一刀停刀盯着张蝴蝶问："听隔山石说，你每天在记日记？""对，午休没事干。"带一刀说："张蝴蝶，你不如写一本提高中药饮片的药书。""带一刀你这不是在打趣我？我又不是药学专家和医药教授？""张蝴蝶，你在杨老师的熏陶下，文化水平在国药店出类拔萃，又有四十多年老药工经验，铡刀功夫全省数一数二，别浪费你的才能，不写书也可，可写一两篇论文，譬如，如何提高中药饮片质量，或浅谈中药材的浸泡和湿润时间，等等。""对呀，带一刀你这想法提得好。""带一刀，不瞒你老兄，我不是在记日记，是在写切药制药这方面的内容。我怕写得不好，让隔石看到见笑，就掩饰说在记日记。""哦，张蝴蝶，这就是你的不对，我们怎么会笑话？欣慰还来不及。""好好，我的胸襟小。我们几个老药工一起来，带一刀你刀功也了不得，可把你的经验和体会说出，我负责记录。"带一刀手一摇，说："使不得，使不得，你的刀功也不赖，你也晓得我不务正业，只喜欢二胡。""带一刀你就莫谦虚，我们一起来。""好好，我给你当读者。不过，张蝴蝶，写东西，也要打开思路，广开言路，多问，不限于我们三个人，每个老药工都有沉淀的宝贵财富，把人家的经验拿来，变成你自己的东西。""哦，带一刀你这主意好，让隔山石也加进来，他对药材熟练，尤其在药材的性味、功能方面有不少见解和主张。"

自从这次交谈后，张蝴蝶也不把日记本藏着掖着了，每天中午让带一刀和隔山石看看自己写的内容，让带一刀和隔山石发表意见，三人商榷后进行修改。回家后他又让杨老师看错别字和句子通顺度。杨老师看后说："张蝴蝶你这是写论文，先确定题目，后是内容、观点、结论，要引用文献，当然从炮制方面的书籍中引入某个观点，如《雷公炮炙论》《湖南省中药材炮制规范》或《药典》。"这样张蝴蝶写了两年，写出十一篇。论文写了又改，删了又增，修修改改一篇花上三个月之久。三个人觉得行，回家又让杨老师作最后修饰。满意后，张蝴蝶在文章上署上带一刀、隔山石两人的名字。带一刀看到后，拿着笔划掉了自己的名字。隔山石眼睛盯着并焦急地喊道："带一刀也把我的名字划掉。"又抬头对张蝴蝶说："我和带一刀的名字就不署了，但杨老师的名字要填上，识字你跟她学，写论文也跟她学，文字润色也是她。"张蝴蝶摇摇头，"她是我老婆，一家人就不要了"。三个人哈哈一笑："好，我们的老东西，有你张蝴蝶帮我们记录，百年后，后辈药人在切制和炮制方面能继承和发扬我们的传统就知足了。"

1983年五月的一天，张蝴蝶中午休息时，他走进单位的会议室，想看报纸上的新闻，在报夹中随手取了一份《中国药材报》阅读，发现报纸窄细的中缝一则征稿讯息：征集如何发扬传统中药饮片方面的论文，由国家中医药局举办的中国药学会承办。论文优秀者将参加在山东泰山举办的有关中药饮片的研讨会。他激动起来，正合自己的心意，自己每天不正在总结中药饮片加工炮制经验吗？回房间拿出日记本，摘录几个核心观点"挑选不好不洗润，洗润不好不切制，切制不好不烘烤，烘烤不好不上柜"，以《提高中药饮片质量》为题，写成后，要杨老师帮他看一下，文字和句子校正几处，杨老师说不错，文章通顺，有理有据。张蝴蝶把论文邮寄到主办方。想不到一个月后，主办方来信通知他，《提高中药饮片质量》入选了四十篇优秀论文。带一刀、隔山石闻讯，前来祝贺。带一刀揖手恭维，夸张蝴蝶："你是真蝴蝶，能飞，而且一飞冲天，一下名扬全国药学界。湖南只有俩人参加，一个你张蝴蝶，另一位是省中医学院的系主任。""快莫是这样说，凭心而论，写的是我们这些老药工的经验，这是你们的宝贵财富。"隔山石挤上前说："张蝴蝶，你行呀，为我们老药工争了光，为石镇国药店争了名誉。""谢谢二位仁兄，这离不你们的支持和鼓励。"

张蝴蝶没出过潭州，考虑不去。出远门开会还要单位报销，不想增加单位的负担。带一刀和隔山石见张蝴蝶怕花单位的钱想打退堂鼓，批评他："这个好机会，你能不去吗？不去怎么把中药的传统炮制发扬光大？你可代表我们老药工，代表我们湖南中药界呢！"张蝴蝶蹙着眉，有些难为以情。带一刀说："你没出过远门，正借这次机会，好好看一下祖国大好河山。"接着又说："张蝴蝶和杨老师一起去丢不了，她年少有见识出过省，走过不少的大城市。对这个事，经理不会吝啬。若是不愿公差，自己出钱也行，

没钱好办，我给你垫。"张蝴蝶摇头，说："带一刀你这一生，布挨布，莫凑热闹。"隔山石毫不犹豫地跑到自己房间抱来一扎纸币，交给张蝴蝶，说："张蝴蝶，带一刀是不宽裕，让我来吧。"可同样遭到张蝴蝶拒绝。张蝴蝶说："隔山石你也别凑热闹，还不如回家问我的杨老师。"又一想带一刀说得在理，回了一趟盐坡，把喜讯亲口告诉杨老师。杨老师惊喜，然后欣赏地看着张蝴蝶。"你，你这做什么？老夫老妻了。""哦呀呀，看一字不识的小蝴蝶，变成写论文的天鹅，飞上了天。这荣耀的好事，要去，你一定要去。"

张蝴蝶在杨老师的陪同下来到了泰山，他是第五个在大会发言，受到中国药学会的一致好评和称赞。回来后，县药材公司举行职工饮片质量的培训会，小王经理特别邀请了张蝴蝶授课。他不肯去，说我一口石镇土话，土不啦叽的，学员听不懂。小王经理在电话里回复他，想讲什么就讲什么，原汁原味。果然，学员都说张师傅讲的实在易懂。过了三个月，市医药管理局举行三年一度的全市中药饮片加工比赛，请张蝴蝶当评委。他摇头又摆手，说不行，评委都是受过高等教育的局领导及主管药师和主任药师，我一个小学还辍学的人，怎么能当评委？带一刀和隔山石都说，要去，这是老药工占的一席之地。他去了，有切药经验，评分档次拿捏很准有分寸。回来，又接到同去泰山参加会议的省中医学院系主任的邀请，请张蝴蝶去跟他的大学生讲学。好事连绵，本年度，潭县编写县志，又把张蝴蝶去泰山参加饮片论文会的事迹编进医卫的词条中。张蝴蝶是至今为止，县药材公司近千人中唯一的一个入县志的人。张蝴蝶不觉风光，反而觉得吃力，精力不足知识贫乏，看书比以往更勤奋，到了皓首穷经的地步。

六

时间如梭，张蝴蝶回到盐坡村养老八年。这期间，经过许多事，杨老师退休，俩人没去女儿上班的潭城养老，将房子重新翻修。杨老师迷上种菜，在田旁在水沟边都种了一点适宜季节的蔬菜，挑水、撒粪、施肥、松

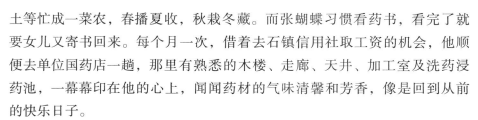

土等忙成一菜农，春播夏收，秋栽冬藏。而张蝴蝶习惯看药书，看完了就要女儿又寄书回来。每个月一次，借着去石镇信用社取工资的机会，他顺便去单位国药店一趟，那里有熟悉的木楼、走廊、天井、加工室及洗药浸药池，一幕幕印在他的心上，闻闻药材的气味清馨和芳香，像是回到从前的快乐日子。

岁月如一把刀，张蝴蝶慢慢变得苍老了，背也驼了，腿有点痛，不能再上石镇街，拄着一根拐杖在杨老师搀扶下在自家屋前的禾坪上踉跄。

一个温暖的冬日上午，张蝴蝶坐在桂花树旁边晒太阳边手捧一本药材炮制书，读起"白芍飞上天，木通不见边，陈皮一条线，半夏鱼鳞片，肉桂薄肚片，黄柏骨牌片，甘草柳叶片，桂枝瓜子片，枳壳凤眼片，蝴蝶双飞片……"杨老师提着锄头挑着水桶去菜地，看到他像孩子般大声诵读，忍不住笑，说世间就是这般神奇，大字不识的文盲，现在变成了书痴。张蝴蝶津津乐道地诵读，竟然没听到杨老师在说他。杨老师欣慰地自言自语，"反了反了，昔日妾为书虫，今天君为书呆"，想着自己熏陶和培训的结果，愉快地往菜地走去。

回来时杨老师看到张蝴蝶斜躺在竹椅子上，叫他，没有回应，走近推他几下，也没感觉，发现张蝴蝶的身体僵硬。哭声传遍乡野。"我的小蝴蝶啊，你怎么能撇下我随风而去……"

这幢在盐坡村的老屋，仅留一个痴情的女人常常久久伫立，凝望着屋后的山坡，每当日落或暮霭降临时，绿色的桂花树下，响起《古离别》诗句的吟诵声：日暮西风起，吹侬两泪飞。那能如白露，一路洒郎衣。

隔山石

一

石晓明中等个儿，脸肚圆满，熟悉药材气味性状功效等，了于心，熟如脑，住在翠绿山坡上的石镇街尾。人如透视镜，隔一层麻袋，凭手鼻口，能从中药材的形状、硬度、气味等方面准确无误地识出药名。同行叫隔山石，识与石同音，就称他隔山石。

他四岁没娘，被爹带在身边。爹在潭州药栈主管中药仓库。他生活在堆积满屋子的偌大仓库里。里面尽是麻袋垒成的中药材，便于取货批发，一个品种叠上一堆。男孩子顽皮，每天在装着药材的麻袋堆上爬上溜下，困了就睡在麻袋上，尿来了忍不住哗的一声屙一泡童便，委屈了就在麻袋上啼哭，溢出的泪水和鼻涕用衣袖来回荡在麻袋上揩几下，又去玩了。没事，他也学爹的同事从捆包中抽一根党参或黄芪或甘草横叼在口里，边优哉游哉地迈着欢乐的步子边嚼起来，越细嚼越甜，甘甜的涎水从俩嘴角流出来，滴在衣服上洇出一点又黏又湿的水渍。有时，或许从麻袋掏几粒枸杞和龙眼肉吃吃，爹看见就扬起手想打，他撒开脚丫子拔腿逃跑，爹在后面追，骂他，胡乱偷吃，毒死你这兔崽子。他咧开嘴嬉笑，不信他爹，别说毒，连苦都没有。可那次，爹的同事戏弄他，抽一根豆根，形状、表面的颜色极像甘草，他没多想一手夺过，迫不及待地咬起来，嚼一口，不对味，苦呀，心尖尖上还苦巴巴的。他这才弄明白中药材中也有这般苦的东西。爹同事在一边望着他哈哈大笑。他知道上当，呸呸吐出豆根渣和几口苦水，伸长了舌头，做出痛苦的样子。这下，他觉得爹没骗他，不学会识药，哪天毒死都说不准，转身拿出爹那黄斑的茶杯喝几口水漱口，之后，又拿出来一根淡黄色的豆根和一根淡黄色的甘草，比较对照，发现形状像，断面纹路也像，看不出两个样来，又闻，闻不出气味，只好用舌头舔，一根甜味，一根苦味。他想起爹的话，怕得要死，幸好豆根没毒，不然就看不到爹了。吃一堑，长一智。上千种中药材，哪些吃得哪些吃不得？只有爹他们了解。从那以后，爹他们报出药名，他也留心，在一边暗自默记，然后学着大人的样儿摸摸、闻闻又去尝尝，用舌头舔一点点，麻口、辣口、锁口的药材有小毒性，不再去咀嚼。大毒的药材，他也不敢涉足，也看不到，放在另一个门前写着很大"毒"字的小仓库，还上了双锁，早就望而生畏。他数次试验，又日积月累，记住了仓库每种药材的气味、形状、性能，也像爹他们隔着麻袋，说里面药材的品名。有一天，爹卸货，随手一摸认定麻袋里是熟地，将这一袋认定的中药放在熟地这一堆。他跟在爹后面玩耍，见爹放下麻袋就走。他上前摸这麻袋的货物，每块根的药材虽油软但不粘连。"爹，你放错了？应放在生地这边。"爹烦他，挥着手赶："走走，一边玩去，别烦爹，看你爹多忙。"同事好奇，随即上前打开麻袋的扎口一看，果然是生地。爹看到也愣住，走一世的平坦路还拐了脚。爹同事也觉得怪了，小小的孩子怎么这等本事？他爹也不相信，同事也不相信，认为凑巧，带他爬上另一堆药材，随手指上一袋，问他："这麻袋里是什么药材？"他小手捏捏，又把脸凑近麻袋闻了闻，小鼻子嗡了嗡，一丝暗香，说："是姜黄。"爹的同事怔住了，朝他爹叫起来："石师傅，你家晓明了不得，是一位识药小奇才。"

石晓明慢慢长到六岁，该上学了。恰巧，老家石镇一家药栈要转让。几番协商和谈价，他爹又在中间人的撮合下拿了下来。全家搬来石镇。石晓明在石镇读了四年私塾、完小没读完就辍学，正好十四岁进入药栈跟他爹学徒。十六岁时跟爹走南闯北，多次去药材集散地，如甘肃岷县、河北安国、成都荷花池，等等。

有一次独自去成都荷花池采购，市场上药栈的老板彼此熟悉，石晓明需购进一批数量大的中药材，在样品市场逛了几趟，与一家做沉香的胖老板就样品洽谈好价钱。取货时，对方拉出一麻袋沉香，要过秤时，石晓明为稳妥起见按住了麻袋，说："胖老板，等一下。"他俯身把鼻子贴近麻袋闻了几次，香味淡一点，货不对样，不想说透，朝胖老板笑笑，要他换一袋。胖老板脸色一下子绷紧，生气地说："小石老板，连麻袋扎口没解开，就要换货？""胖老板，不是说你的货假，只是比样品香味次了一等。"围了很多人，胖老板的脸挂不住，打开麻袋，从中取一块沉香木，与样品摆在一起，一模一样，连深灰色的颜色皆一致。胖老板硬气地说："你看你看，哪儿不是一样？小石老板，你的意思是说我以次充好，我说你啊年纪轻轻不要乱说，先看好货再说也不迟，我的名声要紧。"石晓明压住火气，心里估摸着跟他辩论，占不了便宜，强龙也压不住地头蛇。他有意离开那一麻袋沉香，以免造成两人僵持的局面。急于想成交的胖老板看了石晓明一眼，说："你认为我强买强卖，好，我就让你心服口服，你不是相信你的鼻子灵？好，换一麻袋药材让你闻，闻出来我就跟你换，闻不出，别怪我不客气。""胖老板，恭敬不如从命。"胖老板喊手下抬出一麻袋中药材，让隔山石闻。当着许多人的面，隔山石走近，隔一层麻袋又捏又闻，一下就认出川木香，但他没说出口，心想，"我说对了，仅跟我换一件货，下次他又会诓人，不如诱引他跟自己赌一把大的，输痛他，以后他就不会以次充好祸害顾客"。"哈哈"，胖老板大笑，"看来小石老板猜不出吧，那就对不起，货你运走，买卖有买卖的规矩，市场有市场的法则，输了要向损坏名声的一方赔礼，放一千响鞭炮。"石晓明微笑说："胖老板，且慢，你说我猜不准，那我就正式跟你赌。""好啊，怎么赌？小石老板。"胖老板信心满满地说："当然，要请两个证人立字据。""好的，石老板我依你。"石晓明又说："我不看，只用手摸、用鼻子闻、用舌头尝。胖老板，你可拿十味药材让我猜，错一味，我就算输，给你一千块银花饼，若我猜对了，你就给我换一件沉香。""不、不，小石老板，我这人，敢赌就输得起，我给你三十件沉香。""啊呀，胖老板，这可是你半辈子的积蓄啊，使不得。""君子一言，驷马难追，说话算话。"胖老板拍了拍胸脯后，心里暗喜，连手指大小的川木香都猜不出，还勇气可嘉说自己能蒙出十味药来？做梦去吧。他请来做茯苓生意的胡老板和做枳壳生意的刘老板两位做证。这下涌来的样品摊的老板和雇工皆在围观。做枳壳生意的刘老板是位好人，悄悄地把石晓明拉到一边，说："小石老板，我跟你父亲有二十交往，你父亲做生意守信，看在他的面上劝你，不能年轻气盛。我活到天命之年，在荷花池药材市场也混了三十年，没看过哪个买家卖家隔着麻袋百分之百能猜出药材？何况你还是没经验的小毛头？来一趟我们蜀地也不容易，不要输得空手而归。放弃吧，我去跟老胖说点好话，算服过软了，叫他不要你赔礼放千响。""谢刘老板好意，说出的话岂能收回，输了就是教训，我还年轻，输得起。"石晓明固执，一口回绝刘老板。刘老板叹一声唉，摇着头回到中央。两人立好字据。胖老板嘱咐手下取来中药材苏子、前仁、天仙子、亭力子、菟丝子、白芥子、青相子七种小果实，借了七个白瓷盘，把芝麻大小的果籽药材放在盘内。隔山石的两眼被一条黑手帕蒙上，眼前一片漆黑。茯苓老板推揉隔山石抵达三张方桌子拼在一起的案前，桌上摆着七个大小一样长方形的白瓷盘，大声道："小石老板你开始认药吧，七个盘子里有七味药。""之前不是讲十味吗？到时，我猜出来，又说不作数？"石晓明故作惊讶地反问。胖老板哼一声："别说七味，再减五味，二味能猜出我也作数，小石老板，别把我老胖想成了反复无常的小女人。""好啊，难得胖老板这么大度，这样吧，我许下诺言，不但要识出每味药，还要估出每味的重量，估不对也算我输。""小石老板别吹牛了，快点猜。"胖老板不耐烦有点等不及。做茯苓的胡老板责怪胖老板，"保持安静，别打扰小石老板静心凝神"。只见石晓明伸出手在一盘子里摸、捏、掐，之后闻起来，嗅一嗅，吸一口气闻呼一口气也闻，闻后又尝。胖老板假意提醒实为一番风凉话："小石老板，摸好闻好嗅好，尝就注意，其一味有毒，莫把性命丢在荷花池，我赔不起。"刘老板看不过瞪了胖老板一眼，说："胖老板，你说话莫这么刻薄，两人打赌，彼此有胸怀和德性。"胖老板自己觉得过分了，低落头不说话。隔山石摸到天仙子时，刘老板看着他的手心不觉悬起来，幸好，隔山石的手没动，只是喊道："胡老板给我拿杯清水来。"清水置在桌上，隔山石在水杯里沾湿手指，往盘里颗粒中一插，手指有黏糊糊的滑腻感，触电似的缩回。刘老板吓得瞪大了眼，恍惚间心又落下。好歹手指没进口中。隔山石说："胖老板，放心，我小石没这么蠢，我还要拉货回湘潭。"说完，他又接着去识别下一盘的颗粒，不出一刻钟，他从左至右一味一味地报出药名，刘老板攥着笔，一张小纸条又一张小纸条地写了过来。周围的看客惊讶称奇，报到第六味，胖老板得意的笑容凝固了，腿有些抖。报出最后一

味青相子时，胖老板全身哆嗦，说话结巴："石、石老板，刚、刚才你说，估估不对重量也算输，对、对不对？"做枳壳生意的刘老板知胖老板不甘心输又想耍花招，说："胖老板，字据没写上这款？""胖老板提醒得好，我说话算数"，石晓明拍着胸脯。随即，他从左到右把装满颗粒的盘了用手轻轻托了托，不慢不徐地依次报出苏子、前仁、白芥子、菟丝子四味药各二两，天仙子、亭力子、青相子三味药各一两。有人起哄，大叫，快拿两条戥秤来。有人送来戥秤，刘老板和胡老板各持一杆。刘老板称三样，胡老板称四样，两人各报出来的数量与石晓明说的数量一致。胖老板身子抽搐一下，翻着白眼，瘫倒在地上不省人事。手下人急忙搀扶胖老板到了家中。

两天后，石晓明将自己购进的货物和赢回的沉香运至浓雾迷蒙的码头，装上一条大货船，准备当日晚上启航，石晓明觉得心里还有一件事没做，不踏实，又返回荷花池药材市场，想把一张三十麻袋沉香的欠条亲自交给胖老板。在市场摊位寻了一圈不见胖老板，他瞬间心里涌来一丝悔意，看见做枳壳的刘老板向其说明了来意，刘老板愣了下，随后向他伸出大拇指，并把他带到胖老板家里。

二

这件事从成都传到潭州和石镇的药界，传得神乎其神，沸沸扬扬。凭这种本领，小石没人叫了，石晓明也没人唤了，都喊他隔山石。父亲的药栈在隔山石经营下，兴旺红火，在乡下置业百多亩水田，还在石镇又购入一排临街的门面。转眼迎来新社会，他家划成地主。他父亲思想固执，转不过弯，原有哮喘病，受不了这般打击，一命呜呼。

1954年公私合营，所有个体药栈和药店都要整合入股，隔山石响应号召积极配合。公方经理南下，干部不懂药行，就委托私方经理张蝴蝶负责，上级指示是一个月内石镇的所有药栈和药店盘点入股国营。张蝴蝶叫上隔山石和带一刀，还有四五个副手，进入带一刀家仓库。带一刀为避嫌不想在场。张蝴蝶就好言相劝："带一刀，你代表私方，必须到场，这是你家的药材。"隔山石看带一刀想推辞，心想，"盘点这事重要，我一个毛头小伙出了差错怎么办？"一是对不起私方，二是怕将来国营药店受到损失，于是说："张经理，我年轻，这事重大，换个老师傅吧。"张蝴蝶笑了笑说："带一刀想脱裤子，你又来，隔山石我这没门。你就不要谦虚了，哪个不知你的大名？不但湘潭药界，就连成都药界也闻名。非你莫属，说实在的，这个艰巨的任务我点了将，一是带一刀，二是你。有你，我才有把握完成任务。""对对，隔山石你就不要凑热闹，我和你不一样，我盘点自家避嫌。"带一刀忙附和。

带一刀家的大仓库堆积上百件麻袋的药材，一袋袋拆开扎口识别，又要还原封口，还要过秤、登记等环节，不知拖到猴年马月？带一刀提议说："张经理，我来过秤，隔山石报品名，你来写，三个人配合还有四位同志帮着挪动和搬运。""这主意好，就依你，发挥隔山石拿手戏"，张蝴蝶答道。隔山石也不推辞，一蹿就跳到麻袋堆尖，摸了摸麻袋外面，喊出玉竹的药名，两个帮手也爬上去拖下这包，放在磅秤上，带一刀过秤，又报出数量。张蝴蝶记下来，并写上市场的单价，然后又登记下一味药材，满上一页，统计小计。隔山石摸捏不准，就凑近闻一闻，据药材的气味，再次判断出药材的品名。两天不到，完成了带一刀这家的盘点和交接。

当晚，带一刀请客，张蝴蝶、隔山石等一群人一起就餐。张蝴蝶举起盛着二锅头的酒盅说："为我们今后在石镇国药店共事愉快干杯。""好，干杯，为我们的新工作干杯！"大家叫起来，一齐碰盅，砰砰直响。张蝴蝶似醉非醉，碰着隔山石的酒盅不想移开，满眼醉意地盯着隔山石，说："我们等你的喜酒喝啊。"带一刀也喝得舌头打卷儿，"是、是啊，张、张经理说得对，关、关心你的个人问题，这、这也是我们的义务"。"别费心了，我打算一个人过，自在，吃好睡好。两位仁兄及各位新同事放心，喝酒嘛，不成问题，随时可以请大家喝酒。"张蝴蝶打趣说："老弟，你二十七不小了。老婆要讨，但不要学带一刀多娶，总要拥有一个知冷知热的女人。"带一刀眨巴着眼，不服，说："张、张经理你、你不要打我嘴巴了，我、我当时也是没、没办法，被、被自己的喜欢害、害苦了。"大家哄然大笑，菜饭喷出，酸馊味四散。

三

春到冬，又从冬到春，十三年岁月如梭。

隔山石过了不惑，成了石镇国药店门市最权威的人，在审方和算单方面细腻又有经验。看处方是否有相反相畏及禁忌的药，如"十八反""十九畏"，这处方一律不许发药，要医生改好，再来；看每味药的重量，超过限量，如黄芪和麻黄等，要医生改量再发。哪味药先下和哪味药后下，药引什么的，一一会告诉发药的营业员。

患者望着隔山石审自己的处方，忍不住打听："石公公，我的处方走哪方面的？我头痛两个月了，包括开这张处方在内我请了三个郎中把脉，都没医好，这是第四张单子了。"隔山石看看处方也没异样，就笑笑，劝慰患者，说："西医治标，中医治本，治疗总有一个过程，不急，慢慢来，再吃几副。"那患者听着这话心情大悦，提着中药包就回去了。还有不拿处方的顾客，比如经常手臂、腿脚和腰间疼痛，等隔山石帮自己看病。隔山石给病者号号脉，看看眼神和舌苔，就知病症，不开处方，随即抓几味药，叫患者回去熬，吃后灵验得很。治好一些患者，痊愈者送烟酒和送锦旗表示感谢。一传十，十传百，更多的患者找隔山石，如头痛脑热的，如气喘胸闷的，如身上长个疖子和瘤子什么的，或者女人的乳房胀痛和郁结，他一概不拒。患者喊着："石公公，我后脑勺长了一个疖子，有些胀痛。"隔山石安慰说没事，等下我瞧瞧，从自己房间拿上药末，手里藏着薄薄的刀片，瞅瞅，见肿包有脓眼，趁在瞧的工夫患者没注意，眼疾手快，刀片刺啦一声划破疖子，随后哎呦一声，他挤完脓血，上一点药末，几天就能痊愈。若见红肿没脓眼，就给患者几小包打退药，说吃三天，肿就会消退。这样一来，名气越积越大，许多医院和郎中治不好的疑难杂症的患者也找上门。

有时，隔山石审完处方后，也替营业员帮忙拣药。石镇国药店，只有他特殊，人家用戥秤称药，他用手，往药柜格子凭手一抓，像鸡啄谷一样，八味药就抓八次，十味药就抓十次。不差分毫。

小冯头天来石镇国药店进修，亲眼目睹隔山石这一操作惊蒙了。

他一直想学"称、包、写、算、切"五样，向三个能人中的一个参师，曾找过张蝴蝶，可他不受头，说我这五样中占不了一样，我不像带一刀和隔山石有本事，然后找到了带一刀，带一刀也拒绝，说找其不如找张蝴蝶和隔山石，靠得住。小冯只好对带一刀说："张蝴蝶刚找过，他不答应。"带一刀接了一句："那你就不如找隔山石，他呀，五样全能。"小冯只得屁颠屁颠地找到隔山石。"小伙子，你拜我为师？受不起，别听带一刀张蝴蝶他俩瞎吹，带一刀的刀功全省有名，张蝴蝶有蒙上双眼将一粒槟榔铡出108片蝴蝶片的真功夫。"小冯呵呵笑一声："不，我要跟你学，早闻石公公的大名隔山石，隔一层麻袋和一层布，能识出药材。能审方、算单，扎脉处方，当然，还有您的手就是戥秤。""听你这么夸，小冯你笃定要拜我为师，我也不推辞，以后你得按规矩行事，有些东西不要学我，譬如拣药。""行，我听师傅的……"

小冯从回忆中醒了过来，看到师傅往处方瞄一眼，随手抓药，抓完后，师傅转身要去厕所，要他包好这服药。他稍微停留一下，以往只看师傅用手抓药，不晓得准不准，今天有机会，不如验证一下。他看了处方5克西洋参，将师傅抓了的重放在戥秤上，一看秤杆上的点数恰恰不多不少，很佩服师傅，露出得意的笑容，他找对了师傅。

过几天，市医药局组织检查组，对全市所有国营零售药店的质量规范进行检查。下午4时检查组一行进入石镇国药店。门市的顾客人流不大，但还有一些人，隔山石审完处方，就去帮忙拣药，不用戥秤，直接用手抓药，瞄一眼抓一下。被组长也是新来的市局副局长碰到，一惊，脸色严肃起来，说："老师傅，称药怎么能这样胡闹？"隔山石没搭理，继续抓药。陪着检查组的县药材公司副经理紧张起来，走到老经理后面轻推了一下，求助老经理。可老经理不慌乱，也不前去制止，很平静。蓦然组长见隔山石没喊停，火气撮了上来，说："太不把拣药当回事了，如同蔬菜场随意操作，这是药品，分毫不能马虎。"此刻的县药材公司副经理，惊惶不得了，豆大的汗珠从额头上滚下。小冯也吓得战战兢兢，跑进加工室向带一刀和张蝴蝶求救。他两人不惊慌。张蝴蝶不紧不慢地抬起头来，说："你没见过师傅抓药？""见过啊。他抓药准不准？""准。""准，那你就不要担心。"小冯稍

微缓下了紧张，回到门市，看到老经理跟检查组说："领导们，你可能不知，我们国药店只有他手抓，可他的手如称，不差克数，若你们怀疑，可试一试。"专家都说，验证一下。此时组长缓了一口气说，要小冯用戥称隔山石抓的药，一味一味过秤，报出数与处方的一克不差。组长惊讶，问这个老职工叫什么？"他就是隔山石，哦呀，早闻其名。"组长因自己的鲁莽的言行而后悔，握着隔山石的手有些歉疚，说："您老就是隔着麻袋识药的石公公，不愧是老药工。"专家们哈哈大笑。

四

一个阴雨天，昏沉沉的铺面，隔山石审方时被两个赤脚散发着汗臭的大男人架住匆忙往外走。隔山石对突发的情况惊慌，心想我又没犯什么事？门市同事见这幕也懵懂，光天化日之下，还绑架我们的石公公。一个同事回过神，急得跟出来，在走廊上看见一个六岁男孩扑通一声跪在石公公面前连磕三个响头，求石爷爷救救他父亲。同事看到这幕才放心返回。隔山石向两个赤脚男人呵斥："找我看病就找我看病，犯不着这个架势？""石公公，我们不采取非常手段，您抽得出身吗？我们也是没办法，人一急就难免做蠢事，请您原谅。"隔山石唉叹了一声，显得无奈，看着还跪在地上的小孩，怜悯地一手拉起小孩说："好，爷爷答应你，但也要等一等，我总得换一身衣服吧，拿些药末和器械。"隔山石转身返回门市交代一番，再去自己的房间取来盛着手术刀、止血钳、合缝针线、纱布、止血药、打退药、结疤药的医药箱。病人家离石镇不远，半小时的路程，走到一幢平房的禾坪前，见当中放了一堆白里泛黄的老石灰，他心紧了下，捂住鼻子穿过灰尘缭绕的禾坪，走进堂屋，又看到一口阴沉的黑色棺材，棺盖板朝天敞在另一边。隔山石惊得啊了一声，想退回，又被两个赤脚的男人架住。须臾传来了撕心裂肺的号哭声，从一个披头散发二十五六岁的年轻妇人口中发出。只见她头不停地磕在一张门板上发出咿咚声，上面躺着瘦骨嶙峋的男人，眼睛深陷，三指宽的窄脸寡白，若不是眼珠还在转动，就活像一具死尸。隔山石把惊吓的目光收回，刚落座，一个白发苍苍眼角还留有泪水的老人端着一杯茶过来，说："石公公，请您来，抱着最后一丝希望。儿子脑癌晚期，在省城最大的医院治了一段时间，医生不同意再治，叫我们拖回去准备后事。儿式年轻才二十八岁，孙儿小，儿媳妇花季，我不想失去儿子，白发人送黑发人。"隔山石喝了口茶后，起身，蹲在门板旁，翻开病人的眼皮仔细瞧了瞧，又把手放在病人鼻翼前试了试，好一阵，才说："老人家，这病我没把握。""没事，石公公你也看到寿灰、寿衣、寿材了。"赤脚的男人替主人说了话。不知谁又说，"事也就这个事，摆在您的眼前，您尽力而为吧"。隔山石听明白了，也只能死马当作活马医。他取下医药箱，察看病人后脑勺上一个巨大的肉瘤，他喊人去寻过废钵。家里没有旧钵子，找出一个没把的烧水瓦壶。隔山石点了点头，向赤脚的男人示意一眼，将瓦壶放到他的面前。眨眼间，隔山石手持锃亮的手术刀往肉瘤划拉一下，哧的一声一线带脓的血水暴涌而出，随着哧哧声响脓血接了一壶又一壶。赤脚的男人倒了一壶又一壶，倒到第三壶时，被这慑人的场面吓虚了胆，端壶的手不停地抖动起来，腿肚也在打颤。又换第二个男人端壶，清洗后，隔山石用上了止血药又敷药末。隔山石额头沁出几颗珠子汗，洗了手，擦了一把脸，又留下几包药末，转身就走，说"我只能尽力而为，若好，就要看能不能挺过今夜。熬过去了，明天再敷我留下的药末，一定要来国药店告诉我。往好的方向发展，两三周能痊愈"。老人感激地作了几揖，忙要掏钱。隔山石挡住了，摇了摇头转身出门。

次日上午，隔山石坐在竹藤椅子上审方，传来爽气的一声石公公。隔山石转头循着声音发现一脸笑容的年轻女人，好像在哪里见过，又想不起来。"石公公，我是昨天你开刀那个人的老婆。"隔山石心咯噔一下，一阵紧张，生怕是来找他的麻烦，想起昨天开刀那人的情形，忐忑不安。"哦，是、是像。"不等他怯懦地回答。女人笑着说："石公公，我男人今天早上睁开眼了，还喂食了一勺子糖水，我来告诉你一声。""好哇"，隔山石千斤的担子落了地，跟着笑了起来，起身就去房间拿几包药，交到女人手里，嘱咐她如何敷药和吃药。

三周后一个凉爽的下午，一对年轻夫妇来到石镇国药店，在走廊上碰巧遇到拿饮片的隔山石。带一刀和张蝴蝶都在加工室听到急促的脚步声，

十分奇怪。姓吴的男人朝隔山石前面一跪，连嗑了三个响头，说："石公公，受我一拜，您是我再生的父母，今天，一来感谢，二来拜干爹。"隔山石慌得一手想扶起姓吴的男人，说："小吴，这这使不得。"姓吴的男人见不答应，干脆跪在地上不起来。带一刀、张蝴蝶闻声走出加工室。带一刀看到这幕笑眯眯的。张蝴蝶对姓吴的男人说："你别为难我们的石公公，他还是一个黄花小伙子，没娶老婆。"姓吴的男人没理会张蝴蝶，固执地说："石公公就是我的干爹。"带一刀知道张蝴蝶在拿隔山石开涮，忍不住说："我的石公公你就答应吧，人家诚恳，你又是他的救命恩人。"张蝴蝶走近尴尬的隔山石说："石公公，也许小吴喊你干爹，说不定，能带发你的婚姻。"又拉着隔山石的衣袖押了押，隔山石扭身挣脱，可脸泛起小红云。张蝴蝶看到后说："小吴，石公公答应了。"姓吴的男人一笑站起来，一旁的女人欢喜地拉着男人的手。从那以后，逢年过节，姓吴的男人带着女人提着烟酒走进院子里喊，"干爹，干儿给您拜节来了！"孝敬又亲切的声音洪亮地跟着脚步声在走廊里飘荡回响。

春节过后一个晴朗的天，一个着蓝色罩衣的女人穿过阳光饱满的街道，走进石镇的国药店门市，指名道姓要找石公公。隔山石隔着柜台坐在那里审方，抬头看到高个消瘦的女人脸色阴郁，胸部鼓胀，凭着职业的敏感，估摸着女人是妇科的毛病。女人朝隔山石羞涩一笑，声音不大，说道："石公公，我是小吴介绍来的。"隔山石愣了下，一时想不起。"我和小吴还是一个生产队的。"女人看着隔山石一头雾水，忙提示说，"小吴不是你的干儿子？""哦，小吴介绍的，好好。"干儿子触起隔山石的记忆，起身迎接，小女人左右环视一眼，有点顾虑，走近隔山石，挺了一下前胸，还特意扯一下胸口的外衣，示意自己的胸部不适，又将头凑近隔山石的耳边轻声地说："石公公，我的胸部结块，一坨又一坨的像板结的疙瘩一样硬，还一阵一阵地痛个不停，找西医开过西药丸子吃了不见效，又请老中医号过脉开方吃药也无效。""哦，这样呀，你有孩子吗？"女人白色的脸颊刹那泛起了红晕，矜持摇头，后又羞怯地低下头。隔山石瞟女人一眼，觉得怪异，人家结婚生孩子喂服时，才有这毛病。隔山石拉过女人的手号脉，又瞧女人的眼神和舌苔，随手抓了九味中药，配了十服，说"吃完这药，痛稍微减轻，乳结消散再来找我"。过一周女人来了，脸上的气色好转还带点笑容，说："石公公，你的药有效，乳房肿块没那么硬，痛也减弱了。"隔山石说："还抓十服，吃完就彻底痊愈。"过了十天，蓝色罩衣的女人又来了。隔山石问她："好了？""好了好了。""好了，就不要再来了。""不，我气血不调，你给我号脉拿药。""没病吃什么药？"隔山石的头转到桌上拿开压着方子的算盘，显得不耐烦："姑娘啊，我还有一叠方子要审方算价。""不啊，我要请你给我处方。"拗不过，没办法，只好给她号脉，号完后说："没事，药就不开了，只要找男人把婚一结，精通气通。"女人羞红了脸，嗔怪说："这事不应你关心。""姑娘，你不要我关心，叫我号什么脉？"隔山石说了气话，又忙去了。哪晓得张蝴蝶送一簸箕的黄芪饮片来门市部，全听到了，又看到吵吵闹闹的这幕，站着不动了，紧紧地捂着嘴笑。可女人没生气，倚着柜台不走，看到外人张蝴蝶她也无一点羞怯，依然转过眼，呆呆地看着隔山石审方和拨开算盘，眼神放出来呆痴和迷恋。带一刀出来碰到此景，心中欣喜，看见张蝴蝶一边暗笑，就把张蝴蝶拽进加工室。张蝴蝶一脸怨气："带一刀你这是干什么？没看我在送饮片。""张蝴蝶你是过来人，别坏人家隔山石的好事，隔山石这个老处男好不容易遇到对上眼的女人。"张蝴蝶一巴掌拍在自己的大腿上，说："带一刀你真是聪明人，好好，听你的。"俩人一拍即合，当夜找了隔山石干儿子小吴，问明女人的情况。女人二十八，未婚大龄，家里父母听隔石山没有婚配，笑得合不拢嘴，两人回来把女方意思与隔山石一说。隔山石说乱谈琴，天大的笑话，我一个四十多岁的老头，人家才二十多岁。张蝴蝶说："女方不嫌弃你。""不行，也不行，我这人还讲点良心，不害人家姑娘？"哪晓得两人前脚到屋，小吴和女人随后就到，这话被女人听到，进屋插了一句："只要石公公不嫌我就是，男人大点就大点。"说完仰眼迷恋地看着隔山石。"别别，姑娘不要一时冲动。"隔山石直言拒绝，弄得女人委屈巴巴的。带一刀看着气氛尴尬，安慰女人："别听石师傅的，今晚他喝了酒。"

次日，姑娘一个人又来，穿着白色的确良，身体凹凸有致，直接来到门市，呆呆看隔山石审方和算单，前去送饮片的张蝴蝶，也看惊呆了，把姑娘拽到加工室，对带一刀眨了一眼，心领神会的带一刀起来去门市拿来隔山石房间的钥匙，回加工室对姑娘说："石公公说过，他忙，让你在他房间休息。"姑娘打开隔壁的房门，哪会歇息，打扫卫生，给隔山石整理衣服

和书桌。人家把自己当作隔山石的老婆，不走了。等隔石山回屋看到女人，一切都明白，遭到带一刀张蝴蝶两人一阵臭骂。但煮熟的鸭子，能让它飞吗？

隔山石四十一岁成婚。婚后的次日，隔山石的女人就改换了称呼，没叫石公公，而是老石老石地喊，在走廊里的张蝴蝶听见清脆又甜蜜的喊声就笑。带一刀就问："你笑什么？"张蝴蝶忍而不答，走近隔山石的女人面前，说："怪不得弟妹脸红润，昨晚精通了气也通了。"隔山石的女人，想到瞧病时隔山石说的话，羞成一个大红脸，扭着头就往房间跑，边跑还边喊："老石，张公公又取笑你。"隔山石说："没事，你一个女人不怕，我一个老头怕什么？"带一刀笑得背一弓又一弓的，忍不住说："本来就是，真通了，就不会要我们石公公瞧病。"女人想起来，娇羞得捂着红红的脸庞，嘣咚一声，把房门带关了。两个人哄然一笑。

五

次年石镇有点乱哄哄的，城市的混乱已蔓延到乡村。戴着红绣筒的学娃，在石镇一个革委会副主任也是国药店隔壁的积极分子的怂恿下，开始在街上游行斗人。他们绑了隔山石、张蝴蝶、带一刀还有带一刀一大一小两个老婆，对这几个人进行苦大深仇的批判。

当夜，吃了晚饭，女人对隔山石说："老石，你快去带一刀家。""唉，我没办法，是被他们逼的。""老石，别婆婆妈妈，我叫你去就去。放心，戴兄会原谅你的，当然，你要诚恳点，尤其对他的小青，我们都是女人，受了侮辱的女人，要多开导开导。"隔山石忐忑不安地去了。

隔山石高兴地回来了，进屋，女人问他："老石，见了老戴？""见了，我跟他说明原逶。带一刀摆摆手说，我们这么多年兄弟，知根知底，你就不要放在心上，回去吧。"

小妻狐疑地说："你没见到小青。""没见到，带一刀说不必那样了。"

"唉哟，老石你只懂药，就不懂女人。"女人拍了下肥胖的大腿说，"带一刀讲了一切包在他的身上。""你呀，你呀，就是不听我的。你不致歉，老戴他也是大男子汉一个，不去耐心开导和安慰，女人容易想不通。"女人放心不下又问："老石，听到小青拉琴不？""哦，我走出了走廊，后面追来了凄凉的二胡声。"

"糟糕。"这一声吓坏了隔山石。

隔山石惶惶不可终日，那时他下放在妻子娘家的生产队上。

果然，小青还是出事了。

隔山石后悔不迭，拿出了全部的积蓄，给了带一刀。带一刀不受，说："隔山石，这又不是你逼的，你不要自责。""唉哟，因我而起。""你这个蠢兄弟，刀切了手不能怪刀的。"隔山石跟妻子一商量，妻子说："老戴不要钱，那就我们来操办。"

六

日子转到1972年的春天，一个电报惊喜地发给石镇的隔山石，发报人是省药材公司的吕又青老师，三十年未见，要他明天赶到长沙，说长沙马王堆辛追夫人墓出土陪葬物有几味中药材，叫他一起去看看。妻子问隔山石："老石，吕老师是谁？没听你说过。"隔山石说："他父亲跟我父亲在潭州药栈共过事，小时见过几次面，他比我小一岁，不过他比我会读书，考取上海医科大学，毕业后分到省药材公司。""啊，几十年过去，他成就了，想起你来一起叙叙旧吧。老石，那你就去长沙吧，顺便把你的事说说，说不定吕老师跟下面打声招呼，你可以复职。"隔山石觉得妻子世俗和自私，这怎么行？不过他对马王堆感到陌生，尤其这事对他这个离开医药的人来说很突兀又蹊跷。

次日上午，隔山石来到张蝴蝶的老家盐坡村，张蝴蝶还在给小麦施肥，跟他一说，喜欢看书报的张蝴蝶："什么？长沙马王堆辛追夫人？"张蝴蝶呵呵一笑："你呀，不关心新闻和报纸，早几天，这事轰动整个世界，长沙一下子闻名。辛追夫人墓被文物专家挖掘，出土了许多陪葬物如油漆、竹

简、陶器、木俑、帛书、帛画、中药材，还一件只有 49 克的素纱禅衣，薄如蝉翼，轻若烟雾，色彩鲜艳，纹饰绚丽。""哦，吕老师要我跟他去看看中药材。""哎呀，吕老师，吕又青？""对对。"隔山石想起："带一刀两年之前，跟我说过，他参加省药材公司中药饮片切制比赛，主评委就是吕又青，我省唯一中药界权威。""隔山石，莫不是省文物局请吕老师组织专家，鉴定中药材？""对的，"张蝴蝶拍手站起来，想起来了，"隔山石，这是你的荣光，能参加吕公组织的专家组对马王堆出土的中药材鉴定。"张蝴蝶收了扁担和筢箕，拉隔山石到家里，好好招待了隔山石中饭。

翌日隔山石乘班车赶赴长沙，来到省药材公司。事情与张蝴蝶所猜测的相吻。吕公正在组织五位专家前往马王堆。隔山石心想，《吕公药著》数本，在药界如雷贯耳，不敢造次，于是诚惶诚恐地吕公说："您捎上我，不是叫我来在专家面前出洋相，到时叫您下不了台。""堂堂隔山石，十七岁鉴定中药材就一炮打响成都和湘潭药界，凭你这样奇才，我请到你是吕某的福分。""唉哟吕老，您不是在打趣我。好，恭敬不如从命，我该珍惜这次好机会，向您和专家学习。"

隔山石和吕公带队的一行专家来到现场。开棺后药材见空气外面颜色就淡了，但形状和大小没多大变化。每味分别标了数字，从 1 味到 6 味。每个人发了一张白纸和一只钢笔，五个人一闻一观，气味、形状，认定后，写在发放的一张纸上。隔山石写好，先交吕公。吕公也没看他的纸张，把他拉到偏僻处，当着他的面也把自己的纸和隔山石的纸同时展开，两人一看，两人鉴定出来的结果一致，佩兰、花椒、姜、辛夷、藁本、高良姜，两人会心地呵呵笑了起来。

光阴如梭，隔山石复职，重新回到石镇国药店。又十年一晃，迎来隔山石退休。石镇街上原镇政府退还给他的旧房子，简单修茸后，他从国药店搬回来。人退心不退。每天吃过早饭，他雷打不动地来国药店的门市看看。审方算价的药师见隔山石进门，亲热又客气地喊着师傅，还为他准备了一把做工精致的藤椅，他一坐下，不自觉地接受人家处方，晓得石公公上午来国药店，赶在这段时间来拣药，把处方交隔山石放心，好似隔山石是国药店压阵之帅。顾客持着处方排着长队，等石公公来审方，或者给分析处方的功效，或者还有要石公公看病处方。这下，他就起不了身，直到中饭时，看了时间，"哦哟，我吃饭了"。营业员喊："石公公在食堂吃，要厨师加个菜。""不行，我那女人会不饶我。""石公公，你看等你算价审方的人排在这里。"顾客听到句跟他开玩笑："石公公，您老今年多大了？""不多，八十又八了。""哦哟，米寿。"其实，那年他才七十二。故意虚报一圈。恰恰碰上中年妻子叫他吃中饭。人家又笑，"石公公，这位是你的女儿？"隔山石向老顾客瞪着眼，"请你睁开眼瞧瞧？""石公公，你这小妻，细皮嫩肉，不满四十吧，这也怪不得我的眼睛走样。"隔山石的女人笑眯眯，嗔怪隔山石，"老石，你喜欢装大，吃了亏，还好意思凶人家"。"好好，你说得对。""他们看我有福气，娶得小妻娇妻好妻。"呵呵，哈哈，大家笑了，石公公也笑了，女人脸上泛起了红润。

阴沉又朦胧的一天，隔山石早早吃了早饭，没带伞出门。妻子挟了一把布伞追了出来，隔山石回头感激地看一眼妻子，进了国药店，坐上藤椅后，忙了一大半个上午，累了，想躺一下。有人喊，"石公公，帮我看一下处方"。没有回应，一推，身体一动不动僵直着，试鼻无气息，享年七十五岁。

对　面

一

汪寻梦跨出省供销学校的大门来到区供销社报道。区社的主任用眼角瞟了他一下，轻淡地说，"大学生哟，好！有才华又年纪轻轻，前途远大啊，去基层商店锻炼锻炼吧"。汪寻梦热情的心顿时被偶遇的冷风吹拂下有一种无奈又说不口的情绪，没敢言声，就懵里懵懂地分到山角小集市上的一个商店。这个不起眼的商店比代销店大一点，连个正规的招牌都没有，几个楷体的毛笔字，早已褪色。好在对面县药材公司在这地方设了一个点叫国营药店。药店里有三个人，吴晓风在其中。加上这个商店五人，这小集上也有八个吃商品粮的人，这是 19 世纪 80 年代山角落里的人，一道还算向往的小风景。

汪寻梦安心在商店，就是因为吴晓风在那地方。

汪寻梦喜欢看吴晓风。小吴长得漂亮，在这山角像是落下的仙女，头发乌黑，脸形又好，有刘晓庆的模样；身材也好，细腰长身。虽然身材修长但也婀娜，胸部和臀部相当有曲线，又知花小钱打扮。美感这东西也怪，身材好穿什么都适宜，一看比城里穿红戴绿、涂脂抹粉的女人显得脱俗和端庄，隔老远就袭来一种清秀和靓丽的气质。尤其笑起来，小吴格外恬静，如不露齿不发声的大家闺秀，同时，脸上绽开的两朵桃红落入小酒窝内，羞涩又迷人……

汪寻梦来的时候情绪非常不好，看了这个地方，下雨天，街道上泥泞

不堪。晴天，街道灰尘障眼。街两边合起来没有二十人家，冷冷清清，没有一点热闹的迹象。要不是逢每月的古历六赶场，人们会忘记这个小集市。汪寻梦在心里骂过多少遍那个主任的娘。重视知识分子的年月，你还这么看不起大学生。有时，他也写信跟大学的同学诉苦，来到僻远小山区，一天没两趟公共汽车跑。

过了一个星期，汪寻梦对这个集市的看法，改变了不少。

他来这个小商店时，经理安排他干采购员，去区社和县社购进货物。起先以为经理看重他有知识，后来，他看到了一些情形，才发现人家都不愿干，才派他去。其实，汪寻梦并不知道，他们都有靠山。小王的姑父正在所在的乡政府任党委书记，在这片也算呼风唤雨。老马呀，他的老表就是安排汪寻梦来这儿的区社主任。刘姐呢，她老公是区社的秘书，人称胡秘书，也有炙手可热的权力。他们有底气和经理讲价钱。

汪寻梦发现这情形也很凑巧。他去区社运回了一手扶拖拉机的货物，停在商店后面的院子里。想叫小王、老马一起来卸货。这也不应多想，五人中除了经理还有刘姐，只有小王和老马身强力壮的。他跑去店铺的前面。经理已去县社开会去了。刘姐正在给一位老顾客拿货。小王和老马各自坐在大门口抽着香零山的烟。汪寻梦各叫了小王和老马一声，只有老马有反应，把没嗑完的烟，噗一声，喷在地上，一线轻烟还在冒，用脚捻灭。小王坐在一条竹椅上，被什么新奇的东西吸去了，呆呆地望着对面。他觉得怪，什么东西这么好看？汪寻梦干脆蹲在小王后面，看到小王眼朝前方，他沿着小王盯住的地方一瞧，对面有个药店，十来米的距离，非常清晰。一个穿蓝色羽绒衣的姑娘，在国药店的阶基边正弯着腰择选带叶的中药材。

当姑娘抬头之际，汪寻梦惊艳了，难道看到的是真的？蓝色的衣服配上脸上开出来那两片淡淡的红，人儿就像刚化了妆的女戏子，走在戏台的旦角儿。

她转过眼，无意地掠了汪寻梦一眼，汪寻梦感觉到对方的水灵的眸上，除了一丝羞意，更多是弥漫一种含蓄的花蕾般的妩媚。汪寻梦心动了一下，是一种温柔的妩媚浸润过的悸动。人家说一见钟情，他一眼钟情，痴了半天都没回过神来。要不是对方发现他这张新面孔，立马抽身躲进店里，汪寻梦还会像一具雕塑立在那里。

小王在小吴离开时候，知道汪寻梦回来了。小王回头看见汪寻梦蹲在他后面，虚惊了下，问了一句，"货拉回了？"汪寻梦站了起来，颤了下身，说拉回来了。老马打趣他："小汪，你看到对面那妹子了，傻得半天才回过气。"汪寻梦晓得老马知道，笑话他，羞红了脸，说"老马，怪不得你们不采购货物"。说到这，忍了一句。汪寻梦是一个害羞的人，想了这话，红色漫了半边脸。

货卸了后，他不想去区社和县社采购了，找经理时，经理正喝酒，没去开会时候就坐在柜台后面，一个人喝闷酒，越喝越开心不起来。汪寻梦说："经理，我刚从学校出来，对一些货物不熟悉，商品价格也不甚了解，哪些紧销哪些迟销，还掌握不了，等我熟悉了再去干，这样对咱单位好些，购回货物不会积压。"经理端着酒盏，侧着眼瞄了瞄他，不解馋，又盯着他看，好像对他有些不满，说道："大学生，你是学这个专业的，商店的货物哪样不晓得，在家吃过、穿过、用过。你也算个聪明人，跟我算算，这事你不干，谁干？好了好了，你就不要推脱了。"经理这一说，汪寻梦站在那里哑了声。经理收回了眼，重新品了一口酒，嗫了嗫嘴巴，又说："小汪啊，小汪啊，哪项工作不要人做？"汪寻梦怔了怔，才知道，经理和区社主任骨子里有点看不起他。他想是不是经理认为自己不听安排？他想解释，那话又不好开口，难道当着经理的面说我留在商店为看对面的吴晓风吗？

有一天，汪寻梦发现经理在老马手里拿了一对"德山大曲"的酒。经理提了酒对老马说，"老马，记过账等发工资的时候去扣吧"。老马在这店兼了会计，老马有些为难，说："经理，你送县社领导，这样一来他们对我们店也会照顾，也属公事，就别记你帐了，列入商店里开支那笔吧。"经理回了头，眉头紧锁，来了气，说："老马，我再穷，还要讲个制度嘛。"老马无奈摇了摇头，不敢多说半句。

汪寻梦毕竟是个大学生，悟性极好，知道经理想调走，又苦于没钱。汪寻梦心里灵机一动，想到经理最需的是酒，有酒自己的心愿就会实现。他用老爸给他添置日用品的钱，也买了一对"德山大曲"。经理在自己的宿舍见到前来的汪寻梦提了酒，先有兴奋，接了酒后，拍了拍他的肩膀，说着很感激的话。将酒搁在桌上时，又皱起了眉，说："小汪啊，只有你还知道我是个经理。好，好。你提出的更换岗位，现在想来还有些道理。放心，我会好好考虑的。"汪寻梦以为经理认可，明天就不要采购货物了。

等了一个月，经理没找他。他抱怨，经理是商店的头，这不就是开一下口的事，老马和小王随便哪个都行，答应就这么难吗。就这两天，他没去采购货物，这是一个月难得有两天这样的好时间。汪寻梦就和老马、刘姐站柜台。小王他姑父把他叫到乡政府吃好的去了。刘姐没有生意时一个人坐在柜台后，一心一意织毛衣。可能是女人对女人不感兴趣，吴晓风这么漂亮，刘姐也很少对望，不过刘姐和吴晓风的关系非同一般，在这个地方能有几个吃商品粮的女性？再说刘姐的毛线衣是这个小街上织得最好的，女人谁不喜欢织毛衣？吴晓风跟刘姐学（这个原因，小王可以不巴结经理，但不可不巴结刘姐呀）。汪寻梦和老马就不同，两个人不约而同地走到门前，看对面的那个药店。那药店的药柜子正对店门。当时，吴晓风穿了一件红衣，抽开药屉，一个一个地检查，看哪个屉子里的中药饮片生虫发霉了，那正是气温适宜的虫霉季节。

汪寻梦看着吴晓风的时候，从来就没有眨一下眼。他看她时，他的眼前就是春园子，他看到的吴晓风不是穿红衣的吴晓风。他看到吴晓风是一朵红杜鹃、一朵月月红、一朵红牡丹开在对面的药柜上，红红艳艳地怒放起来。有时，汪寻梦在欣赏之中，情不自禁地感叹一声，真美！当老马听到汪寻梦赞赏吴晓风的美时，老马笑眯眯说："你小子行吧，为了天天能看对门那个吴妹子，要换岗位。"汪寻梦知道老马晓得他的想法，面红耳赤，害羞起来，否定说："老马，不是，不是呀。"老马说："你小子再说瞎话也骗不得我的眼睛。你小子换一下不要紧，这事经理就棘手了。"汪寻梦感到惊讶，说："换一下工作，还有这么难吗？""你小子不知道？！"汪寻梦摇了摇头，学生出身的他就那么单纯。老马说："小王这小子，也和你一样中意吴妹子，也天天想看。要他干采购肯定不会同意，三天两头在外面跑。不过，小汪，我看了看，吴妹子对小王没有多少意思，对你还算不错。"汪寻梦心里一欢喜，红了脸，说："老马，别这样说，我都不认识小吴啊。""小汪，这你就骗不了我，你的眼睛早就告诉了。"老马好像不听汪寻梦的辩驳，接着说："为你的事，经理把小王调了一级工资，他依着有靠山还不干。后来，经理也没办法，只好打出最后的底牌，说'我这次跑成了，你来接我的位子'。"那小子稍加思索，说了一句："经理，不知我与你谁先走

啊？好吧，暂且答应。"经理当时愣住了，丈二和尚摸不着头脑。汪寻梦没听后面的话，就大叫一声，"那太好了"。不用出差调货，的确太好，天天可以见到对面那个吴晓风，但，他不敢叫出声。

汪寻梦有时也担心，经理跑成了，上调到县城的公司，到时，小王真接了经理，他更遭殃，会受到小王的压制，没有出头之日，与吴晓风交往，也会遇到无形的屏障和阻挠。可一细想，又释然了，小王的德行和能力接不了班。

汪寻梦从老马嘴里知道不干采购的消息兴奋一夜，又写信给他大学要好的同学，说这个地方美，人纯，到了一个福地，觉得来这是前世修来的福气。信写好以后，他又抽了一支烟，把他今日看到吴晓风的样子，美美地在脑里足足过了一把瘾，好像穿越一层云腾雾绕的天穹，来到云南昆明的植物园，看到万花丛中一朵最红的花魁……

二

汪寻梦和小王打了工作交接。其实，交接十分简单，他从小王手里接过一串店门的钥匙，然后交给小王原先调回货物的发票凭证即可。可是小王这人，恨透了汪寻梦，一直都没给他好脸色。怪汪寻梦从中作梗，像是在骂，"你摸通了经理，别得意，等着瞧，到时叫你竹篮打水！"当时，汪寻梦没跟小王较真，小王对自己有看法，情有可原。汪寻梦觉得自己理亏，都想在商店当营业员，干采购就没多少时间看对面，也就没多少机会见吴晓风，存有私心，所以过意不去。不过，汪寻梦绝没想到这些，就是这与小王结了深刻的仇恨。

汪寻梦第一天接手，开了一个早早的门。比小王开门时还提早了半个钟头。将门打开，对面药店的门，也打开了。汪寻梦看到吴晓风时，心情如早晨一样清新和心动。汪寻梦想到怒放在晨曦里的花朵经一晚的露水滋养呈现出水嫩似的鲜艳。女孩也和花一样，一夜的心情放松，血脉流通又滋润，次日脸上的皮肤光泽显得红润又水乳似的鲜嫩。

汪寻梦与吴晓风对视时，汪寻梦感觉到吴晓风的眼睛水灵灵的温柔；也觉得吴晓风脸上的那朵桃红格外的鲜气。怪不得小王打移交时有些不满的情绪。

汪寻梦发现对视一会儿后，吴晓风扭头闪了一下身，不见了，他好一阵没回过神来。汪寻梦悟到自己看得人家女孩子不好意思，不能再恋恋不舍。于是，汪寻梦走出门三步远，伸了伸手臂，踢了踢腿，好像清早起来，要活动一下身子，呼吸点新鲜的空气。吴晓风相反，从门边走到柜台前，拿起柜子上的一杆鸡毛掸，打扫上面的灰尘。这地方就是灰尘多，不比城市的街道，光溜溜的水泥路。关好门窗后，灰如雪花一样漫进，别说药柜台，连床铺、碗筷上总是落着层层的黄色。吴晓风虽忙，但会隔一阵将眼睛瞟过来，看汪寻梦的活动。

到了八点钟，老马才出来，喊小汪吃早饭。商店没请人做早饭，厨师老马兼着。老马自己吃了早饭，换汪寻梦去吃。小王去区社采购。刘姐休假看老公去了。经理还是忙着跑调动，调到区社还难，别说调县社。这下，商店就只有老马和汪寻梦两人。汪寻梦说，"老马，你把饭端过来，我在营业间吃"。老马眼睛睁大了，工作二十年还没看到像小汪这样的工作狂。商店本来就形成这个习惯，换班吃饭的人，总要休息个把小时。利用这时间洗衣、剪头、看书等。小王还要去自己的房间躺一躺；刘姐呢，不是洗头就是洗衣，或织毛衣。老规矩了，莫想破例，老马不相信这个大学生思想好，有知识的人一般灵活，看样学样。老马就没去端饭，说，"小汪吃饭不耽搁事"。汪寻梦见老马没有端饭出来的意思，就自己进厨房，端了菜饭出来。

老马看了一下汪寻梦，又走到门前，瞅了瞅对面，发现一个新情况。以往都是李老那个药剂师端药盘子出来，放在店子前面的阶基上晒太阳，什么当归、花白、黄芪、熟地等易虫霉的中药。这件事，对守店又无聊的老马太熟悉了。而今天出乎意料，吴晓风端药盘子出来，没有急于回铺里的意思，而是蹲在地面有意停留。吴晓风把中药饮片一块块地捏了又捏，好像在每一片上手指都要过一遍。不过，仔细一瞧，心不在手上而在眼睛上。吴晓风不时地抬起头，当然，眼睛落到商店这边。看不出门道的，还以为吴晓风在忙事。

老马掉转头，走近汪寻梦面前嘿嘿地笑起来。汪寻梦蹲在大门口吃饭，见老马笑，发愣了，停了咀嚼。老马又呵呵笑："小汪，怪不得你吃饭还端着碗来营业间，原来是这样啊。"汪寻梦半天摸不到话的来龙去脉，就说："老马，你在说什么哩？"老马不说话了，面对药店方向翘了翘嘴巴。汪寻梦见到老马的行为恍然大悟。他站了起来，看到吴晓风蹲在地方，手不停地捏药片，眼睛像照相机，按下摄影键，一下一下咔嚓，一闪一闪的，自己的影子被吴晓风尽收眼底。汪寻梦看了后就激动了，"我这个样子，不应让她去照我呀，而是我去照她呀，她这么好看"。汪寻梦心情一来，饭就几口地扒完。老马嘿嘿嘿嘿又对他笑。汪寻梦见老马只笑不说话，自己的脸先红了起来。

三

几天来，汪寻梦没事时候，就拿一条陈旧的木凳子坐在门后。这个无障碍的位置，随便一眼，对面药店情况一览无余。

李老在药桌上切药，桌子角落有酒杯。切几手后，端起一杯药酒，"叭"的一口，再抹一下嘴巴，优哉游哉。汪寻梦坐在那，能数出李老一上午要品几口酒，抹几下嘴巴。这时叫小静的提着一只铝桶和一簸箕药材出来，独自在门前沟边清洗，细长又白得像莲藕一样的手臂在水桶里不停地来回搅拌。她是医药学校一个实习生，个子小，圆脸又白，性格乐观，一天到晚嘻嘻哈哈，看上去没吴晓风文静。她一边洗药材，一边眼睛喜欢观赏外面的风景，看见过路的、走过一两个穿戴奇异的或者发现商店与往常迥异，就嘻嘻哈哈地笑一阵，之后招一招小手叫吴晓风，"小吴姐，快来看呀，街上这人怎么这么肥呀，行走，不是在走而是在滚动"。吴晓风不搭理她，忙自己的事。隔了一阵，她嘻嘻哈哈又笑："小吴姐，快来快来，那个你讨厌的小王不见了换成白面书生，一脸腼腆。"吴晓风眼都没抬，故意说："我不看。""小吴姐，你真不看？我才不信。"便把吴晓风拉出了门，朝着对面一指。"小静，看到了看到了，不就是个商店男营业员嘛。""小吴

姐,你不要装作什么都不知,以为我不晓得,你们俩早对上眼了。"心中的秘密被人戳穿,吴晓风羞涩地跑进门,还口不停叫道:"小静,你不要乱说啊。"

这些,汪寻梦看得一清二楚,这不是他关心的重点。

汪寻梦看的是吴晓风——吴晓风在柜台跟老人的顾客拣药、手提戥秤的灵敏、拿饮片的熟练。吴晓风对走进的顾客一脸春风般微笑,好像还露了一对甜蜜的小酒窝。以至于顾客叫汪寻梦买东西,他都没心思,将顾客丢给老马和刘姐。自己一心一意地盯着对面看,因为这几天,自己怎么看吴晓风,吴晓风除了红脸之外,低头羞涩之外,就没看见她荡漾着这么好看一对小酒窝。汪寻梦看上瘾了,眼都不眨一下。然后,他看到吴晓风倒了一杯茶,送到顾客手里。吴晓风去倒茶,走路的样子也好看,身姿一摆一摆的,红衣也好绿衣也罢配在好身材上就像飘起来的彩绸缎子格外地招眼。

小静早就觉察到新来不久的大学生对吴晓风感兴趣。每当,汪寻梦的眼睛望过来时,小静就咯咯地笑,笑声像喜雀子一样欢闹,叫了起来,"小吴姐,那个大学生又在看你呀。哈哈呵呵"。小静的笑声,像风一样飘过来,吹红了汪寻梦的脸。有时,吵得李老在一边烦恼借着酒性就斥两句,"小静,能不能也像小吴一样文静起来?"小静"咦"的一声,缩回了颈根,吐了吐舌头,给李老一个怪样。但,要小静文静是做不到的,过不了一会儿,她又伸出细长的食指,朝外面指了指,又朝吴晓风咯咯地笑,不过怕笑声大了,就捂住了嘴。吴晓风抬下头,看了对面真是汪寻梦,就倚着柜台,两手捧起脑袋,两只水汪汪的眼睛遮都遮不住。汪寻梦就是喜欢看这种羞涩的样子,看吴晓风瞥了自己一眼后,呈现的那种"香腮带赤"和默默温柔地含情。汪寻梦看得心里跳了一下,身儿飘飘、魂儿荡荡……

老马喊了一声,"小汪,你来帮一下吧,我忙不过来"。汪寻梦不情愿地起了身,看到一群山里人进店,买火柴、烟、洗衣粉、盐等日用品。汪寻梦帮着拿完后,又坐回位子,眼睛又朝药店那边望去,有心事似的。老马忙了一阵后,又捡一把竹凳子,也依在汪寻梦身边坐下。老马伸出了头,往汪寻梦的眼前看了看,发现汪寻梦的眼睛看着对面时藏了心事。老马看着汪寻梦着急,说,"小汪,亏你还大学生?恋爱,不是望一望那么简单,

对面

这样不行。爱情这东西不可望梅止渴。这事，你得跟小王那小子学一学。那小子为找吴妹子说话，三五次跑去买甘草，一待半上午。端午节，那小子送桂子薄荷酥过去。到了元旦，又送什么卡”。汪寻梦知道那叫贺年片。不过，那个吴妹子，灵雀子一样，一一付钱回礼，不干得人家的。为减少跟小王单独接触，总支使小静去跑腿，有时，小静噘着尖尖的嘴巴，不想去。吴晓风一副大姐大的样子，吓唬她，“你不帮我去，吴姐就不理你了”。小静她懂的，在这里实习除了吴姐没人玩了，得罪吴姐等于今后没好日子过。小静咕咕哝哝，“小吴姐，你要我去，你不喜欢我更不喜欢”。老马越说越来劲，“小汪，想方设法与她套近乎，想方设法讨她的好，只要你和她俩人谈上话，越聊越来劲，到了打情骂俏，到了搂搂抱抱的地步。按照我说的去做，肯定你会娶上这个吴妹子的”。汪寻梦淡淡一笑，目光友善地看了一下老马。毕竟老马说这番话是对他好，也相信老马说的也有一定的道理，但汪寻梦历来凭感觉办事，这个感觉就是眼睛，第一眼看中了这个吴晓风，这是一生难寻的、又纯又漂亮的女孩。他也觉得吴晓风对他有好感，是她的眼睛告诉他的一切。

四

小集市那个坑坑洼洼的街道。晴几天，机动车一过，灰雾如雪花一样漫天飞舞。商店和药店都需要一个周边好的卫生环境。商品这东西，一旦沾上灰尘，显得陈旧，顾客不太喜欢。商店门前的前坪，每天下班后洒水凝灰。隔天洒水次日灰雾就少。汪寻梦没来的时候，洒水这个任务由老马和刘姐轮流去做。土坪吸水快，没有四五担水解决不了问题。老马和刘姐俩人对这份工作都十分不乐意。汪寻梦来了，每日下午，他一个人主动承担洒水。老马和刘姐乐得皆大欢喜。俩人对这个小伙子看法不错，尤其老马，汪寻梦来了事事顺他的意，把汪寻梦当作自己的兄弟。刘姐呢，虽然小王以小恩小惠缠着她，她总感觉到小王那小子嘴甜心滑，处处奉承她是带有目的，而汪寻梦单纯又诚实，为人着想，比小王实在。

一条窄小又短的街道，不过 10 米宽。汪寻梦来这里第一天下午就发现对面的前坪是药店的吴晓风在洒水。吴晓风每次只能担起半桶水，看她挑水艰难又吃力，两边肩胛骨还是颤颤巍巍的。汪寻梦很想上前帮她一下，可是，又找不到合适的理由。汪寻梦承接洒水这件事后，他就在吴晓风洒水的时间提前半小时行动，多担了几担水，洒过中线，连药店门边都洒到了，包揽了吴晓风每天下午的活计。走出门的小静，惊叫，"小吴姐，快来看呀！"这个大学生，吴晓风很感激，省了事，不用自己挑水。怜香惜玉的举措哪个女孩子不喜欢？吴晓风的喜欢就是倚着柜台斜靠着头，上嘴唇含着下嘴唇轻轻地嚅动，埋头深情默默地看汪寻梦一瓢一瓢地洒水。那时吴晓风的眼睛在说话，问汪寻梦，你累不累呀？汪寻梦也用眼睛笑着回她，这点小事算什么。一问一答，谁也不晓得。外人只看出汪寻梦干起活来，干劲十足，还心情舒畅。

药店的李老是个怪老头，不喜欢举止行为轻佻的青年人小王，也不喜欢一惊一乍又嘻嘻哈哈的小静，倒是对吴晓风和汪寻梦看得顺眼。看见经常来药店的小王，眼睛就冒黑烟。可对汪寻梦态度就有些迥异。每次，汪寻梦担了水洒到药店这边时，李老总是眼睛闪着光芒，端个酒杯出来，朝着汪寻梦喊："大学生过来，过来喝口酒吧。"喝口酒就要到药店去。汪寻梦笑了笑，摇摇头。在药铺见吴晓风，面对面怎么好说话啊？又找不出说话的理由。汪寻梦想了后，觉得还是望一望，互相看一看，来得自然和默契。李老喊不到汪寻梦，总是抿一口酒后，当着吴晓风的面赞扬似的感叹，这个大学生好哩，不怕苦，擅帮人！其实，说者无意，听者有心。每次，吴晓风无意间，白皙的脸上都要腾起两片淡淡的彩虹。

五

真正汪寻梦做到和吴晓风用眼说话，还是依靠经理。

那天经理跑调动回来，情绪很不好。他黑了一张脸，胡子拉碴，一下瘫坐在铺台后面的条凳上，唉声叹气，半天没说话。经理进来时，汪寻梦坐在有利的位置上，看吴晓风切药、洗药、拣药。经理也看到了汪寻梦正在瞧对面，没打扰他。汪寻梦也发现了经理回来，一脸愁容。汪寻梦想到了经理调县社怕是没希望了。

他听老马说过，经理的老婆在物资公司工作。老婆晚上没人陪寂寞，经理在这个小集市一个月只有四天假，不可能晚晚陪她。实在熬不过，要经理调县城去。调不回县城就离婚，这事闹了快半年。经理想到自己的孩子十来岁了，在县城读书。和老婆离了，孩子没娘就像水面漂泊没有根的浮萍。经理为这事着急。其实，近段又发生变化了，经理还蒙在鼓里。老婆晚上实在寂寞，她们公司一个老婆不身边的副经理也寂寞了。两人寂寞到一块，这也符合"负负得正"电流原理，寂寞撞在一起热闹了。汪寻梦听到这里揪心，就情绪低落地说"老马你这不是在折损经理"。老马误会了汪寻梦，说"小汪，我和你是兄弟，咋会骗你？"老马还说得有根有据的，他老表听县社主任说的，县社主任听物资公司经理说的。汪寻梦一思，老马老表是区社主任，上级讲过男女之事给下级听，以示与下级亲近，这事多得是，汪寻梦就相信了老马。

从经理进来那一瞬间，看吴晓风怦然心动的感觉就被经理快快不乐的表情也卷进去了。经理可能调不动了，想起家庭濒危的后果惧怕不已。有时，茶饭不思；有时，无心管理商店的事，尽让老马、刘姐、小王和他四个人去干。这个社会，调动、安排工作、升级等事，都得有个靠山。亲戚当官，也有三亲六故；同学当官，也有书窗之谊；朋友和同事当官，也有个感情回报，滴水之恩，涌泉相报。经理这人没这关系，只好多费些米，没有几箱"德山大曲"解决不了实际问题。

经理眼望屋顶脸色苍白，说："小汪，来五两白干吧。"汪寻梦知道经理想在酒里自醉。他同经理吊了五两散装的白酒，自己掏了钱。经理揍了一大碗白酒，四个兜兜翻了遍，仅仅翻出五毛钱，苦笑着说："小汪，付不起了，记在我的账上，从我下月工资中扣除吧。"汪寻梦说："经理我帮你付了。"经理一下沉了脸，严肃起来，说："不行，不行。上次还要你太破费了，小汪，要不是想调县城去，我不会收你的。"汪寻梦非常理解经理，晓得经理求人调动，掏空了衣袋，经济更拮据，说："您不要急，慢慢来，这事迟早会解决。"经理揉了揉潮湿的眼眶，"小汪，只有你能理解我啊。

小汪，陪我来喝喝"。汪寻梦从厨房又拿了一只饭碗，说："经理，我不会喝。""小汪，男人不学会喝酒不行，来了事不憋死才怪。来来，今天你会说话，让我痛快让我又看到了希冀。"经理边饮酒，边把心里憋了许久的话倾诉出来。"小汪，当初我他妈的为什么要讨个县城里的娘儿们？自找烦恼。小汪，在这随便找一个，哪怕是山里的女人也不会像现在一样苦恼又失落，不会求爷爷告奶奶去跑调动。也不去想着调动不成娘儿们离了、家没了那码子事。来来，干了！""经理，干。"汪寻梦真不会喝，一口下喉，从舌头到食道流到肠胃，好似一路又干又辣又烧的感觉，牙齿烧得瑟瑟在抖。"小汪，一个男人，这怎么行？好好地学，学会喝酒万事顺心。小汪，再喝一口。"汪寻梦饮了一口，又苦着一副脸。经理借了酒兴，和汪寻梦掏了心窝，说："小汪，我告诉你呀，县城的妹子千万不要找，一旦两地分居，独守空房，女人会耐不住寂寞。"汪寻梦点了点头。经理一巴掌，"啪"地拍在自己的大腿上，记起什么似的。"哦，对了，要找对象，就找对面药店的那个吴妹子，又在一块，这妹子还文静。"汪寻梦惊吓了下，以为经理醉晕了，就起身说经理："我给你倒口水来。"经理半躺着椅子，笑了起来："我不喝茶，要喝就喝甘草水。"汪寻梦只认为甘草甜，不知甘草有解毒之功效，泡甘草水，也可以解酒。

汪寻梦虽时刻想看吴晓风，但不想近距接触，没办法为了经理解酒，亲自跑到对面药店去买。他一路走一路想着心事，要是如经理所说，那就近得只隔一条街，将来也不会像经理一样天天跑调动这样烦恼的事发生。想到这，心里甜滋滋的，就像咀嚼甘草似的。但，汪寻梦一想到进入药店，心很紧张，摸着胸部怦怦地跳。他努力想自己的心平静下来，就过映吴晓风看他的样子，吴晓风站在门口偷偷地看他就像新娘在红烛下被新郎揭了盖头那个温情绵绵的样子。可是，他把对她的想象过完后，心还是静不下，反而脸色也随着红了起来。汪寻梦想骂自己真是草包，一个大爷们就见不了这个吴晓风？

汪寻梦走在洒过水的坪前，壮着胆大声"嘎"的咳嗽一声，挺了挺身，大步流星似的跨了过来，雄纠纠气昂昂之势去迎战一般。

这时，小静正在门口的阶基上的铝桶里去杏仁皮，发现了汪寻梦来药店，丢开手中的活儿，抬头喊了起来，"嘿嘿，小吴姐，大学生来了"。这

一喊，过路的都停住了脚，把惊奇的眼睛转了过来，看药店这边的热闹。躺在竹椅子上的经理不知药店发生什么事情，站起来望着对面。汪寻梦被小静的喊声吓去，刚振作的气势，又跑了似的，心又开始乱跳，脸又腾地红了，到药店的门外步伐迟缓，低了头，蹑手蹑脚的。后来，汪寻梦干脆停住不走，头转向后面。经理看汪寻梦怯场的样子，他就有些急了，踮起脚尖，向汪寻梦打着手势，一下一下地往前面挥动，好像经理对他抱怨起来，"哎哟，小吴，怕什么呀，你是去买甘草又没做什么偷鸡摸狗的事"。过路的人看着这个场景，嘻嘻哈哈大笑，80年代了，还有这么老实的小伙子。汪寻梦觉得经理的眼睛在骂他窝囊，他就鼓起勇气，又掉转头往前走。汪寻梦看到吴晓风从里间出来，对他甜蜜地笑，脸上荡着一对好看的小酒窝。汪寻梦看到了羞涩又欢喜的小酒窝，浑身兴奋起来。汪寻梦勇敢地走进药店。

吴晓风转向小静，责怪她，说："人家来买东西，有什么大惊小怪？"小静擦了一鼻子灰，灰溜溜地提着盛杏仁的铝桶到里面的厨房去了。汪寻梦站在药房柜台前，怔了一下，这么好的小吴，也有小脾气，但一想，又笑了，"我不是买东西又是做什么？人家在帮我说话"。

"买什么呀？"吴晓风收回一脸的严肃，又朝汪寻梦露出灿灿的笑。

"哦……哦，我这有两角钱。"汪寻梦从裤兜里掏出来，想交给吴晓风。汪寻梦想一旦搭上了话，多准备一些话题，就不会怯场。话题如吴晓风年龄、学历、爱好和生活习性。当吴晓风问起他，反而木讷，连一句结巴的话都说不出，别说话题了。人就是这么怪，在所喜欢的人面前，灵敏又聪明的人也会变得迟钝和愚蠢起来。他怯懦起来，吞吞吐吐的，不知来做什么。

吴晓风听到对面经理在喊买甘草，知道汪寻梦要买什么东西了。吴晓风故作不知，等汪寻梦自己说出来。吴晓风倚着柜台站着，间或用眼睛看汪寻梦，瞅汪寻梦木讷的样子，瞧出汪寻梦也像小妹子一样红脸，不自然地咯咯地笑了起来，之后，更喜欢他这傻傻的样子，不免心里荡漾起甜蜜的涟漪。

汪寻梦木头似的抬起头，发现吴晓风看着自己，发现吴晓风看自己时候眸子柔和还藏了许多的内容，从对方的眼睛中读出羡慕、喜欢、兴奋、激动的词儿。汪寻梦也回敬深情一瞥，不仅看到吴晓风不露齿不出声的含笑，而且看到了吴晓风眼睛里写着关于自己的文章。

　　要不是这个小静噼里啪啦的脚步声从里面响出，吴晓风不会感觉到自己在营业间见到汪寻梦，而是感觉到是夜晚在自己的房间见到汪寻梦的。吴晓风惊了下，柳眉含羞，面色羞红。她还哪有时间等汪寻梦来说出啊？她忙抽开了药屉，称出五角钱的甘草，用白纸包好，递给了汪寻梦。汪寻梦只顾看吴晓风去了，手里攥着的两角钱也没交给吴晓风。等甘草交给他手里，才知要给人家的药钱了。汪寻梦拿着一包甘草在手，掂了掂，发现两毛钱甘草片没有这么多，想起，是吴晓风她有意多给。汪寻梦把毛角全搁在柜台上，说："少了我再回去拿。"

　　吴晓风看着柜台的两角钱，说："你拿去！"

　　汪寻梦觉得怪了，买东西不应不给钱。

　　吴晓风见小静出来，一改刚才的温柔，对汪寻梦命令似的说："我说了，你拿去吧。"

　　汪寻梦感觉到不能白拿。

　　吴晓风好像生了气，说："你天天帮我们在前坪洒水，从没有说要我们给你工钱？这一点甘草，我做主了送你。"

　　这时，李老从里间也颠了出来，见到汪寻梦笑容可掬，说："大学生，来来，坐一下，喝口酒。"汪寻梦对李老回笑，说："李老，我喝了酒过来的。"李老又问："你们经理在家？"汪寻梦说："李老，经理在家，刚跑调动回来，我陪他喝一盏。""哎！你们经理也可怜啊！你回去把他叫过来，我陪他喝酒解闷儿。"

六

　　小王干了一个月采购，不干了。他也不找经理要求换工作。每天到营业间晃一下身影就算报到了，之后，缩到自己的房间呼呼地睡大觉。有时，在营业间待的时间长一点，不是去对面买甘草和胖大海，就是坐在那条竹

椅子上瞅一瞅吴晓风和小静。看也是白看，这是老马说的，对于吴晓风，小王早就没戏了。小静口直心快的人，不喜欢他当面叱了他好几回。不过，这小子是个赖皮，骂不退。他常常对老马夸下海口，"老马，别看她们不喜欢我，我小王不搞到吴晓风就要搞到小静"。老马只得苦笑，说"那我听你好消息"，可心里却说，"你真是个不要脸的癞蛤蟆。"

那段日子，经理跑工作调动跑得正火。他老婆发出最后的通牒，一周之内调不回来，什么也别说，离婚！其实，经理的老婆说出这个限期是个幌子，经理即使调到县城，婚姻也会崩溃。他老婆赌经理一周内调不回。送了半年的烟酒没什么着落，六七天哪能见分晓？天底下没这样的好事。所以，他老婆敢赌。想着这话的时候，也许她正躺在物资公司副经理温馨的怀里。听老马说，经理调动有眉目，老马听他老表说我们这商店有一个人要调来。汪寻梦相信老马的话。

在这个节骨眼之间，经理送了大半年的德山大曲就要出现成效的时候。经理没时间也没心情管这事，也不会管这事。现在小王的姑父升了副县长，官运亨通。得罪个小王，就得罪个副县长。呼风唤雨的人物，别说调动，要你怎么着你就怎么着。经理在这山角里待怕了，哪敢惹事生非？商店的事就听之任之。商店的货物流动，只能船随水走了。

有时实在货物卖空了，经理亲自去边采购边跑调动。商品实在紧缺，经理又来不及时，就让老马报计划给区社。价格嘛，比去人时要高一点。在那个年月，价格最敏感，直接关系着利润，利润又关系着奖金。全区供销社系统所有的店最高的奖金也不过五十元。但为了年终多得点奖金。商品内部"调拨"时，为争个好的批发价格，批发部门和零售商店两边的人争得面红耳赤。

有一天，老马拉汪寻梦来到空煤油铁桶边，用手敲了敲，声调低沉又有回音，"小汪，你看到了，桶里又没油了"。汪寻梦说："老马，没有了，就报计划到区社吧。"老马有点焦虑地说："小汪，区社那帮业务股的人，喜欢欺人，越没人去价格就越贵，你看上次报的那一批货物高得吓人。这样下去，今年的奖金就泡汤了。"汪寻梦说："老马，这有什么办法啊？小王不干，经理又转不过来。"汪寻梦心里想说，"老马，你就只挂念那么一点奖金，人家经理正面临着家庭的支离破碎呢"。不过，汪寻梦没讲出来，稍琢磨一下，悟到老马故意说给他听的，绕过弯儿，想要他再次出马。汪寻梦也毫不客气地说："老马让我再熟悉一段时间嘛。"老马一把左手抱了汪寻梦的右肩膀亲热地说："小汪，这事是经理的事，我可没权啊，再说我和你是兄弟，我不可在你不愿的情形下要你去。不瞒你，小王在你没来的时候，早就不想干了。当时，他苦恋对面药店的吴妹子。我和经理认为小王扎根这里不简单，想促成他和小吴的婚事。免得小王找一个较远的女人，像经理一样夫妻两地分居。恰好，你分配到我们店里，我在经理面前力主你接替这项工作，你是大学生，有能力承担。可是，现在看来小王不是吃菜的那条虫，药店的人都讨嫌他，倒发现你对吴妹子有兴趣，吴妹子对你也有那意思，两相情愿。多么好的吴妹子，小王成不了，吴妹子不能让外地人抢去。姑娘就像花，美丽的绽放之时，就是欣赏之季，花朵不可无蝶啊。正好，你提出来不想干了。经理征求我的意见，我就把这一切跟经理分析了。经理略有所思地说，是呀，要考虑考虑小汪了。"汪寻梦心里倒是甜了一下，看着老马，表面上还在抱怨："老马，你这不是在拉郎配吗？"

这事，给汪寻梦震动很大。商店的情况越来越糟。经理调动也没消息。

有一天下午，经理对汪寻梦说："小汪，我找你有事。"经理把他拉到一边，避开众人。经理面色憔悴苍老，他嘴唇嚅动了几次，想说话到嘴边又吞咽回去，欲言又止。那时，刘姐和老马都在。小王可能在睡大觉。老马望着汪寻梦这边，笑了笑，从他的表情中，汪寻梦读懂了老马的意思。汪寻梦联想到，老马同他讲的事，他就知道经理想说什么。经理显得有点难为情，最后想了想还是忍住了。"哦，小汪，那件事，我忘记了，你看你看看我那记性呵。"他拍拍汪寻梦的肩膀，微笑起来，像是长者在关怀。"小汪，近来，你跟对面药店小吴发展得怎么样了？"汪寻梦面色绯红，窘迫地摇了摇头。"小汪呀，你得抓紧点时间。大家都看好你。那天跟李老喝酒时，李老也提起你，说小汪人实在又肯干，也想促成这件美事，说郎才女貌，皆天成地配。"经理又摸摸汪寻梦后脑勺，聊上这事时，汪寻梦腼腆得想挣脱经理的手。汪寻梦联想到经理醉酒时，要他买甘草的用心良苦，汪寻梦心中对经理感激不尽。

七

　　商店的事本来就不多，货源不足，生意更少。汪寻梦做完这一切，仍坐在那个有利的位置看对面的吴晓风。那时，街面灰尘少。晴天多，汪寻梦下午的洒水也挑得多。每天，他想到要看吴晓风，就多洒一担水。所以，从商店看对面，从药店看对面，清晰度非常好。汪寻梦下颌的胡须对面也能看清，吴晓风跟人说话不经意露出白玉般的牙齿清清楚楚的。

　　汪寻梦发现了吴晓风不倚靠柜台坐着，也是拿一把木椅子坐在药店门边也望着这边商店。

　　汪寻梦现在不是看吴晓风无瑕的面孔像满月一样皎洁和甜甜的小酒窝，而是注视吴晓风的双眸，时而大时而明亮，时而像朦胧的浮云，时而水灵灵春波荡漾。那是幽静又无声的语言，那是一曲温柔又迷人、轻轻细细的歌声……

　　汪寻梦喜欢听，喜欢用眼睛看吴晓风说话。吴晓风用眼睛说出来的话，汪寻梦爱听，糯软温柔烫心润肺，听起来心情也好。汪寻梦看到吴晓风的眸子朝自己送来，心动了动，差一点悸动起来，有种被温玉润过细嫩的皮肤一样温柔与舒适的感觉。往往对自己钟情的事认真起来，就不那么自然，何况听自己喜欢的人用眼神说话呢？吴晓风的眼睛开始对汪寻梦说话了：

　　……

　　你看什么呀？

　　我在看你哩。

　　我没什么好看的，在山脚的小药店操着戥秤的女孩子。

　　你好看，脸蛋粉红、秀发光亮柔顺、水汪汪的眼睛，笑起来有好看的小酒窝。

　　你是大学生，你瞧我不上呀。你看过许多时尚又香艳的女学生。你眼光高咧。

她们我看不上眼。真的，我爱看的是你！你美得和纯得那么的好看！挺可爱的那种好看！

……

吴晓风似乎真听到汪寻梦说，自己美得如西施一样，心里早被汪寻梦暖暖的语言醉得不得了，羞涩得把头埋在大腿上，想着那种甜蜜。好在小静回去休假了，没人嘻嘻哈哈的，倘若平时又惹来嬉笑和打闹。汪寻梦呢，盯着吴晓风还想看。汪寻梦喜欢看她醉了，眼眶盈一汪朦胧甜意。汪寻梦还想听吴晓风的眼睛说话。吴晓风不小心地斜了眼，怯怯地窥视对方一下，发现汪寻梦的双眼，流淌着炽热的爱意。好像被他眼睛里的深情感动，对方正在等待她说呢。吴晓风在汪寻梦那种迫切和恳求的激励下，又抬起头，四只眼睛又缠绵在一起。

……

你说得比蜜还甜呀，不是在哄我吧？

没有啊。一个男人对一个女人的喜欢，不是说来就来的。

你说你喜欢我。喜欢我，为什么不来我这里坐坐？陪我说说话，陪我散散心呵。

我是想啊！可是，到时我到你那里来，找不到理由，逗你不喜欢，怎么办？我生性怕羞。怕自己爱的人受到惊吓。

坏坏坏……唔……

……

你知道吗，我感动的时刻，是你静静地看我的时刻。

我也是一样。晓风。

汪寻梦甜蜜地想起来了，心里该是这样称呼吴晓风了。

你晓得么，我最美的时刻，是睡不着想着你看我的时刻。

我也是一样，晓风。

……

这时，老马走了过来。拿了一条泛着旧色的木凳子，也想坐下来看一下对面。老马的凳子还抓在手里，看了对面的吴晓风，又看到汪寻梦痴情地望着吴晓风。老马觉察他们两人彼此眼神默契。他也就没有放下凳子，不想打扰这对年轻人相视。

不知几时小王溜了进来，看到汪寻梦动情地凝视对面，又看着吴晓风被汪寻梦调得面泛桃红、海棠醉目、梨花带雨的样子，看得他馋眼和妒忌。小王心痒得很，猴急地夺过老马手里的木凳子，坐了下来，也想看吴晓风那个样子。老马直言说："小王，你就别去打扰小汪了，你没看见他与吴妹子俩人眉目含情。"小王不服气，用眼剜了一下老马，意思在说，"老马，吴晓风是我的了"。老马觉得小王真是无赖，人家早不喜欢你，不想和他争吵，独自走到柜台后面。

汪寻梦发现了小王，从甜蜜的温柔之乡回到了现实之中。他发现小王也看对面的吴晓风，一直是那么喜欢看吴晓风。汪寻梦就是一个那样的人，认为小王早就喜欢上吴晓风，自己再去喜欢吴晓风，心里有些罪过。汪寻梦想起，自己为了每天能看见吴晓风，不去干采购，而换上小王，就愧疚不已。但爱一个人，是自私的。汪寻梦恨小王，小王没戏了，还死皮地去喜欢吴晓风？可汪寻梦寻思着，吴晓风还没有成自己的爱人，凭什么就不准人家喜欢吴晓风呢?! 汪寻梦前前后后矛盾着。不过，汪寻梦表面上还是笑容可亲，同事嘛。汪寻梦好像在说，"小王，你也喜欢吴晓风，你就坐在这里看吧"。

可是小王看到吴晓风是另一番情形。他看到了吴晓风对着自己是一副冰冷的脸，没有汪寻梦看她那种"醉目带雨"的样子，没有对看时羞意般的桃红，没有对他笑着的那小酒窝。而吴晓风看到的不是汪寻梦是小王时，就起身走了。小王的热眼遇到吴晓风一个冷峻的背面。小王想着她与汪寻梦相视那般情形，就嫉妒了，脸色暗淡起来，狠狠地朝吴晓风眼中离去的影子，吐了一口痰，丢了一句，"好呀，我叫你们看，我叫你们看个够!"

八

次日，艳阳高照。汪寻梦售完货后，吃了简单早饭。山区的人怕耽搁农事，总是天还没乍亮就下山，在商店买了日用品，赶在早饭之前回去。商店真正最忙这一阵就是早饭前夕。没有顾客买货汪寻梦就清闲下来，自然想到昨日的眼睛传情的愉悦，他坐在昨天同样的位置上看对面药店。不觉，天上起了点小风，街道上全是尘雾扬天，飞灰蔽日。汪寻梦发现对面什么也看不见，别说看吴晓风荡着小酒窝的脸了。汪寻梦看不到吴晓风，想着今天，吴晓风一定有话和他说，他也是，一晚的相思憋了许多要说的话。他就有点急迫，看不见对面，俩人就不能用眼神交流。他想起昨天下午洒水时，比往常洒水又多挑了一担，怎么今天早晨刚过，太阳出来不久，路面就起了灰尘。汪寻梦走出门，阳光直射，晃得头晕，又睁不开眼，有些怪异，还没到六月，气温也不太高。来到街道中，发现药店前坪，有人倒了几箩筐的灰土，堆在药店大门口前的街道上，看样子有意跟药店过不去。汪寻梦在灰土前狐疑徘徊，眼睫毛、头发和衣服上落下一层灰色的尘霜。老马跟来了，对汪寻梦说："小汪，这是哪来的灰土呢？"汪寻梦没据实回答老马，还是和往常一样说："老马，好像起风了。"老马走上前，看一堆新灰，转头拿锄头和扫帚去。此刻刘姐双手捂住眼睛，摸索到门柱边，喊道："小汪，灰雾太大障碍睁不开眼，你快点回来，关闭店门。"老马说："刘姐白天关店门不妥，虚掩半边门。"汪寻梦回来，寻铝桶，一路从厨房找到宿舍，闻到从小王房间传出来的雷鸣般鼾声，怪了小王一般这时都起床了，要不是昨晚在哪里玩去了，耽误睡眠。他没心思管这事，小王自由惯了，又跟自己与吴晓风的事有些隔阂。继续寻水桶，在老马那找了一只，自己那只铝桶落在后院的天井旁，正好打上两桶水，挑到街中央急着洒水，洒完两担后立即见效，灰粒遇水凝结。

一会儿后，吴晓风带着微笑过来。她过来，一般找刘姐关于打毛衣的事。刘姐打的毛线衣比百货店买的成品毛衣线脚均匀还合身。不过，今天这个时候，她不是找刘姐，真正的意图是借这个影子来看汪寻梦。之前灰雾遮眼，看不见对方的人，憋得慌，焦急，心里的相思就像一条蛇一样地纠缠着（这是初恋的常情）。对这个问题，聪明的女人有聪明的法子。吴晓风就迫不及待地想来找刘姐。

吴晓风进门时，和刘姐打成一片，两人捏着织了半截腰身的毛衣有说有笑。她放低姿态，像个学员一样静静地听刘姐点评，每一"平针"走向，吴晓风问得十分认真。不知，小王几时醒来了，一件白衫长袖搭在肩上，似猫闻见了鱼腥味似的凑在她们俩人面前。时间恰到好处。前段也是，吴晓风专为打毛衣的事请教刘姐，她前脚踏进门，后脚就跟来小王，也是这般凑巧。小王殷勤地向吴晓风和刘姐赔着笑。吴晓风用背对着他，眼睛一直在寻汪寻梦，四下望一望没找到人。小王在吴晓风面前讨了没趣，转而奉承刘姐织毛衣的水平，他说："我们刘姐打毛衣就是出俏，上下针锁边均匀又平滑，用平针走的花瓣，不是菊花就是梅花。"刘姐也不太喜欢小王这套华而不实。"小王，尽说着外行的话，凡绣出的花，哪一朵没有花瓣？去，你还是忙你的，莫来添乱，我们女人谈女人的事。"小王怏怏不乐地走了几步，倚着柜台靠着，不过，仍然盯着吴晓风婀娜的胸部看。老马走了过来，问吴晓风，"小吴，你那前坪哪来的那么多的灰屑？"吴晓风发觉老马向她问话，含笑说："我也不知道，谁家倒垃圾，不小心漏在这里？"刘姐停了织毛衣插了话，"哎呀呀，今天的灰尘真的多，要不老马你关了半边门，这里来不了人了"。小王很得意地，朝大家笑了笑，狡黠地跑开。不过，这一讪笑被细心的老马发现。

汪寻梦洒水回来时，老马拉着衣袖在他耳边悄悄说小王，那小子昨晚一定干了坏事。汪寻梦似信非信，总觉得小王没那么坏，没把这事放在心上。

汪寻梦从吴晓风和刘姐身边经过，吴晓风没有和他打招呼，仅仅是深情地注视一下汪寻梦，这一个动情的细节，包含着问候、相思、爱意和激动，比彼此亲密地呼唤对方的名字，比两人在一起深情地拥抱，不知要激情澎湃多少！这个小动作，刘姐没发现，老马也没发现。小王察觉到了，可能他对这事太敏感，他当时没有嚣张气焰，如蔫坏的萝卜叶，耷拉着，情绪低落，刚才的得意和欣喜荡然无存。

九

　　经理与老婆一周内离了婚。关于离婚，经理从没有和汪寻梦透过一点讯息。只是有一天晚上两人喝了一通宵的酒，酒中吐真言："这个娘卖的婆娘，俩人赤裸裸地躺在我家床上，被我堵上。早就打算好，逼我调动是幌子，实际不想跟老子过了。小汪，当时，真想从厨房提来一把菜刀结束这两个畜生。后来一思，别干蠢事，儿子还要成长和生活。哎，怪我无能，人就这个命，也不能全怪她。"经理长叹一声，忧戚涌入心头，用手轻轻揉着湿润的眼眶。汪寻梦见经理愤慨、无奈、心痛等复杂的情绪，心中泛起一丝悲悯和同情。他没资格劝经理，就叫来老马。老马陪着经理饮，他不胜酒量，醉得一塌糊涂，次日早晨还上不了班。闻着酒香，药店李老也来了，手上还提上一对同仁堂的药酒助兴。李老有酒瘾，没酒量，饮酒是个慢性，细水长流的角色。不管你叫得多凶，他手端着酒盅，慢悠悠地品。经理和李老碰酒时，经理一口一盅，李老只是"咪"一口，但经理从不逼李老，倘若摊上跟老马、汪寻梦喝酒，少他半口酒也会叫嚣起来。

　　半夜时分，汪寻梦又重回餐桌，见经理深陷的眼睛挂着几粒泪珠趴在桌上，打着饱满的酒嗝，在说酒话。"李老，臭娘儿们要跟我离婚，离就离吧，我想通了。可她不应该给我戴绿帽子，这事，我想不通。"李老慢悠悠地品一口说："经理，有些事要看开一些，老婆是你的没错，心却是她的，你管得着她的身子可你管不了她的心，对不对？""对，对对。"李老又"咪"了一口，说："本来吗，公婆结合是一种前世修来的缘。两人在一起也是一种感情和家庭维系，能走多久，顺其自然吧。人生苦短，生活又不简单。我劝你在这事上，还是别折腾自己，好好活着哪。"经理歪着脑袋，抓起杯子，和李老碰下，说："李老你这话说得好，姜还是老的辣。来来，我敬一口。"李老轻轻用舌头点了一下，风趣起来，"我老朽了，比不上你，只能啜上一小口，就这么一小口，呵呵。"经理一盅一口干完，好似没醉，又转了话题，"李老，小汪是一个好小伙子。""经理，我知道，这孩子不错

唡，看他每天洒水，就知他非常勤快还有助人的美德。""听说他跟你药店的小吴妹子谈上了，李老，这事就托付你。""经理，这没关系，伢妹子中意，就差旁人烧把火，这把火归我老头子来烧。""好好，李老就你这句话我再敬你一杯。"经理忽地站起来，跟李老碰起了酒，只砰一声。汪寻梦听到经理和李老对话。想着经理这种情况下还关心他的个人问题，眼眶不知不觉有些潮湿。经理见汪寻梦进来，醒了一半，要他送李老回去。

过了两天，闻到经理倒霉事。跑了快半年的调动，结果泡汤了。商店的小王，从没有去跑调动，反而调到了县社。汪寻梦问老马，老马反身倚在椅子上休息，神情迷迷糊糊。"老马，小王凭什么能调走呀？按规定，他没资格，还没结婚不存在两地分居嘛。"老马从打盹中醒来，抹着惺忪的眼睛说："小汪，这年月，说不清，调动要依条条框框，经理就不要送那么多的德山大曲？几乎是三年的工资，结果鸡没抓着，还赔上了一把米。"汪寻梦说："老马，你老表不是区社主任吗？看在经理和你同事的分上，让你老表和县社主任说说，你看看经理，妻离子散的状况，够凄苦的。"老马瞪大眼，惊讶地说："小汪，一个区社主任在县社领导面前算哪根屌毛？人家不屌你。你想想，小小区社主任怎么与一个主管财政金融贸易供销等系统的副县长相比？小汪，你这人太天真了。""唉"，老马叹着气，"小汪你有知识有本事，不如小王有个好舅，小汪你也晓得，小王不是好职工不听安排消极怠工可有好命运。"老马提醒汪寻梦说："小王那小子，心口大，这家伙想办的事没有办不成。小汪，你要快点下手，趁着吴晓风还喜欢你，还在这里。小王那小子，夸过大话，吴晓风他是娶定了。小汪，其实，他走了我们还省事，不知会不会带走吴晓风。"汪寻梦没有听进老马的话，结果被小王害苦了。

十

小王一调走，老马主动要求干采购。汪寻梦和吴晓风恋爱的关系进展得非常顺利。好像是冬季的种子，播种在春天的泥土里，有风有雨有阳光，只等发芽生根。

　　汪寻梦只要有一刻清闲，就坐在那，看对面的吴晓风。现在，他们的对视，内容就多，眼睛传情，互相间心有灵犀。说话还依赖眼睛，但说话的亲密，就像锅里熬糖水，越来越黏稠和甜蜜。时间一长，感情就加深了。他们慢慢走动起来了。吴晓风到刘姐那里学打毛线衣。汪寻梦呢，老马叫他买几次感冒发寒的荆芥和防风，经理叫他买几回甘草，有时李老过来，把他叫过去，陪他喝小酒和说话。但吴晓风来商店也好，汪寻梦去药店也罢，都不是直接来找对方，也没说上几句，只能算近距离看一看、笑一笑、礼貌性打一下招呼。不过，他们的对视，越过初恋走向浓烈的甜蜜期，在他们的眼中不仅能称对方"寻梦"和"晓风"了，而且从目光中亲昵地唤出"哥"和"妹"来。汪寻梦和吴晓风之间，彼此把对方看成自己的一部分，只差李老牵线的一把火。李老看到吴晓风甜蜜温情地看着汪寻梦时，就笑眯眯地说："小吴哪，你把你爸妈叫过来，我有话要同他们说。"吴晓风心里明白，脸一红，羞涩一笑，扭转身，不看汪寻梦了。

　　小王调走一个月后，来这个小地方两次。没跨进商店一步，他与经理、老马、刘姐、汪寻梦格格不入，尤其经理费了几年时间跑调动，被他捷足先登。大家都看不起他。也可能是他过去在商店的所作所为，过了分，心里内疚，不愿与大家面对。

　　小王仅进了药店的门，只找吴晓风。小静说，小吴姐又不喜欢，一次是李老拿着酒盏，品上几口后，借着酒疯把小王骂出了门。另一次，小王还是不死心，又来了。碰巧，李老看他婆子去了。小王纠缠吴晓风时，老马那天没去采购，老马看到了，拉去正卖货的汪寻梦，很恐慌的样子，"小汪，小王那小子又来打吴晓风的主意"。汪晓风走到门口，一看真是小王。汪寻梦说："老马，你大惊小怪了，小王在时，吴晓风就不理他，现在他调走了。"汪寻梦相信自己的眼睛，也相信吴晓风的眼睛，所以对这事不太在意。老马摇了摇头，"小汪，你不听我的，你会吃亏啊"。汪寻梦一笑不屑一顾，又去卖货去了。

　　两周之后，一天上午，汪寻梦刚坐下来，习惯性地重复这种每天的对视。他看到对面的情形后，吴晓风没有坐在药店门前，也没倚靠在柜子站着。这下，汪寻梦牵挂起来，他想了想，吴晓风又没休假，到哪去了呢?

他担心吴晓风是不是病了？他想去药店去探个情况，一时又想不出理由，现在，虽在心里确定了两人关系，但李老那一把火还没烧旺，吴晓风的父母没来药店，没确定那"名分"。听小静说，小吴姐透露过，她做教师的父亲要她调往县城。汪寻梦相信，吴晓风不会离开这里，她父亲找了关系，她也不会去的。

汪寻梦等得非常焦急，坐一阵又站起来，站一会儿又坐下来，局促不安。吴晓风还是出来了，脸色泛白，揉着泪水的眼眶，好像在床上躺了一整天，似乎还暗暗地哭过。吴晓风出来，没坐门后的椅子上，而是先趴在柜台上。当她抬头，看到汪寻梦的焦急和担忧，她忍不住号啕大哭。于是，吴晓风更伤心。汪寻梦看到吴晓风的情形，想从吴晓风的眼睛读出她的伤心、委屈和无奈。

汪寻梦看到了吴晓风擦后的眼睛竟然那般朦胧，像浓雾中一池秋水，静静地泛起忧郁的涟漪。汪寻梦紧张了，心怦怦地跳，知道吴晓风遇到不幸，相信吴晓风会用眼睛向他诉说近日来的无奈和心酸……

哥，我要离开这里了。

哥，你保重自己吧。

哥，以后，在心里，我会时时刻刻地惦记着你

……

汪寻梦看着吴晓风那种表情那种气氛也想哭，差一点把自己的心捣碎，杂乱无章，倒入这场理不清心还乱的酸楚又无可奈何的痛苦之中……

妹，到底什么事呀？

妹，有哥，你别怕啊！你快说啊。

妹，你在这里好好的，为什么要走？

……

汪寻梦以为吴晓风遇到心情上的不痛快，他绝不会想到这一次相望竟是最后一次相视，他也不相信他们的爱情就这么悄无声息地结束。他也不

会相信命运就是这样捉弄人。

因吴晓风的调走，汪寻梦下了决心，一定要离开这个地方……

十一

岁月无情，十五年一晃而过。

命运多舛，汪寻梦由于自己的才能，一步一步地坐上县人大办公室主任的位置。汪寻梦的办公室在人大五楼，每遇片刻的空闲时，不免要站在窗边，轻微地拉开紫色窗帘，静静地看一看外面，遥望一会儿远方的盆景，之后，就长叹一声，又拉上帘子，这是十五年前在小集市上养成的习惯。

汪寻梦年近中年，晚上除看一下新闻联播，再不想看下去了，电视剧每到这个黄金时刻齐头上，宫廷戏、侦探戏、恋情戏，能收到信号的电视台开碰头会似的，调哪个台频，都是一类的剧情。汪寻梦也不去打牌，现在流行什么三打哈，要技巧，要会算，还有心理素质好，三方配合都要默契，免不了责怪和争吵。汪寻梦的朋友邀他打过，他是场场输，也没在意，可几个好友，在钱方面争得面红耳赤，弄得大家尴尬和不愉快，所以打死他也不去了。下了班没事做，在家总要找个事打发时间，在这样的情况下，他学会了电脑打字和上互联网。

汪寻梦在QQ上聊天，网名用的就是自己的名字寻梦。也是怪，每当和人聊起，总聊不到一块去，怅然若失，不尽人意。汪寻梦自然怀念那小集市和吴晓风默契相视的往事，要是那时，有互联网这东西多好。吴晓风为什么要离开药店，至今没留一点讯息给他，这一直是个谜，也是个伤痛。倘若像现在一样可以在电脑上聊，他也能明白当时吴晓风一些调走的情况。汪寻梦想着这些也伤感起来。

有一夜也怪，汪寻梦想加几个异姓好友。他把想加的条件输入，年龄限在30—35岁之间，性别为女性，地域为本市，合乎这三个条件又在线上的，也有好几百人。怪在汪寻梦发现了一个叫晓风的女人，心里颤了一下，这是个久违的名字啊，曾让他甜蜜过又让他伤心过。

寻梦和晓风聊了一周后，发现他们谈得有趣，也合心，达成了一种心灵和精神上的默契。寻梦联想十五年前他和吴晓风的相视，那是一幕多么美的风景啊！许多日子的对视，眼睛和目光之间，不仅传情，还能说话，也有一种情感的默契，也像在今天QQ上聊天一样。寻梦认定晓风，就是十五年前的吴晓风。寻梦在对话框打出一行字，要求和对方视频。晓风动作扭扭捏捏，半天不说话。寻梦要求坚决，不视频，就把她的名字打入黑名单里。晓风好久才点开视频，可能有曾经对汪寻梦的愧疚。

寻梦想到的没错，晓风就是吴晓风。

当时，寻梦看到了荧屏，震惊一下，眼前的吴晓风还是那么的漂亮，风韵犹存，虽然没那桃红出现，那白净又端庄的脸庞，怎么样瞧，都是给人一种兰花一样纯洁和高贵，三十多点的女人多了一份生活成熟和岁月沧桑。不过，深沉又忧虑的双眸，再怎么散发女人的温柔，总也掩不住那份情感的伤痕……

汪寻梦开始说话，颤动着声音："吴晓风，我一直想知道你为什么一声不响，就离开那个药店？吴晓风，你为什么调走后，一个音讯都没有，你应该告诉我你到了哪个单位？吴晓风，难道当时我对你不是真心的吗？吴晓风，你眼睛之中，你没有感受我炽热的爱意吗？吴晓风，你也太绝情了……"

吴晓风看了汪寻梦后，发现他现在的眼睛还是十五年前那般动心又会说话的眼睛。她再看不下去了，只说一句，"你发福了"，眼眶止不住涌出了泪。

吴晓风实在忍受不了，趴在电脑桌上，嘤嘤地哭泣。

汪寻梦紧追不舍，质问道："吴晓风，当时是不是你们药材公司那个经理的公子看中你了，在家庭在父母在社会的压迫下，你没有选择余地?!"

……

吴晓风不回答。汪寻梦看到吴晓风在桌上，嘤嘤地哭泣，身子颤抖得厉害，也跟着哭了起来。

十二

　　有些事说不清。一种默契，也是一种心灵的感应。

　　汪寻梦昨夜，一晚未眠。在 QQ 上和吴晓风视频后，又在哭声中结束。他和吴晓风连再见也没说一声，可他们不约而同地有个打算，第二天要去十五年前的那个小集市看看。

　　这天，汪寻梦叫了单位司机，专车过去。而吴晓风乘着班车过来，也就是他们两人隔了十五年同时出现在这个小集市。汪寻梦怕惊动留在心中的那番记忆，离那地方还有一里路远，就叫司机把车停下，他一路步行。现在，一切都改变了，那里不再是那个有着不到二十人家的小集市，而是一个住着百多户商家的小镇。街道两边全都三四层白墙黑瓦的楼房。每个门面上悬挂的是金字或灯笼招牌，而不是昔日门框之上那个褪色的几个毛笔字。

　　汪寻梦站在水泥街道上，愣怔了，又想起十五年前那个灰尘满面又坎坷不平的街面，他每天下午挑桶去洒水，在商店门前，在药店面前……看到这些，不用洒水的水泥路，他有一种隐隐的怀念和伤感……

　　商店五年前，随着供销系统的改制，卖给一个个体户了。紧随其后，药店也面临改制，听说两年前被曾在药店实习过叫秀才的大学生拍卖到手。

　　汪寻梦揉了揉发红的眼睛，走到原来那个商店里。胖乎乎的个体老板还以为他是进来买货的顾客。汪寻梦觉得不是人走茶凉，而是岁月的流逝带给他的怀旧和伤感。老板还算客气，递来一条竹椅，泡了一杯绿茶，还让一根黄芙蓉的烟给他。汪寻梦接过竹椅坐在那里，吮吸一口烟，目光在商店内四处巡视，思绪越过一段岁月，想起那个离了婚还叫他去对面药店买甘草的经理，想起那个会织毛衣的刘姐，想起那个一直撮合他与吴晓风在一起的老马，也想起那个夸下海口"吴晓风是他的"的小王，觉得好笑，婚姻有定数，冥冥之中早有安排，同是追求人，自己和小王两个竹篮打水一场空。当然，汪寻梦来的目的，就是想重新坐在商店门口看看对面的药

店。又想起早已作古的李老边端着酒盅品小酒边招呼他，"大学生来来喝口酒"，也想起了一天总是嘻嘻哈哈快乐又阳光的小静。汪寻梦喉咙里有一股酸涩的东西在蠕动，哽咽起来，眼泪像泉水汩汩地冒出……

吴晓风下了车后，直接进入那家药店。招牌换了叫什么大药号，不是国营药店了。此刻的她在药店，英雄无用武之地，只是坐在条凳上的普通的顾客，她朝原来的商店望去，抬头发现了汪寻梦，一惊，身子颤了一下，怎么他也来了呀？吴晓风才发现，她的命中一生注定少不了对面这个汪寻梦。可是，现实这么残酷和无奈。她看了一下汪寻梦一头白发，曾经的高大又帅气的小伙子不见了，愧疚之感涌入心头，头埋进膝盖上又嘤嘤地哭泣起来。

汪寻梦也一惊，吴晓风来了，更使他吃惊的是小王开了一辆大众牌的黑色小车，停在大药号门口，把哭红了眼的吴晓风拉上了车。他才想起老马的话，小王这家伙心口大。他彻底被打脸了，后悔不已，不知在哪方面输了，输得那么彻底，又给他在人生道路上整出一个解不清的深奥的谜……

二味中药

潭县药材公司听说新来一位经理，年龄快退休了，大家都喊他老经理。老经理前任濒临倒闭的市医药公司，经过一年治愈，逢伤化瘀，药到病除，朽木逢春了。现在，上级又要他来收拾这个烂摊子，听说他会开处方，处方"君臣佐使"调配得好，头痛医头，脚痛医脚，第一站就从县公司所属的零售国药店开始。

老经理来的次日，先找了老九。我不知老九怎么汇报国药店的情况。之后，又找我了解情况，我也直言，婉约劝过他："我县药材公司和市医药公司，今非昔比，在全国许多公司、厂家因市场竞争、销售萎缩的环境下，医院和卫生院的货款拖欠太多，以至于发不出工资，濒临倒闭。别说我们这个小单位小公司，贷款无门，没钱进货，工资还拖欠两个月，还谈什么工作自救、力图改革？"并且我还给老经理列举公司几个烂得不能再烂的部门，重点提到自己熟悉的零售总店也是潭县国药店种种劣行和末日将息的现状。

老经理看着我笑得从容，似乎一脑的踌躇满志，看后，骤然一惊，认为我在夸大其词，单位不过管理不善。果然他翘起了泛白的胡须，瞪了我一眼，反问我："你咋说的？单位没治了？你小子说得倒轻松，国药店倒下，好像与你无关？关板子走人，职工全下岗。我问你，你和你老婆回去喝西北风？婆娘崽女吃啥？爹妈有三病两痛哪里搞钱？儿子上学、人情往来等怎么办？"

撑得我哑口无言，我觑了他一眼，眉梢倒竖，如长者在训教不经世事的后辈，场面严肃，不可置疑，顿感一丝寒噤，身子不由得打颤。

过了几天，晚饭后老经理也在职工的院子闷闷不乐地散步。我正在院子的坪前花围边溜达。知道他烧的第一把火，就是我们零售总店，基本上

扎根在我们店里，他带着办公室主任和分管业务的副经理等一班人马，专门在零售总店办公，从店长、会计、业务员、营业员、加工员，等等，一个也不漏过，谈话和了解还打气鼓励。连老猴也不例外，老猴亲自告诉我的，等老经理情况熟悉，就会大刀阔斧进行改革。

我往后掠了一眼后，装作没看见他。"哎"，他轻轻叹了一口气。在我面前踱着无可奈何的急步，怕我不知道，有意，大声自言自语地说："不怕单位穷，就怕人心涣散。"我瞟了他那忧愁又布满皱纹的脸膛，比秋天的夜色还要阴暗，一猜，他了解了总店的财务状况和职工们将来的打算，他呼吸了一气，估摸着国药店也维护不了多久。

我踢了踢脚下的灰土，热情地与老经理打招呼，说："不急，您来，就是总店的福。"可心里有一种幸灾乐祸的味道，"你来时在我面前夸下海口把牛皮吹翻了天。现在倒好，连一个下属的国药店还扳不活，别说近千人的药材公司了。"

老经理逡巡四周一眼，看到不远处围栏边有一丛鲜艳的月月红，和用水泥砌成的墩，上面一尘不染。他走近，一屁股坐在水泥墩上，向我招了招手。"来来，陪我坐坐。"并随手扇了几下右边的墩面上，怕不干净，呼地吹起，他脸肚上的腮帮鼓了起来，吹干净后，转换了个脸色，向我笑了起来，如花一样烂漫如雨后晴空一样明朗。

我有些惊恐，不知这个新来的老经理的脾气和兴趣，吸取上次的教训，不敢向他泼冷水，在他面前必得谨慎，少说话，一旦说漏了嘴，触了他哪根神经，惹怒了他，怒发冲冠，我就等不到店散人走的那天，早就要拜拜了。所以我眍到他那个亲切柔和的面容时，反而恐惧，心里麻麻酥酥的，汗毛倒竖。我蹑手蹑脚地走近他吹净的墩面，战战兢兢地与他坐在一处，一声不响。

老经理说："我了解了情况，对国药店的每个职工心思和状态都摸得差不多，心里再揣摩一套小方案，对症下药，不愁这个国药店救不活。"说完，吧嗒了一口烟，雾气缭绕。在烟雾下，他的嘴又滔滔不绝，说到濒临倒闭的零售总店，"关键在人，管理人才的思想改变和认知，只要把骨干调整好，慢慢会见起色。"他思路清晰，说得头头是道。

我露出赞许的微笑，可我还有丝怯虚和恐惧，毕竟是新来公司的经理，偷偷地看了他一眼，我的额头上手心中就渗出毛毛的虚汗。

老经理又说："这个零售总店，初看问题不少，就要垮掉。好比一个人得了膏肓之疾，攻之不可，达之不及，药不能治焉。人的气机和功能不能运转，危在旦夕。一般医生，不能治，只有出类拔萃如华佗和扁鹊的神医来，望、闻、问、切，扎脉开处笺。"

老经理看了我一眼，谦逊说："我不是名医，又不是张胜利，没转亏为盈的本领。"

"不过，在医药战线工作多年，积累了一些经验，我将全力以赴挽救潭县药材公司。"

我仰慕地望着他，奉承老经理："您就有这能力，市经营公司搞得那么好？没有两把刷子，能行吗？医药管理局领导就看中你是个好医生才把您调过来。"

"你在瞎夸我。不过，既然来，就不能当逃兵。也没什么难事。只要攥好笔开好几味药。先治国药店，再整治公司每个部门，刮毒疗伤，药材公司能痊愈的。"

我怔怔地瞅了他一眼，心想，"这么一个乱摊，工资发了上月没下月，职工想来就来，想走就走，药店没营业员守店、批发部没人发货。老经理就你新官上任三把火，颁布几项制度，开几次小会、大会，公司就能红红火火不是天方夜谭？"我心想，"让公司起死回生，还没有这么简单。"

"你不信？"老经理看我脸色疑惑，问了一声，嘿嘿地笑。

"我信，我信。"我慌忙地掩饰了心中的怀疑，怯弱地忙转变观点。

老经理望了望我快捷的反应："又心口不一，揶揄我，怪不得他们都叫你甘草，看样子滑来滑去，左右逢源，百药相合。"

"老经理，您在讪笑我，你莫听他们瞎叫。"我面红耳赤的。

"嗨，你这人，我喜欢，单位这下就靠你了。"老经理站了起来，友好地拍拍我的双肩。"你是个人才，你有这种凝聚力，能与职工们处理关系，团结一致，就有战斗力。所以，我不动原经理的方子，只是从原方中调动两味中药，功能就大不相同了。"

我想问他，"你调谁？"

老经理察言观色，一下明白我想问的，呵呵一笑，"当然是调人才的，

把国药店经理和业务员换一换，不就改变了药性"。

我寒噤一下，随即，打了个喷嚏，吓得张大口，战战兢兢地说："不行，不行。"

"不试，怎么知道不行？你说我是好医生，这处方只能我开，你说了不作数。"

我发现，今天在院子里散步，来错了，后悔不迭，一步步入了老经理布的局，进入老经理的圈套。不过，又说回来，这样的老经理少有，一心一意为公司，连下班休息还找下属谈话。

与原经理天壤之别，原经理是事不管，只知"赌、玩、嫖、贪"，上班时间带着副手在办公室玩三打哈，借着跑业务四处游山玩水，还别开业务科长携带情人，到处捞回扣，不管药品价格贵和拉回积压库存。不以身作则，不带头为公。公司运转不了，还与他无关……

想起前任，我心甘情愿地让老经理算计。

转眼，胸有成竹的老经理，站起来，挥动着手，节拍似的，一下一下地数了出来"甘草"和"黄连"的药性和功能。

我的天呀！老经理真要动我和老九。老经理才来几天呢？连我登不了大雅之堂的带有调谐和幽默的诨名都如此熟悉，还有什么坏习惯和不遵守店规的形为能瞒过他？

我赞叹，啧啧不已，老经理这人真厉害！

甘草

我不知自己几时被人叫成了一味中药——甘草，但不像有人叫老九"黄连"有点怪怪的，叫人讨厌，吞过痰还苦到心底。幸好，我这诨名还起得不错，真和它的性味一样，味甜又能跟诸药味味相合，听起来爽心顺耳。

我原在药材公司批发部，为什么同事都喊我甘草？我这人处事十分圆滑。

后来，我转到药材公司下属的零售总店也就是国药店，店面不小，员工三十多人。店面上的事杂又纷繁。虽每个店员有分工，责任到位。但也有协调合作。零售店内有中西药品之分，每类又有几百上千品种。每一种药材只要动一下，整个工程量都累得你腰酸背痛。

店面实行两班制，白晚兼营，每班九小时。这个店子只有我和经理老九不坐班。老九管理店子的全盘，当然不轮班。工作的空间活动量大，他很少守在店面。我是店里的采购员，其实，啥采购员？一无权，二无回扣，徒有虚名。货物都是内拨，我只是运货而已。公司批发部与零售总店只隔一条街，开完票，提货，西药用拖车，中药材用板车。从中无油星，不像公司业务科的采购员，把单价砍0.5%个点，总价上千上万的药品，人家得利不少，往往开票员和业务科长被上门批货的顾客，偷偷地请到街边一家避眼的酒店，吃得满是油星，口里香喷喷的，兜里沉甸甸的回扣和红包。

有时同事也讪笑我，说"甘草，你不应倒班有经理的待遇，好歹也是个干部"。我心里窝了一肚子火，不过是一个搬运工，缺货时，只要老九张张嘴，就得跑腿。不搬货时，若中药柜的药剂师忙不过来或西药柜的营业员发药丸有人在等，同事向我翘翘嘴，我得上前去帮忙。好在我的性格不外露，一般不发火，不瞪眼，不蹙眉，不摆脸色，有情绪默默闷在心头，不跟自己过不去。

后来随着环境变化，有样学样，工作中也溜之大吉，对待经理阳奉阴违。就像一条大海大洋的鱼，任凭水流风浪，随涛而伏，随浪而落，优哉游哉！

我也学会拖事，口里答应好好，转眼，不把人家的事放在心上。有次，老九要我去调货，柜子有两种紧俏的品种白术和生地缺货多日。我笑了笑，"经理您叫我去？好好，我就去"。我脸上微带一副下级见上级的恭敬。转头火急火燎地往外跑，还没走出门，陡地我脸上出现了痛苦状，双手拴着裤带，哎哟哟地叫起来，"肚子痛死了"。高声又无可奈何，自我叨叨。其实我有意叫给老九听的。我转向厕所。老九在后面喊："甘草，你咋走了？我叫去批发部调货。"

我一脸尴尬，捂着屁眼，痛苦回答："经理，我不行，就要屙到裤头里了。"

老九摇了摇头，挥了挥手说："屎尿真多，好，你去。"又催，"那你就快点！"

我急速地朝后面的厕所跑，听到老猴跟同事闲谈，趔转了身，走到隔壁的加工室。老猴有阅历，说起故事从不打底稿，一唠一上午，荤段子如老蚕抽丝，一时半刻停不下，高涨起伏，或奇或悬念或捧腹大笑……

一个小时后，我才从笑哈哈的故事中走出来，心里还在诨着那故事情节，心情挺爽快的。忽然营业员在门市前面，嚷嚷："老九经理，顾客都等了快一个小时，怎么还不见货？"老九一听，怒火中烧，气冲冲地往加工室跑。我闻声极恐，想起老九的吩咐，魂不守舍，慌慌张张地跑了出来。

老九如发怒的狮子，从厕所追到加工室，一下逮住我。

"甘草，你他妈没一点原则，尽在我面前乱扯淡，方便过鬼，原来在这闲聊，应是那句，懒人屎尿多。"老九眼中带火，声音威严。好似恨不得把我生吞活剥，吓得我浑身哆嗦，一声不吭，许久脸上才堆起殷勤的笑容，说："老九经理，刚要去厕所，就听老猴叫我，以为老猴还缺了什么中药材，就进了加工室。"

老猴拿着刀在切天麻，耳尖，忙揭穿，说："九经理，别听甘草的，他自己进来的。"

"甘草，看看你，还在扯谎，骗我。要不是老猴证明，我还错怪了他。看看你，作为业务员，一般常用的中药店里都缺了三四天，作为一个业务员你严重失职。柜台负责人和我当面催你，还半天不动。我们店都个个像你这样，明天就会关门走人。"

我让老九责骂，缩着头大气不敢出。这时，肚子真疼了，还疼得很厉害，肚子里面嘀啰嘀啰地响，紧紧地拴着裤头，噗的一声放出屁，很响亮。老九闻到一股深沟埋屎散发出来的臭味，扇了扇风，又见我人像霜打茄子般脸色骤然寡白，怒气散了，说："哎哟，你快快点去。"

我跑到厕所，蹲在坑上。这次，老九守在门外。

我一蹲下，时而如奔腾江水涛涛而来，时而如老猴的段子慢悠悠地吊口味，故意不下来，要不使劲，狠狠往屁口外挤，真还拉不出来。憋在肠道里，不通则痛，我疼得哎呀呀叫起来，把外面的老九逗笑了，他忍俊不禁地嗤笑出声，随后又催："好，好，你快些，再莫磨蹭了。"

　　我蹲了一会儿，不情愿地出来，打了飞脚，跑了一条街，心里忍不住回头一顾，不见老九脸色放松，心里埋怨："老九都说你狠，今天见识了，你守在厕所这招真狠，让我方便都不痛快。"

　　跑到批发部中药业务室空无一人，又到二楼的仓库，也没人，我攥着缺货单，故意高声喧嚷："人呢?"未见回音。在外面寻找，三三两两的人在外头散心和闲聊，我顿时心火一爆，妈的，同一个公司，老子忙死忙活，你们倒好轻闲快活。我抓住中药批发的业务员，拖回了开票室，将缺货单搁在他桌子上，又等了一个小时，才提出货，我慢腾腾把所拨的中药交给兼管店里实物负责人小吴手里。小吴见我，就掩着嘴巴怕笑出声，说："甘草啊，你小心，刚才老九在我们面前疯了似的。"我一听惊得张大了口，吓得没回上气，嘱咐自己将在老九面前闭嘴。心里如鼓，恐恐慌慌。

　　在铺面，我觑了老九一眼，眉毛如箭，脸黑了一圈又一圈，火气在眼前呼呼地腾起。老九气不打一处来，噼噼啪啪在我面前响了一通："你小子，行呀! 一个上午，就做这么一件事，你还要不要工资了?"

　　我的妈呀，这下可好了，真吃了马肉。这不算，要是老九通知财务停发我这月工资。我妻儿老小吃什么呀? 我一想到这，身子瑟瑟发颤。不过我还想向他解释："经理，这事怪不了我，业务科里没人。我等了老半天，他们才慢腾腾地给我开票，提货。"我一副委屈又虔诚的心态，诉起苦来。

　　"你小子别耍花样，我见多了，别糊弄我。"

　　"经理，的确是他们耽误了，我再急也没办法啊。"

　　"有他们这一批人，公司不垮才怪——还有你也不是好东西，你们都是一丘之貉。好，我处理不了他们，可以处理你。"

　　"经理，这我不是冤屈了?"

　　"我可管不了，就凭你不理职，还有这办事拖延，我可断了你这月的薪金。"

　　"经理，你这就不讲道理? 先前，我也有责任，办事拖沓。但后面就怪不了我。去了没人，找到他们又拖延了时间。"我平生第一次来了火气，一步一步紧逼。"老九经理，你有能耐，你就革了他们的职吧，这些兜着工资磨日子的人。只要你办到，我甘愿受处罚。"

　　老九听了也不吭声，我打着他的痛处。业务科是公司的爷爷奶奶们，

神气得很，从没正眼瞧过统帅三十多人的零售总店的老九经理。当然老九也清楚，这些人都和公司的头头脑脑共着根有裙带关系血脉至亲，谁奈何了他们？

"唉——"老九抽了一口冷气，话软了下来，说："公司不来个新经理治治这爷们，迟早会完蛋的……"

老九一走，我一下放松了，但也在反省自己在其位不谋其职，好的不学学坏的。

事后，小吴附在我的耳梢上，小眼掠了老九的背影，细声说："甘草你行，咱老九被你这三寸不烂之舌哄住了，在国药店你还是第一人。"

"小吴，快别这么说，我也有错了。可老九原则性强，有些事不问青红皂白，也有点武断。"

那天，小吴有急事，同我说，她的男友从部队回来，一年不见。她要去火车站接他。小吴想跟老九请假，自己又没假了，想让我帮她顶一下，看小吴小脸潮红，兴奋又激动，眼睛还湿润模糊了。我二话没说爽快答应下来，不过一两小时。

当时，小吴忽视，我也糊涂了。我俩在店子七八年之久，虽不算老职工，也晓得我们店的规矩。店里不管谁休假，都得先和老九说一声，让老九心里有底，到时好安排人。其实，还有另一层意思，老九是店里的头，职工向他请假，含有一份尊重。何况还是这等好事，老九一般不会拒绝。杂七杂八的家事而如孩子上学如公婆闹矛盾如赶超市抢货，等等，只要跟他说，还可批假。

老九在国药店受人尊重，脸上时时亮着一抹春光，走路都带劲。

我顶小吴的班，开始还认真，有人买药就称药，没人买药也坐在门市。一小时后，看到这班五个人，散散松松的，聊天的聊天，喝茶的喝茶，外出的外出。看留在柜台内不过一人，应付前来的顾客，我觉得自己硬坐也多余，不如趁那个同事不注意时，走进加工室听老猴掏乐子。

老猴这个人每天切制，有时也无聊，看我进来乐呵呵的。但他先要封住我的嘴，说："甘草，我没喊你来。""对，我自己来的。""这就好了，不然，免谈。"我拉了一把竹椅坐下来。老猴这人十足的烟徒，有烟啥都干。我丢了一根"白沙"牌的烟给他，叫他说故事。他乐癫癫地来劲，"说要带刺激的？还是来兴的"？我欢腾起来，"说什么都行"。

老猴讲了一段，我呆呆入迷，似乎嵌入老猴的故事情节中，没感觉自己在上班，也没留意还来了四个同事。他们都静静在听老猴说故事。老猴发现了威严的老九，咋了舌，停了嗑。我和四个同事还沉浸在精彩的片段中。

一个同事吵着："老猴，说呀，你快说呀，卖什么关子。"老猴向后示意了一眼愣住了，大家才往后一瞅，见了老九，吓得如老鼠见了猫，灰溜溜地出去了。

老九上午没在店里听说到公司开中层干部会议，不料下午竟来查岗，又恰好看到我们几个在溜岗。真他妈的骑马没碰上亲家骑驴遇上了亲家。算我和几个同事倒了八辈子霉。

这次，我作好了心理准备等老九好好地训一顿。我不能把小吴供出来，她有喜事要去办。可老九站在柜子后面，盯着哆哆嗦嗦的同事并没发难。他扫了几眼，发现了什么，洞察又严厉的目光，不情愿地又扫我们一眼。霎时，心里扑通扑通地跳了起来，我以为老九搜刮什么刻毒又侮辱的话，来咒我们的娘。

"小吴呢？"

"她休假了，甘草帮她顶班。"传来了一个同事怯弱的声音。

"乱弹琴，她同谁请的假？"

大家都默默无声，好像被这声音震得抖了起来，身体微微晃动。

老九把目光从其他同事脸上移过来，剜了我一顿："甘草你倒会帮人，你这不是在助人，是同流合污。"

我惊了惊，瞄了老九一眼，有点委屈地说："经理，小吴有急事？"

"即使是急事，也要说说吧。我好歹是店里的头儿。"

"她没来得急。上午你又没在。我看她可怜，心想，不过是一阵子，就同她顶上了。"

"啥事？就这么急匆匆。"

我挠了挠头，斜斜地觑了他一眼，吞吞吐吐，话都没说，脸就通红了。我指了指自己的下身，"她这——这里出问题了"。

这时，女同事奇奇怪怪地瞅了我一眼，抿着嘴唇，嘻嘻发笑。我回头，见了她们那副样子，眼睛狠瞪。

"啥？——啥？——？"老九屏气凝神，穷追不舍。

我顾不上羞涩，扯了个谎。"上午她大腿之间流了一汪一汪猩红的血。牛仔裤还弄坏了。"

"哦"，老九惊讶后，老九以为小吴未婚先孕。

过了两天，小吴来上班，还带了那个部队的军官，见了大家发烟发糖。当老九细问小吴时。小吴一脸茫然，说："没有啊，去接未婚夫了。"老九的脸憋成黑色，转身拿了一根细长的甘草，走近正嚼糖的我，气恼地戳着我的鼻子毒骂一顿："甘草啊甘草啊，你帮衬人家可以，不要扯谎来蒙我，对这个大喜事，我也会通情达理的。"

"经理，以后，我不会了。"我嬉皮笑脸的，向他不停地鞠躬。

老九又气又笑，有点恨铁不成钢，当着一对新人的面，也不气恼，向我伸来那一根甘草，说："甘草你尝尝，这才是货真价实的甘草。"

黄连

国药店的职工把老九暗地叫黄连。黄连啥东西，性苦，泻肝火泻火毒，随放到哪张处方，只配上它，煎熬，一沙罐苦水。患病的小孩，喝下倒出的汤药，伸出小舌头，吻一下，呀，呀——苦死哪，我不喝。不喝咋行？良药苦口利于病。喊老九黄连，诨名取得好。犯错的、偷奸耍滑的职工，撞到他手里，苦不堪言。但大家不敢当面叫，怕他凶怕他竖眉瞪眼，怕他吼，那不是自找苦吃嘛。

老九苦不苦？老九自己不苦，独子，童年咱工人家的孩子，从小学读到高中，一路众星捧月。没上山下乡，走出校门世袭父亲的衣钵，一路平平安安。

老九一米八高，不壮硕，如玉杆。一脸的黑络腮胡子，粗粗拉拉，散淡飘逸又显豪爽气。说话高喉咙大嗓子，半条街都闻到他在吼。

老九真名叫刘合。刘合早就被老九掩盖。老九小名有来历。一般青工无从探源，一部分老职工也不知秘密。大家只知他喊老九，叫来叫去都习惯了。

他勤奋好学，发挥父亲的基因，练就成一个优秀的药师。十年前，他就是公司的中层干部。

五年前，公司的零售总店也就国药店，混乱又效益不好。他被调任为经理之后，倒努力，国药店有起色，店里效益或组织纪律或与昔日相比天壤之别，的确也红火二三年。近年，店里人心涣散，营业额下降，这也不能怪老九，公司大势所趋。相对而言，店里比公司的其他部门还有好点。

在国药店工作时，同事也根据他的办事严厉和铁面无私的性格，又给他暗暗起了另一个诨名黄连。

我初来谭县国药店就这事专门请教元老也是店里的加工员老猴。那时老九刚当上我们零售总店经理。我在加工室问老猴。老猴正在聚精会神地加工苍术，不愿透露，还卖起关子来，阴阳怪气地说："这事，我不晓得，还有这事呀？你看你看这些同事，把我当作傻瓜，不透露半点给我。"就他一个人不知道似的？好似向我诉起苦来大家孤立他。后来，又说："这事，我知道一点，可差一点挨骂，最好不说的好。"好像一朝被蛇咬，十年怕井绳。我问老猴："有啥说不得？"

老猴神秘不语。我琢磨着，认为里面觉有文章，更加好奇。我花了大价钱买了一包郴州牌的香烟给老猴。老猴才肯说……

"老九小时住在公司的宿舍楼，本名叫刘合，从小灵泛又乖巧。公司的职工喜欢逗他玩，不骂人不吐痰，又能找乐子。我来公司时刚十五岁，下班没地方跑。上电影院，兜中又无币币，手中紧巴巴。中饭晚餐后，闲时不少，不好打发时间。所以，我只在公司院内的楼前楼后转悠。刘合正好三四岁，胆子大又爱玩。三餐饭和睡觉能待在家里，一般时间都在外面野和疯，只要有人陪他就能玩，不挑人，也不选对象，和小朋友也可，和大人也行。没人，一个人也玩得疯癫癫的，看蚂蚁，捕蝴蝶，捉蜜蜂，捏蚯蚓。有天，刘合在花草的院子里握着一只他父亲老刘削成的小木手枪，一路叭叭叭……打过来，匍匐在地，或滚或爬，又站又跑，杀呀、冲呀，喊声震天。一身灰尘，一脸汗水和泥水，黑鼻黑眼白牙。恰好，老猴撞上，看这样子先笑起来，把右手做成枪式，指着刘合，叭的一下，说八嘎呀路，八嘎呀路。逗得刘合更兴奋和刺激，眼瞄着木枪，口喊着，打，九嘎呀路。

"当时，我笑得前俯后仰，之后，童趣无穷，就凑了上去。'刘合，你真威风，当上九路军了。'刘合一手把木枪插在拦腰的皮带里，然后两手背在身后，挺身昂首，走到我面前，稚气地问，'猴叔叔我像九嘎么？'我摸摸他的小头，望着他一眼不眨又认真样，忙说，'极像极像。以后，猴叔叔就叫你老九'。

"他舞动了木枪，高兴得一蹦一跳，大喊：'我是老九。'

"闻听刘合的细小的声音，他妈正走向坪前，发现一个人在玩，生怕小崽摔倒或跌坏小身子，循声过来。远眺儿子在打打杀杀、叫叫喊喊。怕他幼小照顾不好自己，就朝屋里喊：'老刘，你他妈的跑哪处了？快来，带你的儿子。'又喊：'刘合，别玩了，跟妈回去吃饭。'他在兴趣中，怎会听他妈喊，刘合一脸的不高兴，嘟起小嘴说：'别喊我刘合了，我是老九。'

"我站在后面，忍不住哈哈笑起来，笑得肚子痛。

"老刘的妻子脸色一红一白，好象被人当面辱了先人。她爸因当老师，被人骂成臭老九，受到冤屈而自缢。她因这，也被小朋友喊成小老九，想起来又羞又气，恨小孩被人捉弄，捕住他，打了几板屁股，把怨气发泄在儿子身上，问谁给你起的诨名？

"老九哭哭啼啼地说：'猴叔。'

"我听到刘合告密，一溜烟就跑得无影无踪。

"老九这名字，通过这事件在院子里传遍。我并没别的意思，出于乐趣，不知刘合的妈有这经历。对于世事未涉的小孩，我出发点是善意的，只是讨个笑料而已。

"可老九鬼精，小小年纪还记恨人。

"从此，远离我，我叫他不理，他翻着白眼狠狠地瞪我。

"三年转眼过去。

"六岁时有一天，他反了常态，跟我亲热起来，猴叔猴叔地喊。

"我也蛮高兴，到底懂事了。

"那时我在县城的北郊，找了个商店的女营业员，秀丽又娇气得很。未婚时，与女营业员如胶似漆，每天下班后，在女营业员宿舍缠绵。每天步行十多里走到郊区。倘若晚上公司开会或回老家，耽误接送，次日女营业员就向我板起脸瞪着眼。狠的时候，吓唬说要退礼。我惧怕女营业员，怕惹得她不高兴。一下班，不像以前闲得没事干就在楼前楼后逗老九玩，而是脸上荡着喜意，小跑过去，累得满头大汗。当然女营业员也不免给我一点甜头，不然，我不会乐此不疲。

"那段日子，心情甜蜜的我嫌下午五点下班晚了，提前一个小时多好。一直有这个想法。加工室只有两个人，一个师傅和我。师傅是个酒鬼，喝酒舌子打卷儿。'哩哩（你你）去，我我顶着。'喝得人迷糊时，不管不问。所以我时常供师傅的酒，烧谷酒、米酒、白酒，不断给他买。师傅看在酒和徒弟情面上，也同意我下午提前一两个小时走。

"就这样早退一个月。公司有部分同事知道，心里明镜似的，有着'事不关己高高挂起'的心态，也就不过问此事。后来个别公司领导也察觉了。苦于有师傅护着，也没拿到充足的证据，加工室的质量和数量都完成好，就只能睁只眼闭只眼。

"我根本就没想到坏在一个六岁学童手里。

"老九每天放学回来都来加工室，小学放学早，一般三点左右。进了加工室，和老朋友一样陪师傅和我玩，有了这小顽童，天天给切药和制药的两个大人添加不少的趣味和笑料。有时，我们给老九一节甘草嚼和一捧枸杞吃，他在这也玩得愉快。

"'老九，放学了？'见老九幼稚十足地走来。

"'放学了。'老九平平静静回答，就站在我们面前，笑容天真烂漫。

"等我放下工具，跟师傅说声走时。

"老九也一声不响走了。师傅喊：'细伢，猴叔走你就不要跟着走，他要去会女朋友，你就陪我坐一会儿。'老九说：'伯，不坐了，我要回去做作业。'可老九出了加工室的门，就去门市部，看一下墙壁上的挂钟，才回去。一次看挂钟时，撞到师傅，就问他：'老九，还看钟，蛮准时啊。''伯，这是我妈规定的时间。''好，以学业为主。'

"连续一个月，老九都是这样离开的。

"有天下午，我和师傅见老九不来加工室了。

"哪晓得老九径直往公司二楼爬去，二楼中间是公司经理的办公室。敲开门，他说有要事找经理，呈上一张写着密密麻麻数字的纸。经理愣了一下，看一眼，又不耐烦，一个小屁孩有什么重要事要汇报？也懒得接他手

里那张纸，还摆手赶他。'去，去，回去学习。'老九吃了闭门羹，气不过，转身，在公司二楼叫嚷：'老猴早退一个月，公司经理包庇，不处理，大家来看我手里的证据。'轰然一声，炸得二楼所有的员工，把办公室的门和窗打开，伸出脑袋，看稀奇和热闹。这下可好，弄得经理尴尬，冲出门，一把将老九手里的纸抢到手。一看吓了一跳，每天下午老猴什么时间走写得一清二楚。经理看着小屁孩的背影，怯怯地后怕，越看越不寒而栗。

"老九辗转回来，又来零售店的加工室。

"他背着手，踱着步，人五人六的，对师傅说：'伯啊，君子报仇十年不晚。你徒弟不能怪我，谁叫他给我起个老九的浑名？辱我妈和外公。'师傅摇晃着醉眼一下炸醒了：'什么什么？老九你人小恨心大，又干了什么坏事。'师傅当时丈二和尚摸不着头脑，莫名其妙。

"次日，我被人叫到公司经理室，经理把老九的记录纸放在我的面前，我吓出了一身冷汗，代价是停发一个月的工资，扣全年的奖金。我琢磨到老九才六岁呀，大骂：'老九你小子，你毒辣得狠。'"

……

老猴回味，余悸犹在。一脸忧戚，对我说："甘草，倘若早想到这小子这样狠毒出此手段。我不敢同他起什么老九的名。干脆喊他黄连，更贴一些。"

老九杀伐果断，凡事碰到他手里叫你苦痛不已。这是国药店女职工说的。

这段时间国药店有些乱，老九越来越管理不到位，无组织纪律，职工很少按部就班。溜岗离岗的多，一人一个茶杯，喝得多尿也多。当他发现两班倒的每班五六人变成一两人，其余都如泥鳅一样，溜岗串岗，还发现，溜岗离岗多是女职工。他想整治上班纪律。有天，老九堵住门市的后门，说："她们不在岗，到哪去了？"她们个个理直气壮地回答："方便去了"或说"做好事去了，来了姨妈"。轻蔑地丢了一眼慢悠悠地走了，那气势跟老九较着劲似的，算你老九再狠，也奈何不了我们生理原因。心想，你老九能去女厕所蹲守吗？老九被她们擦了一鼻子灰，气不打一处来。

几天后，老九也不信邪，也真去女厕所门前伺候。

老猴有点畏老九。我到加工室。老猴拉拉我的衣袖，没言语，向后面指了指。我顺着老猴手向，看到老九蹲在女厕所前，像北方老农脚趾埋在咸土地里，往土壤里深抓。

我捂了嘴巴喊喊地笑，说："难为老九了，人家女同事赖在厕所不出来。"

老猴忍了忍，也没忍住，说："老九狠，别笑，女同事倒霉来了。"

我真没笑，疑惑地问："有啥倒霉的？"

老猴经历过老九的手段："甘草，你慢慢看着！"

老九候在这里，闻臭味，又无事可做。让人看到丢尽了脸面，人们会说："老九你这个经理专门伺候女同事，瘾重又止不住痒。你想想，你是个大爷们，不能进入女厕所，谁知道她们在里面玩什么花样？那是她们的小天地。"

想不到小吴撞在刀口上。"老九你守你的，我去我的。"小吴不顾老九往里进。老九在门外叫住了小吴，怒着脸说："小吴，今天你几次了？"小吴没应，低着头只顾往里走。"小吴，你一个上午，来了五次，你怎么有这么多尿要屙？"小吴只红了一下脸，也不客气。"国药店的规章，也没规定不解手吧。"

老九还逮了个女同事，说她，蹲在里头，一个多小时，尿就断不了？那女同事舌不饶人，不急不躁，脸也不红不白，说"经理，你说我欺骗，下次你跟我一起来，看我是尿还是没尿？"

老九挠了挠头，又摸了摸络腮胡子。害臊。无言。

次日，那事真来了。老猴知老九的心狠。

我到了加工室，把调拨过来中药材送到老猴那里加工炮制，看到小吴和几个女同事进入女厕所，老九在门前等了一阵未见，就催起来。"你们快点！"小吴和几个女同事哪会理他，故意窝藏在女厕所说说笑笑，喧闹声从门缝漏出来。没多久，气得守在女厕所前的老九恼羞成怒，说道："你们等着，我有办法治你们。"

我刚卸完货，老猴抿着嘴在笑，问他啥事？他不说。我直接走到女厕所门前，不见老九蹲在那里了，可门环上加了一把黑色的铁锁，将女厕所的门锁死。门前的女职工被尿憋红了脸，聚在一起，骂骂咧咧，说老九缺德，心狠手辣，将来讨堂客生崽没屁眼……干脆班也不上，回家去了。

这怎么行哩？老猴说，有女人跑公司去诉苦。老经理出了差，看这事

如何办?

我转了身,往店面走,想和老九说说,这样做有点荒唐。人需要新陈代谢,吃喝拉撒,吃东西得排泄。不大便小便怎么行呢?特别是女同志比男同志就多些事,还有生理期,往厕所跑也正常。不能因屎尿多,也不让她们上厕所。

我见了老九,就咯咯地笑。其实我是有意制造缓和的气氛。

"甘草,你笑么子?"老九不知我葫芦里卖的是啥药。

我说:"笑经理把女同事彻底根治了,这下她们就会老实上班。"

老九一下子明白过来,怒气又生,说:"我看她们今后上班还溜岗不?老往厕所跑。"

我没答老九,哈哈大笑。

"甘草,你小子,今天是不是吃了笑药?"

我又笑了笑,转了下头,好像脖子有点痛,说:"经理,明天有人会找你。"

"谁呀?"老九愣住了。

"她们的男人啰。"我有意拉长声,到时,他们会找上门。

"他们敢!我上了女厕所的锁,出发点是为整顿上班的纪律,这事我错了吗?"我笑着说:"没错。"我吊着老九的口味看火候差不多了,于是就说:"经理,你一上锁,她们没地方解决,一天不尿,这样一来,她们下身就会蓄满汪汪一塘尿水,等到晚上她们猴急的男人们,来了兴趣,宽衣解带之后,趴在上面,瘾都没过,大水就冲了龙王庙。那时他们做不成好事,凶着问她们下面咋成了汪洋河?她们要是说,是经理不让尿尿,蓄满了。她们的男人气恼起来,不操刀剁了你,才怪。"

老九苦笑,显得无奈又汗颜。"甘草,你小子鬼,尽在说笑。"

翌日,女厕所门上的锁又不见了。

我遇上老猴,一把拖住他扬扬自得地说:"老猴,女同事不会再倒霉了?""咋哪?"老猴动作敏捷,眼睛往后,向女厕所望了望,惊讶说:"怪了怪了,就这么一天女厕所的门就打开了!"我弹出一根烟给老猴,他吧唧吧唧地吮吸着像饿鬼。老猴痛快又爽气,呼了一口,羡慕地说:"甘草,只有你行,缓了老九的性子,你救了遭殃的女同事,不然,明天国药店只有男同事上班了。"

我自鸣得意，说："老猴啊，你们不是叫我甘草？我有中和药味的本能，也坚信，黄连再苦，也有中和他的办法。"

次日，我去了公司经理室，老经理说："老九调回了公司总部，没办法，暂且只有你熟悉国药店。"我谦虚起来。"公司有的是人才，我不行，如扩大销售、降低成本、热情服务、严守药品质量，等等，我都不在行，仅仅团结同事还可以。"老经理说："有这一条就行了。能凝聚店里三十多个人，这些人发挥各自能量，不愁国药店不重整旗鼓。"也许吧，老经理言之有理，我一下也热血沸腾，慢慢地看到一丝希望。

南来北往

一

我所在的医药公司进购药材，都是独来独往。一般是由老业务员在全国各地厂家和大公司采购，一发一车，很少考虑节约运输成本跟相邻的单位一起采购。老业务员退位了，他把我叫经理办公室，对经理说，"我推荐这小子，脑子灵活熟悉药品价格，业务员非他莫属"。经理跷着二郎腿在吞云吐雾，眼角不屑地扫了我几下，弄得我忐忑不安，头连摇，"不行不行"，陡然，经理停住吸烟，两指掐下半截燃起的烟头，摁在玻璃缸使劲拧灭。"好，就是这小子。"我表面不停推辞，心肚却打翻一瓶蜜，甜得乐不可支，半推半就地接了老业务员的担子。

我上任后，发现老业务员独来独往的做法，不利于节约运输成本。很简单，我们单位业务批发量不大，一大车地拖回来，担心药品积压。药品不同于其他商品，有效期的，一般二、三年药性失效。一小车拉回来，运费又贵，增加药价的成本。后来，我把这个想法向经理汇报。经理正在办公室神仙似的抽着烟，一口一口享受着。他听我说完，摸着刚清理好的下颌胡须，琢磨了一下，"好，随着形势的发展，结合公司利益考虑，这个采购方法得改改，我同意你的想法"。

这一改，就与邻近的医药公司有了联系，一起去外省采购，好处多，要的药品批量也大，谈起价格来浮动得多一点，合二为一的运输，成本匡算下来也最低。我与医药公司这位新任总经理关系好，他是我省医药学校毕业的学兄，比我大三岁。这位吴姓的仁兄三代从药，头脑灵活，生意手段高人一等，不过，太抠门，又没总经理派头，倒像个业务员，采购药品喜欢冲锋陷阵。还有，每到一地，男人的本性也发挥得淋漓尽致。以至于他单位的小王和我单位的小刘一听说要去进货，兴奋地喊万岁。

我与他一起到北方采购西药，都是他亲自带一个业务员小王与我们一同去。

动身时，我问学兄坐不坐卧铺？他说不坐，该省的要省。到了目的地，丢下我们不管，急不可待地与对方公司那位额头有颗黑痣的年轻女开票员亲密地接上头。幸好，对方公司客气，派了小车把我们拉到当地四星级宾馆。抵达宾馆，拉开客房门，他一看这般豪华，就下了电梯对对方公司司机说赶快打转。我劝他，算了吧，不能凉了人家的热情。他用眼瞪我说吃着人家的住着人家的，明天咋好意思跟人家砍价？我哼一声，心想，"就你这样，占女开票员的便宜，更不好意思了"。拒绝对方公司好意，自己找上十来块一间房的旅舍，囫囵对付几夜，不过还好，每人一间房。吃完晚饭，小王和小刘到外面寻乐子去了。学兄把装满几十万元钱的帆布包交给我，知道我不外出。我也明白他的心思，想起他刚与黑痣的女开票员相见的那一幕，笑着对学兄说，"好，让你也放松"。他愉快地向我打个响指。果然，一阵高跟鞋哒哒响声朝隔壁的房间趋近，我警惕地关闭房门，无意间看到门外一个瓜子脸、穿着牛仔裤、屁股肉绷紧得一瓣一瓣的时尚女人，径直往敞开房门的学兄房间走去。房间隔音效果不佳，半个小时后隔壁传来了打情骂俏声、逐渐喘气声、呻吟声，一浪高过一浪，我恼怒地骂一句，真是瘾重，能不能动静小一点？之后，被哗啦啦的水声掩盖，什么也听不到。北方的天气，寒冷得刮骨，没有地暖，只有老掉牙的空调嗡嗡地响，释放不出热量，抱紧单薄又冰冷的被子，双脚僵硬麻木似浸泡在冰水里。漫长又凛冽的夜晚，一个危险物在手，愈睡愈长。我惊警也不敢睡。若住上宾馆，不仅有地暖，安全系数还大，也不会提心吊胆。想着动身之前，我对学兄说，"你老兄真是，堂堂总经理何苦还要折腾自己？让分管业务的副总派一两个业务员和我一起来，若不放心就派个副总来"。他倒有自己的道理，说自己不亲自去，一次几十万，在价格上多砍那么一点点，就抵得几个员工一年的工资。我在一边喏诺称是。他看了我一眼继续说，几十万的

药品拖回去，一件或一个品种出一点点质量问题，责任就重大了。他说完，认真看着我。对于危言耸听的言论，我无话反驳。现在想着学兄与黑痣的女开票员在隔壁打得火热，我气不打一处来，满肚牢骚，尽说得冠冕堂皇，原来亲自出马暗藏私欲。人家便宜不可白占，女开票员不是省油的灯，收入与销售挂钩，明天看你哑巴吃黄连。

走进大通医药公司开票大厅，十几个女开票员热情又渴望地迎着走来的我们。我转身只看到小王一个人，疑惑地问他们的总经理呢？他说有事走了。我豁然发现，学兄不简单。小王径直往黑痣的女开票员走去，坐开票台前的高凳子，掏出药品计划单。黑痣的女开票员依仗与吴总经理的关系，毫不顾忌小王的存在，在电脑上噼里啪啦打起来。小王看着屏幕上的数字，手指慌张地戳到电脑上面，忙叫着："美女停，重新来，这个这个贵了，那个单价也离谱。这个减五分钱，那个也减一角。""不行，公司要亏本，小王哥你忍心叫我喝西北风？"黑痣的女开票员嗲声嗲气，小王不顾情面，抓起计划单拔腿就走，说："这票我不开了。""小王哥，甭罗。"随即，黑痣的女开票员就打电话，对方关机。我猜是打给学兄的。

那一次，真不凑巧。我的那位学兄在出发前，还说要和我一同去。到火车站时，他给我来了一个电话，不去了。因为临时改变主意，要去一个多年欠钱的县级人民医院催款。他叫公司司机，送他妻子和业务员小王来火车站。我惊掉了下巴，叫女人出差还是自己的老婆。没等我反应，他的电话又来了，左一个照看右一个拜托，还叮咛我，管好小王的嘴。心想这个学兄有点怕老婆，我爽快答应，男人们在这方面都守口如瓶。但我担心嫂子的安全问题，一路上不能三心二意，不能闪失。

学兄派他的妻子去，是相信她的业务能力。早听闻她在业务上奋斗十多年了，一把好手，精明能干，办事稳扎，进出的药品价格熟悉。要不是女同志，早就当他们公司业务科长了。我的这位嫂子天生丽质，待人也好，就是人太熟了，一起出去不好开玩笑，说不定，还是一颗定时炸弹。以女人的细腻，发现进货途中猫腻，不布眼线，还能收获她男人的消息，若知道了，免不了一周的不安宁。小刘听说嫂子去，想向我请假。我就知他的小九九，毫不客气地说，"不行，一个季度才去一次"。小刘虽有情绪，也没办法。我理解小刘，在公司纪律约束在家老婆管着，好不容易盼来出差，看看外面的世界，松弛一下情绪或者出一点点的小格，却来了个女上司。我也不喜欢，跟熟悉的女人出门如跟妻子出门一样，碍脚碍手，不管漂亮不漂亮。妻子虽比不上影视中风姿绰约和悦目迷人的明星，但也漂亮，做姑娘时还有一班小伙子追求。可看久了看多了，哪有外面女人风骚的新奇感和陌生感。每次跟妻子出去，总有意与她保持一段距离，时刻想生一计，合情合理地把她甩掉。

和女人在外面出差诸多不便，要多开一间房，还得重点保护。当时我接到学兄的电话，一脑子怨气，嘀咕起来："你把她支开，在家过优哉游哉的快活日子，可你想没想到你学弟担的责任重大？"我不能直说，只是敷衍，"好，到时，你多出点币币。譬如说嫂子在火车上怕人骚扰，就要买张豪华软卧；譬如说嫂子晚上害怕坏人来侵，就宿星级宾馆。既安全又舒适，你也不用担心，我也无顾虑。""不行，老弟啊，公司出差有规定。"把电话一挂，心里想，你又不去，也管不着我们怎么花。

我满以为有丽人般的嫂子，会出手大方，途中可少受些与学兄一起的折腾。然而事与愿违，实际上她和学兄一样抠门。

出发后，在火车站时，我问她，"嫂子，买几张软卧？"嫂子认真的样子，说不行，该节省就节省。我心里的爽快劲一下遁迹，怅然若失地站在那里，最后我还是自己安慰自己，算了吧，出差人哪还有什么讲究。可想到学兄交代我的事，不满情绪又溢了出来。一路护好嫂子，这担子不轻，坐硬座嘛，车厢里乱糟糟的人来人往。这样的美少妇，遇上坏男人，难免瞅出欲望，欲火冷不防地上来，到时我这个兼职保安又不能灭火。一想这事，心里骂学兄，给我出个提心吊胆的难题。我劝她，"我们几个男同志好说，站票和硬座票都可以，嫂子你就不行哪，学兄一再吩咐要保护你。"旁边的小王也附和，"是呀，是呀，硬座不安全"。嫂子盯住小王，说她走过许多地方，也没遇到不安全。她用凌厉的眼光回扫我们，轻蔑地说："就不信你们三个大男人连一个女人还护不住。"我哑然，无奈地耸耸肩，忙叫小王去售票厅买四张硬座票。

这次去北方一家省级的医药公司，路上还算顺利。这位嫂子虽有些精打细算，但对我们比较照顾。怕我们吃不饱，不适合北方的口味，到餐馆，亲自选辣椒、掌锅，荤素如在家一样，炒了八个湘菜还总问我们够不够？

连住的旅店还亲自安排，开了三间房，她一间小刘一间，我主动和小王一间，小王不乐意，把帆布拎包用力往床上一丢。我指了指鼓胀的帆布袋，瞬间他吓得张大了口，显得过分紧张，才没怨言了。嫂子把大的房子留给我们，她说："你俩一起住，房间理当要大一点，我一间房，就随便些。"我理论不过，依着她的摆布。不过，我担心她晚间的安全，对她说："嫂子，夜里你警醒点，你有事就喊我们。""没事的，又不是头次出差。"到了房间我还不放心，把小王唤到耳边，叮嘱他，"晚上你睡醒点"。"好"，小王点头回道。在火车上熬了两天两夜，又是一心照看这位嫂子，我心力交瘁，累倒在床上。我睡到午夜，小王推了我一下。我一惊，浑身一紧，毫不犹豫地翻身起来，"啥事？"看到小王谨慎地贴在墙壁侧耳倾听，说："你听听，隔壁有小响声？"我捂住左耳，用听力好的右耳仔细倾听，只听到嗤嗤的一线流水声。刹那间声音又没有了。我惊慌地自言自语："这就怪了？刚才还有声音，怎么一下消失了？"我抬起头，见小王轻松地离开墙壁，抿着嘴嘻嘻地笑。我才恍然想起是女人的尿尿声。见小王在耍我，怒火直冲，狠狠骂小王，"你小子是不是人？这是你们总经理的夫人呀，多年的同事，你好意思有这邪念？防来防去，得防家贼"。小王被我说得一脸通红，结结巴巴解释，"不，不是有、有意的，后、后来才、才听明白"。我也不好再责怪，小王委屈得爬上床铺一声不响地睡去。

在北方几天日子还平静，嫂子也安全，药品和价格也满意。归功于这位嫂子处事能力强。嫂子来，小王也不去开票了，只把嫂子引到黑痣的女开票员面前介绍说这是吴总经理夫人。黑痣的女开票员又倒茶又问候，对嫂子除了热心还恭恭敬敬，像前世亏欠了嫂子。小王在一旁看到黑痣的女开票员的形为，忍不住自个笑起来。我想到学兄的叮嘱，惊得跑向小王，拖起他就走，省得节外生枝。

离开开票厅，呼啦啦的北风冰冷冷地刮，我感觉一种削骨的疼痛和麻木，蜷缩着身子，两手拢在衣袖中，藏着手和脸。每次外出去我就咒骂北方这个鬼天气。这位嫂子，和我可不一样，她对我说，北方和我们南方没什么两样，只是北方人拿根大葱和面馍往口里嚼，才有些看不惯。她又说，这冷飕飕的北风，没什么怪样的，遭遇一回，以后就一个样，就会习惯。这是她的感受，可我受不了北方这怪怪的天气。

　　我躲在屋里烤煤火，手面肿成了包子。嫂子和小王、我单位的小刘去大型停车场找大货车。硕大的停车场没几台停下的长途货车，发向全国货物量大，尤其往南去广东、广西、湖南、湖北方向拉货的大车子更少。嫂子他们忙了一个上午，失望地回来，边暖身边对我说："车子少，运输费也高，找几个司机都没谈成。"小王提议我找熟悉的大汉司机，可我们都没他的电话。我说："嫂子，以往都是学兄负责，他应该有。"嫂子出去一趟，欣喜地对我说，"你学兄有大汉司机的电话，要是人家从外地赶回来，说不定要一两天，这样不行，家里会等着药品急用"。她看着我臃肿的手面，皮肉模糊，又说"你也待不了一两天。再说，在这一天有一天的费用，不如贵几百块运费也合算。"我听到屋外面吹得如号子似的北风，心更加恐慌，我也就依了嫂子。这时，学兄打来电话，听说嫂子没找到车，联系了大汉司机，大汉司机三个小时赶回来。嫂子搓了搓手，脸被煤火烤得绯红，说："这就好了。"

　　她带小刘又去等大汉司机。大概在暮色降临时，大汉开了一辆解放牌的大卡车来到我的旅舍前，嫂子呼喝喝地把我从炉子边叫出来。我走出门时，从车头里下来一位四十多岁的北方大汉，一米八高，四方脸，胡子拉碴，走路沉稳，微笑地向我招手。熟悉的大汉上前拥抱，这粗胳膊大手掌握得我生痛。我向一旁的嫂子介绍，"这是经常给我们拉货的大汉司机老吴，二十多年的方向盘生涯，走南闯北的经验丰富，货物交给他就放心了"。嫂子说："你学兄相信他，我哪有不相信的？"说完，她又去医药公司仓库查看提货情况。我见只有大汉司机一人，就问他，"两天两夜能行吗"？他哈哈大笑起来，"少老板，我每次帮你们运货，不都是这个时间，哎哟，少老板你今天这样问我变得生疏了"。他的声音响亮，炸我的耳朵。"从我们河北到你们湖南经过几座城市几个镇都能数出来，你不信，我就数给你听。"他动了真格，认真地一个不漏地数了起来。"我知道你们的药品贵重，一车下来上百万，我一生都捞不了这么多钱，我怎能三心二意？这你放心，我会谨慎行事。""大汉师傅，我相信你的技能，我没有别的意思，担心你白天黑夜连着开，怕精力吃不消。"他听懂后，哦的一声，"原来是这样的"。他指了指车头后座，说："我还请了一位年少的司机姓郭，你们叫小郭就行。"我抬头顺着他粗大的手掌望去，车窗口露出一个尖嘴猴腮的脑袋，一双油溜油溜的细眼老盯着嫂子圆溜的屁股看。我对这人猥琐的行为恶心，没有好脸色，轻视地说："这个人能行吗？"大汉司机没瞧见这一幕，他忙堆着笑脸向我介绍："少老板，别看他尖嘴猴腮，人精瘦，还算本分，方向盘也不赖，跟我学了五年徒，后又自己开了五年，没出过事。"瘦猴给我第一印象不好，我哼一声，心想，"你说这些，不代表我信得过"。要不是嫂子从大通医药公司仓库走来，我俩还会僵持下去。嫂子说："请大汉师傅，就得信过他请的师傅。别说了，货已经发好，抓紧时间装车。"大汉司机像遇了救星似的，向嫂子点头哈腰，洋溢着一脸的春风。我碍于嫂子，不得不同意。我看自己的手背面又洇出血水，不能在寒风中待得太久，得寻个烤火的地方。

一小时后，我们两家的药品全装上，大卡的车厢还没全满，大概还能装上二十来件。她往车子四处睃巡几眼，没看见我，喊："小刘，你去把你单位领头的叫来。"小刘跑步把我从火炉旁拽出来，走到车子边，嫂子见我就说："我们准备好行李，半小时后可以出发了。"大汉和瘦猴一个在货物上一个在车下很卖力，粗大的绳索将药品箱勒了几圈。小刘怕漏下一根，一根根地扯。嫂子见状，问小刘："你检查完了没？"小刘很有把握地说："没问题。"嫂子说："那就好，准备出发。"当时，我憋了一肚子怨气，爬上车头望了一眼那个瘦猴正躺在后座上睡觉。而大汉司机看我爬上来，忙给我递烟，还赔着笑。我瞧了瞧驾驶室，大汉司机右边两个位子，后排改成躺卧不能坐人。我下来对嫂子说："车里只能坐两人了，你跟小刘去火车站，买两张软卧。"其实，我心里是怕她坐在驾驶室被那个瘦脸司机图谋不轨。日夜兼程，也得两天两夜。在这黑乎乎的夜晚，我盯了白日难盯晚上，也难免不出事。没等我留意，她往车上登，说："你去吧，你怕这冷天，在卡车上不如火车上好。"我边拉她下来边说理由，"嫂子，你是女的，车上一色的男人，连换过衣解过手都不方便"。小刘会意走到车头，说："嫂子，你听我们为头的一回，在火车上我来照看你。"嫂子把我的手挪开，一屁股就坐在大汉司机旁边，说："你去呵，别啰唆。"嫂子执意不走，我放心不下，也登了上来，挨着嫂子坐下。小刘看我们俩人都坐驾驶室内，对小王说："我们也随这车回去，多一个人多份照顾。""好。"小王爽快答应。小刘说："恰好这车厢后面还没饱和，还有不少的空间。"嫂子从驾驶室的车窗伸出头说："这不安全，人和货混装。那怎么行哩？"我六神无主，向小刘摇手，他们都不理我，一下子爬进了后厢。我只得求助于大汉司机。"老师傅，在后面搭两个人没有问题吗？"他看嫂子一眼，又瞄了我一眼，面色和颜说："只要路上交警不查，别的问题倒没有。我们经常这样拉人，还没遇到问题也没查到的。不过，高温炎暑季节可不行，又热又闷又不透气，即使你们加钱我也不敢载。"大汉司机表了态，我更有主见了，对嫂子说："既然老师傅有把握，他们也愿意吃苦，嫂子就依了他们吧。"嫂子也没说不也没说同意。她只问了大汉司机一句，"老师傅，我们赶到哪里吃饭？"大汉司机高声说："去定州。"接着他还反问了一句，"没有别的事了？"嫂子摇了摇头。大汉司机就说："那我们就出发吧。"

二

大汉司机启动卡车，那抽打皮肉的北风粗拉拉的一阵更比一阵来得猛，并挟了鹅毛大雪，漫天飞舞。我听到北风呼呼叫的声音，身子瑟瑟缩缩地卷起来，肿如面包的手拢在衣袖中。大汉司机讪笑我说："南方人就怕北方的风，如刀一样削人，就好比北方的驴怕鞭子一样。"我坐在那，不好意思地望了大汉司机一眼。嫂子在一边附和，说："我这位老弟，最害怕的是冬季，气温一冷，手面就发肿疼痛，尤其到你们河北，经受不了。"大汉司机说："在我这里，啥事都没了，玻璃窗摇起来就能挡住北风，又有发电机散热。驾驶室比外面温度高多了。少老板，你怕啥呀？过了明天，到了武汉，就是你们南方的气候了。"我诺诺点了头，一会儿，真如他说的那样，脚下一丝丝暖暖的热气袭来，北风叫声也没有了。

我坐在车头里安全又舒适。嫂子的安全也不能疏忽大意。我时刻提防后座那个瘦猴，怕他在嫂子不注意的时候，从后面捏一把嫂子圆圆的屁股。我慌忙回头瞅了瞅，他裹着单被，鼾声如雷，这才放心。此刻，大汉司机斜视我一眼，看我回头，问我："少老板，你看啥？"我说："没看啥。"他笑着说："小郭睡了，我让他先休息，零点再来换我，两人对开，这样车子

就不会停下来，之前你不是担心，现在总可放心好了。"他看我对瘦猴不感冒，替他说了好话，"我请的这个年轻司机，技术不差，做事有板有眼，就是喜欢开玩笑满口油嘴，给陌生人一种不踏实又轻浮的印象。"大汉司机自信地朝嫂子笑，又朝我笑。我没回应，对瘦猴的成见很难消除。他又说："他就是这点毛病，但老板们，你们放心，他绝不会做出格的事来，这我可担保。之后换他开车，途中免不了与你们开玩笑。特别是这位漂亮的女老板，你不要放在心上，话儿轻薄但有节制。"嫂子轻轻地搓着手，又从皮包里拿出了护肤霜抹在手面上揉搓，又搽在水嫩的脸上抹开后，轻松愉快地说："大汉师傅你放心，开玩笑，缓解疲劳，不犯困。男女在一起，干巴巴地坐着，既枯燥又无气氛，还不如互相开点玩笑调节情趣。"我没说话，大汉司机一直替瘦猴辩护，想打消我的顾虑。可我不像嫂子那样轻易相信。

在路上走了约六个小时，大汉师傅口渴，腾出右手，想取他放置在座位右边的玻璃旅行茶杯，碍于路况，又把右手放回方向盘上。我想帮他一下，可中间隔了嫂子，几日劳累，她坐在皮沙发座位上，打起了瞌睡。我试着伸了几次手，无法触到，手臂短了一节。我的这个举动被大汉师傅看在眼里，他受宠若惊忙说："少老板，不劳您了。"只见他一手操方向盘，一手轻易地取出了茶杯，端起来喝了一口。我看车子平稳，欣喜地朝前望了望。他笑了笑问我："少老板你爱喝茶么？"我点了点头。"怎么不带保温杯？"我笑笑说："出差我一般不带。"他奇怪地问我："少老板，你爱茶又不带水杯？"我说："没事，今晚吃饭时，我喝点水就行了。""哎哟，少老板，在我们北方，又寒冷又干燥，喝点水既可解渴又能暖身。少老板，你是怕麻烦我们？"我忙摇手，说："不，不。"他又说："倘若有这种想法，你就错了，你们是我们的衣食父母，你们叫的车，司机都得听老板的，你们叫我们咋开就咋开。你要方便，我们不敢不踩刹车？不要为了少麻烦我们，来折腾自己的习性。不过，有一段路除外，路烂颠簸厉害，早几年，当地有小混混，喜欢偷偷摸摸，我们司机为少惹麻烦，习惯不停车，除了这段，刹车随叫随踩。"

这时，我真不好意思，大汉师傅说到了我的心坎上。我爽悦地伸了一个懒腰说："你说得准，我真喜欢喝茶，没干业务员时，茶杯不离手，出差了，我那习惯也戒掉了。秋冬时，在外面跑业务，我尽量控制。你想汗液没排，茶多尿也多。到时，一小时一次，你们不烦我也过意不去。"我侧身向左，瞟了一下眯了眼的嫂子，脸庞红里透白，微微鼻息从高耸的鼻梁下呼出，嘴角还余留笑意，沉入愉悦的睡梦中。我才放心大胆继续讲："碰过这事，秋风萧瑟之时去汕头，从湘潭上火车，特意携带了一包洞庭毛尖。车厢上不缺开水，没人与我磕话。我孤单地一个人闲坐，一杯接着一杯，喝时没感觉，至衡阳，尿急感觉就上来了。想想，火车上百个男女共个小厕，火车靠站时，厕门关上，启动时才打开。我火火地赶到厕所时，一男一女牵着手等在门外，后面排成了长队。我急着卸下半节长裤，挤在他们前面。那位女人立马松开手，然后蒙着眼睛，那男人看不惯，骂骂咧咧，'没规矩，也没教养'。女人劝男人说，'算了算了，都出门在外，不过多等几分钟'。听妇人口音是四川人。随门吱呀一声，我顾不得地冲进去，又快又来得猛，一分钟就解决。又喝，半刻又如厕，前面拥挤又乱，那四川女人还排在那里，顺便一瞅，白皙的脸上出现了青紫，想是尿憋成这样，当时我心有点恻隐，可尿意等不及，也顾不得四川女人了，又插在她前面。那四川女人，嘴嘟了嘟，'你这人尿多，都插在我们前面两次了'。这下如烧开一锅开水沸腾起来，叫声骂声一齐爆发。尿憋得不耐烦，又等得不耐烦的人们，突然找到发泄处，男男女女一齐向我开火，都在骂我没教养、夑我祖宗三代。那时尿急，胆在身边生。我边下裤头边喊，'你们不让我先来，我忍不了，就地解决'，正要掏东西时，又是那四川女人，闭着双眼，一脸羞赧，转而向人们哀求说，'求求你们，让一让他，他是一个疯子'。吵吵骂骂声立即静下了，急着要方便的人，真没拦我。我放松回来，感激地望了她一眼，心里有些对不住她。"大汉司机听我说完，哈哈大笑说："少老板，你是有血有肉的真男人。"我被大汉司机臊得满脸火辣辣的，嗔怪他，"你又啐我没廉耻"。他忙说："哪能呢？我佩服你，少老板，那个时候没胆就不能解决问题，人家排队一个小时，还不行，可你解决了两回。"这时惊醒了嫂子，她问大汉师傅，"你们讨论啥"？我慌忙掩盖，"嫂子没啥，说点趣事"。而后座那个瘦猴，坐起偷偷地坏笑。我厌恶瘦猴，想狠狠地骂他一句，叫他收敛，不见人影，只看到被单在晃动。嫂子也没在意，揉一下惺忪的眼睛，自言自语地说道："我还真眯了一会儿。"大汉司机有些自得，接了话，"睡得还舒服吧，女老板，我这车头温暖如春"。这刻，

那瘦猴又掀开被单，坐起来，说："你们说到这上面，我真要尿了，师傅，你踩一下刹车。"我一个劲遮掩，不料被他重提，这情形如在嫂子前脱下裤头显露无余，我羞得恨不得骂他娘。嫂子悟出我们刚说的话题，目光溜溜地向我掠过，见我情绪有点不愉快，示意我不要认真，弄得我一脸尴尬。大汉师傅踩了一脚，车没熄火，挂了个空档，打开车窗门，他说："大家都方便一下么。"我没喝水没尿意。嫂子也没动。那个瘦猴的司机猴急猴急地嚷道："老板们，请你们移一下身。"嫂子就弓起身子离开座位。我没动，装作没听见。他停在我面前，迟疑地看着我。嫂子用手肘碰了我一下，说："起来，起来。"我不情愿地让了位子，车头空间小，我下了车，嫂子也跟着下车。等瘦猴下来，我们便上去。那瘦猴比我胆大还随便。走过车头没几步，见路旁有一棵绿色的樟树就掏出那东西，发出水急嗞嗞的响声。油里油气的瘦猴太不要脸面，车上还坐着我的嫂子，胆子这么大，换上他开车，大汉司机睡沉了，趁着我迷糊，随手摸一下嫂子胸和屁股，想想就害怕，我不敢打盹。老远处，传来了大汉师傅北方口腔，虽说不标准的北方话，但我能听懂。他叫瘦猴走远一点，注意文明，那东西该蔽时就蔽。等大汉司机隐在树丛之间方便完。那瘦猴也提上裤头，边走边咕咕哝哝，"男人不都是一样，啥隐藏的"，又远远地指着车头说，"我跟少老板学的，尿急胆生。"我听得清楚，心里骂他的娘，"我可不像你这德性，一肚子邪念"。又怕嫂子听出来，规规矩矩地眼视前方，一本正经坐着佯装不闻不听。嫂子说："老弟，你不下去？"我知道掩不住，气愤地说："我不想和那个不知羞耻的人像狗一样放肆。"她脸红了起来，很快又褪去了，说："有啥顾虑的，在外头该方便就方便，只要心不歪，男女之间看见和没看见都很平常。"嫂子心存高洁，反而让我羞愧。

大汉司机一上来，很不自然地朝嫂子笑了笑，他似乎对自己刚才的小解，有种不宜开口的羞意，只能通过这种面对面的笑来冲淡。瘦猴动作快，紧步大汉司机的后尘。他翻身上来，就对我友好地露出了笑意，说："真不好意思，让老板们久等，这奈何不了我，谁叫咱爹咱娘给了我这个玩意儿。"我听后"嗤"地笑出声，嫂子浅笑，掩饰一丝羞涩。大汉司机给他示意了一眼说："在人家女老板面前，别说粗话。"瘦猴蔫下来，倒下身子，把被单从头到脚地又盖起来。嫂子瞅了瞅大汉司机那正经样，说："没事，在路上哪有在家那般讲究。"

大汉司机又说："我请的这个司机，就这个德性，我先不是说过，莫捡起他。"嫂子说："不会不会，出门在外，随便一点好。"我有些怨嫂子，心里嘀咕，"我讲了要你坐火车，你不听，这下好了，多让你为难"。但我没明说，的确也是这回事，男女之间，行方便就尴尬。然而我终究忍不住说："嫂子我要你坐卧铺，你偏不听，要挤上来。你看看，你在，师傅都拘谨了。"大汉司机立马否定："没没，不过女老板这身娇艳和鲜嫩，在车头里，躺不好坐不好，活受罪。"

"没什么，没什么，你们天天这样，我不过克服两天。"我插了一句，"嫂子，你在，大汉师傅说话也不能直来直去。他这人喜欢讲荤段子。"嫂子瞄了我一眼，极友善地对大汉师傅说："老师傅别顾及我，我也喜欢听故事，你讲吧讲吧。"

这时，后面那个瘦猴闻出味道，瞬间爬起来，把被单掀开。他就来了精神，"既然女老板要听，师傅你就来一段吧。我上午睡了，现在再倒下难入眠。翻来覆去，躺着也闷，不如听听有兴趣的话题"。嫂子接着问了一句，"老师傅还会说故事？"大汉司机一手摸头，不好意思地说："莫听小郭瞎吹。""我师傅咋不能？二十多年走南闯北，见多识广，他说出来的故事从不重复，情节生动。"上次我也听过大汉司机的故事，得劲，加之瘦猴这一嚷，精神爽了起来，我没有在车上打盹的习性，即使有也不能瞌睡，担心货车安全，还要保护好嫂子，何况那瘦猴随时会向嫂子瞄准，如有个闪失，到时，我如何向学兄交差？干坐不如来一段，说者有神，听者有趣。司机开车有精神，我也不会瞌睡。嫂子有点等不及说："老师傅，你推辞什么，大伙都等你讲哩。你说故事，我能陪你，你不说我又会打盹。"此刻，我也多了心，瘦猴要大汉讲，大汉一味地推脱，是不是合心耍个花招？后一想，怕他个屌，小刘和小王不是在货厢？四个对两个，不是问题，看大汉司机的面相，憨厚老实没有花花肠子，又帮我们拉了不下十趟。我在反思，不知怎么的，疑神疑鬼，总把人家往坏处想。大汉司机发话了，说："既然女老板要我说，我就不磨磨蹭蹭了，可老板们莫见笑。"他拿取茶杯，喝了几口，清了清嗓子。突然他看了前面耸起一群高楼，"哦嗬，快到定州了，我们吃了饭歇一会儿，启程后再讲吧。""好"，嫂子说。我正聚精会神

准备来品故事，他不说了，真是讲故事的高手，知道吊味儿，跟他们北方说评书的艺人一样。那个瘦猴也有点失望，说，"师傅，你把徒弟的胃口都吊了起来，让我欲罢不能"。意味深长的话被大汉师傅打破，说"你看看吧，这儿离定州五里了"。嫂子说："小郭说的也是，我也有这种迫切的感觉。""女老板请原谅，我这人老了，故事中断就想不起来，怕东拉西扯，不如休息后再讲。"

一会儿，车子停在定州市郊外的一个来宾饭店前，大汉司机笑嘻嘻地走下来，和前来迎接的长条脸穿着花袄的老板娘亲昵地打招呼，一番嘘寒问暖后，风韵犹存的老板娘牵着大汉司机的手向房间走去，像一对久别胜新婚的年轻夫妇。我从瘦猴的话想到他们是老相识，而那个瘦猴在嫂子面前扮了一个鬼脸说："老板们，这是师傅的老婆。"虽他俩亲密，但给我的印象是典型的老夫少妻，我惊艳大汉的福气。看到瘦猴贴近嫂子，我忙紧跟了几步，怕瘦猴对嫂子起歹心。我向瘦猴狠狠地瞪了一眼，吓得瘦猴后退几步，远离了嫂子。嫂子没觉察，淡淡地笑了笑，对瘦猴说："少师傅，这是人之常情，我们久歇一会儿。"

在两个年轻女服务员的热情招呼下，我迎着外面一个劲地往脸上刮的呼啸北风，一身冰凉地走进来宾饭店，坐在一张圆形围桌边，桌下有炭火，火焰在闪闪地欢笑。在身体暖和中感到这店的热情，才悟出大汉师傅要在这歇会儿的意思所在。这时，小王和小刘两人从车厢后下来，紧抱身子，也进入房间。小王骂骂咧咧，"这北方鬼天，冷得要命，在这货厢里好比钻进一只风箱，北风四面吹，吹得口里的口水都结了冰"。小王骂完咬着牙，身子瑟瑟缩缩地颤抖，两手扑在炭火上，不断地揉搓。我不敢搓手面，冻疮肿成包子还在发烂。我晓得小王的意思，就说："小王，我跟你换一下，你来驾驶室吧。"小王没表态，小心翼翼地瞥了一眼嫂子。嫂子把话堵了回去，说"不行，不行，看你的手烂啥样了？不能去那个风吹浪荡的后厢"。小王见嫂子态度坚决，见风使舵地对我说："你是头，怎能让你去坐？"我没跟小王去争，虽说的是场面话，也是想着小王小刘坐在后厢遭受了不少罪，关心和安慰一下。我有任务在身，不能跟小王换，他那大大咧咧的性子就盯不了瘦猴。

五个人围着餐厅中的一盆木炭火烤起来。小王见老板娘与大汉司机年龄差距大，忍不住向瘦猴打听，"刚才真是你师娘"？"没错呀"，瘦猴肯定地说。我也奇怪，心想要不是二婚，因不喜欢这瘦猴，没兴致问他。嫂子期待的眼神，望着瘦猴。小王嬉着脸说："你师傅快活去了，讨上这奶嫩的小妻，哪放过机会？"瘦猴忙纠正，"不是小妻，是原配"。

"我师娘的父亲也是开车的，和师傅一起跑长途。疲劳驾驶出了车祸，一死一伤，保险理赔之外，还要花一笔不菲的医药费。车子房子等值钱东西全卖了，凑起来还差二十万，加之师娘的母亲癌症掏空了家底，还欠外债。向亲戚朋友借，肉包子打狗的事，谁愿意借？师娘的父亲躺在医院，受了一点伤。这下一切后事处理落在没出嫁的师娘身上，当时师娘在这饭店做服务员，师傅够情义，听说朋友出事，帮他凑钱。自已弄的，借亲戚朋友的，五万、三万、一万、五千，一次一次送到师娘手里，还有事了陪着师娘一起拿主意，一来二去，师娘叫师傅叫过了几回叔后，换成了哥，师傅不应，说，'我三十八了，你二十挂零，本是你的叔'。师娘翘起小嘴巴，'就不，就不，只要你没成家，我就管你叫哥'。两人齐心处理这事之后，师娘连哥也不叫了，对师傅，哎哎的，互示眼神，到了心心相印的浓密度……"

"哦哟，你师傅老牛吃嫩草，好福气。"小王羡慕地叫一声。嫂子用眼瞪他，说："大汉有情有义，当然，上天会眷顾他。"

"对，我师娘也看到这点，才愿嫁他。后来成婚后，就盘了这家饭店，当了老板。"

此刻，饭店的老板娘端菜碗出来，听到瘦猴在说她，面颊绯红弥漫着一脸的幸福。大汉司机不知什么时间冒出来，接过老板娘的手里碗，摆在我们面前，对我们说："这是湘菜，辣椒炒肉。"在河北能吃上家乡的地道菜，兴味颇高，我伸了筷子，夹了肉，尝了尝，总不如家里那个原汁原味，好歹有辣椒。老板娘瞅到我的手背，呀呀地叫起来，说："老板，你大意了，让冻疮烂成这模样。自己还是搞药的，弄个冻疮药搽一搽啵。"我朝她瞄了一眼，脸庞圆形，水嫩丰润，杏子眼中还散发着一丝柔情。我笑着说："我的手没大问题，开春就会自然好。"心想她怎么知道我们在医药单位工作，说不定是大汉师傅传过话。

饭后，老板娘唤了一位清秀、单纯的小姑娘，沏上几杯沸茶。我们几个喝完水，想起身，我便扫了一眼，单单是大汉师傅没在。我问那个瘦猴，"师傅呢？"他就翘了翘嘴，轻声地说，"和老板娘道别去了"。大家都笑起来，嫂子也含着嘴唇在浅浅地笑，"等一等吧，经常到外面跑，来一趟也不容易"。我们在火炉旁边等大汉司机，不久大汉司机出来了，后边跟上了柔情似水的老板娘。出来时，我们一齐朝大汉司机看，瞅得他像相亲的二十岁小伙羞红了脸蛋。嫂子忙圆场说："大家出发吧。"

车发动了，大汉司机摇开了窗玻璃，一招手几回眸，依依难舍。车下的老板娘几乎溢出了泪花，两相惜别，情意深深。在一旁的我想笑话大汉师傅，可被他俩的真情画面所打动。我没说要他关窗玻璃，嫂子也没催大汉师傅起程。我们都想让他们多待一会儿。这时瘦猴比我们还性急，他打笑大汉司机，"师傅，你就莫去了？让我单跑一趟，回来再接你，一两晚不睡没问题"。大汉师傅听了瘦猴的话，没回答，只是晃了晃神，惭愧地说："让你们久等了"，歉意地关上窗玻璃，抹了几把湿润的眼眶，挂了挡，车子慢慢地离开流连忘返的饭店。

我一直想听大汉师傅讲故事，因吃饭耽误了。刚上路，又记起大汉师傅讲故事，他心情格外愉悦。我瞟了他一眼，他精神全回到方向盘上。瘦猴比我还迫切和期待，瘦猴把两腿搭在我坐的后座上，自己上身斜躺，悠闲起来，问一声，"师傅，饭也吃了，人也精神了，你那段子也该出口了"。嫂子也等不及，说："老师傅，你也应要说了，我们大家祈盼。""好"，大汉师傅回头笑了笑，说："不急，路还这么长，有的是时间。"他轻巧地取了茶杯，一口一口品着饭店老板娘续的那热茶，品得极有滋味，发出嗞嗞的吸水声，满眼春意荡漾。他放了杯子后有点自言自语，"你们要我讲点什么呢？"我说了一句，"老师傅，你就说一说你和那个饭店老板娘的故事吧"。"哈哈，少老板，你又拿我开心，老夫老妻没什么好听的"，他像孩童做错了事一样红了脸。嫂子抿着嘴，嘻嘻地笑。瘦猴也插话，"师傅，我看也好，你就叙叙你们相恋的过程吧"。大汉司机更不好意思，他回头嗔怪地瞥了一眼瘦猴，说："去一去，你就别凑热闹了。"瘦猴放浪的情形便收敛了许多，又坐得端正了。

大汉司机回过头时，前面十米处，道路上一中年男人骑着单车，弯弯拐拐的。老师傅鸣了喇叭，那骑车的更慌了神，竟朝车子直冲来。大汉司机轻松地把方向盘一打，车子绕了大弯，把骑车的男人绕开。当时，我很紧张受到惊吓，额尖冒出虚汗，身子弹起来，脚踩在滚落的红色茶杯上，虚晃一下，人快飞出。可大汉司机没事发生一样，摇开窗门，大声地骂了骑车的一句，"你疯了，不要命了！"然后他重新关闭车门，向嫂子这边掠一眼，笑了笑，愧意地说："这人喝了酒，以我原先的脾气，下车要教训他一顿。当时要是我大意，他命就没了。"嫂子用羡慕的眼睛回望，说："老师傅确实是老师傅，遇事不慌，沉稳处事，刚才车轮下救人的一幕，我佩服至极。""哪里，哪里，女老板，你在涮我的脸，是托老板们的洪福，化险为夷。我们这些开车的，把车开好没什么窍门，要胆大心细和精神充沛。开车不打瞌睡，一旦眨一下眼睛，后果不堪设想，譬如刚才发生的事，倘若我眯一下眼，车毁人亡。所以，上车时我催小郭睡一会儿，等我换他时有精力。老板们，人不是机器，有生物规律，晚上是人最难挨的一段时光，我体会你们不去坐火车的出发点，在车上可以和司机说说话，唠唠事，使司机没睡意，车人货物都安全，你们的目的我一看便知。不瞒老板们，开了这么久的车，我养成喜欢聊天的习惯。"

这时，嫂子口渴，来取在座位上的红色茶杯，找了找，没看见。"怪了，刚才放得好好的"，嫂子生疑叨了叨。"嫂子，你找杯子？在我的脚下。"我捡起杯子递给她说："可能是车子在避险时，滚了下来。"嫂子拿起杯子，掀开盖子啜了一口，就接着大汉师傅的话说："老师傅，这么说来，你爱聊，故事那就会讲得好。""哟，谈不上，女老板，只能说见多了听多了也能说上几句。"我也催他，"大汉师傅我们洗耳恭听"。大汉司机自己取了一根烟，递给我，"少老板你也来一根嘛"。我接过烟，便跟他点了火，俩人吮起烟，车头室内烟雾袅袅。他转头看了瘦猴一眼，又斜眼望我一眼，看我还提防瘦猴，爽然地说："既然老板们捧我，那就来一个吧，也是少老板刚才说过的尿尿有关的事儿。"

三

　　这个故事主人公姓吴，与我同乡，也是河北人，年轻时随父在你们湘潭经营中药材生意。我没记错的话，你们湘潭在民国以前，叫楚地潭州，因水运发达，成为全国闻名的米市，又被誉为南国药材集散之地。清末民初，这个吴商人的父亲在潭州生意做得很大，药材行有几十家，就数他家兴旺。他父亲做生意是里手，可做人是个外行。在同行中横行霸道，仗自己有些钱，又生意红火，把同行不放在眼里。这样一来与同行一家姓马的结了怨。说起来不过为了一件生意上的小事，这怪他父亲心钻到钱眼里，处事又太狠。生意上多攒点、少攒点没大关系，生意上同行之间合理竞争也正常，犯不着这般歹毒。然而，他父亲使出缺德的歪点子把人家的名声搞臭，使人家倾家荡产，妻离子散，这样同行就看不过了。有人为姓马的打抱不平，这人不是别人是马家同乡有名的混混。随混混来湘的还有一伙人，都是靠北方生意人拿出点保护费维持生计，这帮人要钱算合情合理，有事愿为出钱舍身卖命，北方生意人也乐意，出点钱财消灾。生意顺利，生活安宁。就是马家遭吴家欺负这事上，被同行人所指，激起北方生意人义愤，混混儿甘愿为他两肋插刀，出口恶气。就在河北安国进货回来的途中，吴商人父亲被混混们杀死在一条货轮上。

　　当时，吴商人十九岁，订了婚，女子系潭州有名的染坊老板的小千金，排名老四，染坊老板有四朵金花，大的比小的大十五岁。父亲一死，吴商人做了药行的掌柜。人灵活，又有悟性，八面玲珑。做人异于先父，有行业操守，又很和气，尊重同行，注重于得利时不省同行，又信义如命，甚得客户的信赖和药行老板的夸奖。他生意如潮水，年看年涨，结婚五年后，他开了几家药栈。小两口的日子蛮甜蜜，如四季的鲜花愈开愈灿烂。日月如梭，一晃十年光景，吴商人也步入壮年，人成熟了，儿女两个都上了私塾，自己在商道也练成了一身真才实学的本领。吴商人是个勤劳之人，虽家有雇人二十余，逢事必躬，如采购货物、联系卖家、生活开支，等等。

那年仲春，他要去安徽亳州调运苍术、白芍、条芩等药材，以往他都带上一个雇员走南闯北。有点凑巧，出发时，那个雇员染上流感，卧床不起。其他的雇员也因是发病的旺季，抽不开身。吴商人看家里缺货，顾不上带人做伴，单独带上银两，便同染行老板的小女妻子交代家里一切事宜。他妻有些不放心，以前有人为伴，现独往，途中两千多里有土匪、水霸、混混儿谋财害命。没人照料，有点闪失怎么办呀？他妻想着想着眼泪婆婆，不想让他去。吴商人说，"你不要担心，跑货我轻车熟路，十多年没失足一次。我带上一两个去，还增加盘缠。在亳州又有老顾主。需要上船搬运，花钱雇体力活就是，万一中途有事还可去武汉找你姐和姐夫。自己不要搬运货物上船，我人就轻快了。你不必怕，我见过世面，察言观色见机行事还过得去"。吴商人的妻子，听他这么一说，顾虑也就打消。提到大姐，就想着她大姐有十年没回潭州。有些想念她，不知大姐现在情况怎样，也不知她大姐的大丫长成啥模样？她屈指一数大丫也有一十八了。她就顺便说了一句，"当家的，你路过武汉时，去汉口我大姐家，瞧瞧她"。吴商人说，"好好，一定看看"。他虽这么回答他妻子，可心里那一想，"可我哪有时间啰"。

女人把吴商人送了一程又一程，有些依依不舍。吴商人着一身黑色丝绸长衫，右手携把油纸雨伞，银两全绑在贴肉的内衣里，信心十足，向湘潭十八总码头走去，笑着回头向女人招了招手，要她回去，服侍家小。女人哪能依，站在那不动，想起当家人一去一两个月，自己又不能服侍他，在外风餐露宿，心里头一股酸酸的感觉，从心里涌出。

吴商人不想在汉口落脚，在亳州耽搁了几天，随船逆水而上，由淮河转长江。吴商人租的那条大木船走了几百里的水路，在砂石和泥水的摩擦后，四五十厘米厚的船板，不堪一击，距汉口码头还有十里水路，船的底面就一线水往上冒。船老板焦急，就用糯米和灰面糊，油了一遍漏水的缝隙，透水的势头有所减弱。到汉口码头，船老板就迫不得已要吴商人转船。吴商人心有不愿，转船麻烦，又花脚力钱。吴商人说"老板，你将船靠上码头，修补一下船底。一两日的时间，我甘愿等"。船老板看他人好又实在，就说好吧！当他记起女人临行时嘱咐的事，就上了码头。

吴商人他姨姐住在汉正街。二十年前，她嫁给这位纺纱大户的郭老板。

119

两家有业务往来，几十年至交。从小就定了娃娃亲。

　　吴商人他在汉正街找了好久，他记不清姨姐家的门牌号了，六年前和岳父来过一趟，那个印象在脑子里模模糊糊。他一打听，最后他在高大的厂房里找到纺纱厂的郭厂长。两姨夫一见，亲热如兄弟，郭老板放下手头的事，陪着吴商人在家喝了一天一夜的酒。姨姐还是当年丰腴丽质依在。她的女儿大丫出落成出水芙蓉，细皮嫩肉如葱白一样，见着吴商人闪着水汪汪的大眼睛，问来问去，聊个不停，甚是新鲜和奇异。大丫正处于一个做梦的年龄，大户小姐，家教严格，足不出户，很少与异性男人有所接触。今目睹了吴商人气貌、谈吐和阅历，心情爽然。要不是她父亲告诉她，面前英俊又才华横溢的男人是姨爹，她还会沉浸在心为之一动的飞扬的情思中，心中涌出飘飘然然又喜悦的感觉，这感觉挠得她脸红心跳。大丫每次叫姨爹时，她不好意思，尴尬至极，也喊不出声音来，后来干脆不喊。可吴商人从大丫水灵的杏子眼中看到她异样的情形，没在意，以为少女天真无邪。说实在的她在他心目中是不谙世事的小侄女。

　　吴商人在姨姐家痛痛快快玩了两天后，他便惦念他的货物，要是船老板带着货船跑在茫茫水面上到哪里去找？觉得事情严重了，他急着同姐夫和姨姐辞别。那天吴商人离开姨姐家时，大丫也在一旁，大丫没送姨爹，心情落落地独自回房。姨姐说"大丫，你不去送送姨爹，来一趟也不容易。你长大了，应懂礼节"。大丫未动，眼泪吧嗒吧嗒往下滚。

　　这个事本来就不会发生。

　　然而吴商人走到码头时，发现货船和船老板都在，欣喜地挥手叫好，还喊着，"船老板你说话算数，是个实在人"。"吴老板，让你担心了，放心，你们是衣食父母，舍命都要保护你的货物。""哎哟，有你在比到家还安全。""吴老板，别给我戴高帽，我还有事跟你商量，补的船板刚油好桐油，要晾几天，不然木板易烂。"吴商人眉宇之间透着一丝无奈，只好说："有你在，等几天就等几天吧。"船老板不好意思，说："吴老板，我看这会耽误你的时间，还是帮你转一条船吧，钱我来出，你怕路上不安，我在这里跟你租一条大木船，一路我来护送。"吴商人一听一拳轻轻打在自己的膝盖上，心想，要是修葺不好，真要白等了几天，讲租船吧，扫了一眼这码头哪能有合适的货船去湘潭？"船老板，租船不要你出费用。"船老板忙摇头，说："吴老板，岂敢骗你，我们都是生意人，诚信第一，我为你着想，怕误了你的时间，才和你商量，同时也是为自己着想，我花那么多银两，把船底修葺一次，又下水，前功尽弃。也请你帮我想一想。"吴商人觉得在理，要付银圆，说自己另外去找一条大船。船老板不要钱，说："这事我负责到底。"吴商人只好如此，另想法子。他眺望忙碌的汉口码头，大货轮和洋轮川流不息，而大木船，一两条在水面漂动。吴商人急了，大汗如雨在脸上淌，他掬了一把又一把汗，一次比一次揎得远。他愣了许久，小船咋办啦？他琢磨来琢磨去，把主意打到姐夫身上，本地人又是大厂的厂长，有的是办法。他又往姐夫家走去，刚推门，他姨姐遇了救星似的，一把拽住他，说："吴妹夫，你来得正好，你一走，大丫失了魂般，闷闷不乐。我问她，才知她想外婆了。我正跟你姐夫商量，把这大丫送到潭州她外公家。恰好，你又回来，免了我们跑一趟。"吴商人也没细想，带个侄女回去，不假思索地答应了。自己不晓得这一答应就坏了事。

姐夫郭老板，帮吴商人找了一只大篷船，让纺织厂的工人帮他转运，十吨的药材，大货船刚载满。吴商人十分感激姐夫和姨姐，要不是他们，他不知要在汉口码头停留多久？所以，吴商人在船上把大丫视同女儿一样照看。

事情往往有些凑巧，那只大篷船的船主是六十多岁的老头，也姓郭，又聋又不爱说话。但撑船的水平极高，四十多年的航船经验。风浪来他晓得稳舵，碰上险滩和暗礁他懂得绕过。虽然聋，可奇怪的是他能听到对面轮船汽笛长鸣声。吴商人也解不通，随你怎么大声跟他说话，他就是听不清，而船鸣声就格外清楚。船老头，除了吃饭、撒尿，几乎一心一意地坐在船头摆舵，他不管吴商人的事。

汉口离潭州的十八总码头，有六七百里水路。顺事时，一单边程大轮船要走七八天，而大篷船则十天半月；不顺事时遇上春汛、搁滩、涨水，逆风而上停停走走，二十多日，也不算长。况且，这船老头也是一个人摇撸，到晚上，总要睡眠一下，这样吴商人和大丫总不能代替。大篷船算大，放了药材，中间留有睡三个人活动的地方，船中有铺盖，还能生火做饭。船老头，睡得少，他从不上铺。他实在困的时候，就让大篷船临岸、抛锚，自己在船头打个盹。两三个小时后，在江里浇水洗脸漱口，然后又启航。

船中那个空间的地方，就是吴商人和大丫生活和活动的场所。

大丫在船上，这个豪门出来的大家闺秀哪受过这般的清苦和孤寂？在家有人伺候，出门有车，玩耍有仆人丫鬟陪同。一上船，望着茫茫的长江水面，四周慌慌凉凉的情形向自己袭来，她心中生出一丝恐惧和害怕，眼泪沙沙流出。这也难怪她，她能看到的仅清绿绿的水天一色，或渺渺水面上的汽轮、货轮、乌篷船和打鱼人，还有姨父潇洒俊秀的一张脸，能听到只有姨父的磁性的声音了。还好，她姨父吴商人细心呵护，使她感到安全和温暖，特别是姨父的谈吐，令她倾倒和佩服，一种男性磁场让她着迷，愈听愈想听，还有一种亲近和相融的引力，使她一刻也不能离开。那种感觉，在孤船独航的夜间滋生，如气浪一样在渺茫水面的梦中扩散，又如北风刮起的江涛势不可当……

大丫爱洁，可在巴掌大的空间，吃喝拉撒，都在这个地方，能卫生吗？大丫看到铁锅有褐色的锅漫，呕吐不停。端上碗，扶起筷子，刚要吃，吧唧吧唧地滚上几颗泪珠。吴商人看在眼里，快捷地抢过大丫手上的碗，将上面一层米饭扒到自己的碗里，再递给大丫。大丫眼睛潮润，才大口大口地吃。大丫要睡，就蜷缩成一团，她不愿盖土被子。这床土花被面是船老头一年四季没洗过的也没换过的，污渍斑斑。晚间，困觉来，她瞧瞧这被子，鼻子一酸，伤心的泪又来了。吴商人，只好脱下黑色的长衫，让大丫在自己怀里躺着，并盖上自己的长衫，大丫才美美地睡上一夜。大丫想家，就跑到船尾，望着寂寥的江面，一边发痴，一边落泪。吴商人发现，跟到船尾，哄她，呵她，给大丫讲故事。吴商人社会经历也不少，经过一些坎坷，所以他说的事儿逼真。大丫和吴商人有缘分，只要吴商人一说话，心里头就不慌浮了，她脸上就有笑容。大丫也爱听，这样一来她把吴商人看成了博学多才、成熟又体贴的男人了。大丫为这事也在船尾徘徊过，她在心里想着特纠结，偏偏这么优秀的男人，就是我的姨父，大丫越想越郁闷心情越不舒畅。

吴商人认为大丫幼稚，离开金窝般的家，在这茫茫的水上漂流，又荒凉又孤寂，在这孤独的木船上，又窄小又杂乱，大丫这大家千金，爱热闹又喜整洁爱漂亮的姑娘，像这种地方她一时一刻也过不下去。吴商人所以把她当自己女儿一样细腻地照顾，原因也在这里。吴商人自己明白，他所付出的那是一种浓浓的父爱。但大丫不是这么想，恰好相反。

大丫高兴，来了兴趣，哪顾是姨爹，总和吴商人打闹，极有野性，或者变个样子扑在吴商人怀中娇里娇气，活像一个初恋的少女。有一天，船老头碰上，憨厚地对吴商人笑，随口说了一句，"你们这夫妻真甜蜜"。大丫飞来了一脸的红霞，同时眉宇间露出一丝幸福的欣慰。吴商人当时满脸羞愧，慌了神，忙向船老头解释。吴商人说得再清楚，也是对牛弹琴。船老头还以为吴商人是对自己刚才的问候表示亲切回应。吴商人只好摇着头，说看样子船老头耳朵背着很。吴商人尴尬地走开。

大丫哪离得吴商人呢？吴商人一个人偷偷地坐在船头，她也蹑手蹑脚地来到船头。吴商人轻轻地走到船尾，大丫也追到船尾。吴商人生火做饭，她就帮着淘米；吴商人睡眠来了和衣倒在铺中时，大丫也挨着吴商人倒下把头枕在他怀中。吴商人醒来，瞅着大丫如恋花之蝶赶不走、挥不去，他有些恼火，他就问大丫，"你跟姨爹没大没小的，我会生气"。大丫嗲声嗲气地回了一句，"我才不叫你姨爹，比我大不了几岁，在我心中你是吴先生"。吴商人诧异，目瞪口呆，回过神之后说她，"不懂得廉耻？"大丫听了那话一愣，情绪郁郁不乐，走在船边一个人独自啜泣。

吴商人怕大丫想不通，性烈，又走过想哄她。大丫转头对吴商人说，"你再这么说我要跳江"。吴商人头皮发麻心里发怵，他只得说些依着她的好听的话，还说喜欢大丫，大丫乖，哄得大丫转忧为喜，还一脸灿烂的笑容。她又缠着吴商人："吴先生，我漂不漂亮？""漂亮。""吴先生，你喜不喜欢我？"大丫不叫姨爹，而唤他吴先生，这小丫头片子有恋父情结，怪郭姐夫溺爱。吴商人迟疑不敢回答。大丫水灵的眼睛期盼，吴商人也迷惘，思来想去这样可不行，如此这般拉拉扯扯、亲亲热热，虽然他分得清辈分，但长此下去又在孤男寡女之中，把不住大丫柔情缠绕就会走火。大丫又催："问你哩，吴先生你喜不喜欢？"吴商人假意地说："喜欢我们大丫。""什么我们，要说我的。"被她这口气骚得脸酡红，可大丫也说不得，一说就刺激她了，大丫有三长两短，如何向姨姐交差？这伤透了吴商人的脑筋。

吴商人烦大丫形影不离。那天，吴商人在船边浣衣，大丫抢他手里衣要洗，她哪做过家务，衣裤在水里揉搓都揉搓不动，差点还栽在江中。吴商人见状忍不住"哧哧"发笑，之后，又摇了摇头。大丫不高兴，问："你

笑么子呀？""笑你小孩子天真。"大丫嘟着嘴说："不嘛我不小了，又在说我的坏话。"吴商人便开了玩笑："我敢说郭大小姐的不是？"大丫听后一笑，用纤弱又嫩白的小手去揎吴商人的脊梁，说："你坏，真坏！"吴商人回头一瞥，大丫含情脉脉，嘟着小嘴像自己发娇的小妻，活脱脱如妻初嫁一般的清纯、秀丽、甜美。他感到一震，发现自己眼睛走样，脸微微一热，他问自己怎么是这样瞅大丫呢？吴商人才想起那句恐惧的话：日久生情。他想起时，内心里有一种黑洞洞的感觉，眼前一番迷茫和惊慌。不知不觉中吴商人清亮的额头上似春季回潮的地板，冒出汗粒。长袖抹了几抹，汗水拂去，但那种慌乱和惧怕老是拂不去。当然，吴商人经过一阵心里煎熬，得出了一句警醒的肺腑之言：悬崖勒马。吴商人思考着，在这方面自己能把握，毕竟他是她的姨爹。可幼稚、单纯的大家闺秀大丫能抑制？大丫是带刺的玫瑰，还没近身就刺手，讲不得，说不得。情感如流水，流动起来势不可当。一旦痛下决心，堵水绝源，事情又是另一番景象。吴商人想起儿时的事情豁然开朗。虽别扭和害臊，但有启发。十一岁他还跟奶娘睡。有天奶娘生烦，不愿他晚上爬进她的热被窝里，就给他讲了一个荤段子，听后他彻底不与奶娘睡了。

他就对大丫说："你别闹了，我说个故事给你听，好不好？"

大丫一听吴商人有话儿讲，真就停止了吵闹。大丫一副天真无邪，催着吴商人，"吴先生你快说"。吴商人闻言她还叫先生，心中不免有股火，又不便发出，嗔怪了一声，"大丫，你叫得没大没小"。顿时，大丫脸颊绯红，但噘起长长的嘴巴，不饶他，"对呀，我才不叫姨爹"。

说到这步时，大汉师傅往后瞅了一眼，又瞭望了前方的物景，忽然他把刹车板一踩，嫂子问一声，"这到哪里了？""离陆口不远，这段路烂，又上坡，颠簸不停，我得下去看看，这段路乱，不安全，一些司机在这丢失了货。"嫂子看大汉司机说："没事的，我们小王和小刘都在车后货厢里待着呢。""不行，这里一小撮闲散人员，无孔不入，还得亲自检查一下，放心些。"大汉师傅边说边自己下了车。他沿车的周边巡查一圈，得意说："还好没事。"从这事，我算服了大汉司机，谨慎又认真。

车开动后，大汉师傅歉意地对嫂子笑了笑，说："老板娘，我这人没上过学堂，表达水平有限，你们不嫌啰唆就行。"嫂子浅浅一笑："说得好，我都入迷了，老师傅您这河北人，对我们潭州这么熟悉？""女老板，不瞒你，我还和你吴总经理是表亲。"嫂子惊讶地问："真的？""没错呀，那个吴商人就是我的姨公，我不是姓郭嘛。"

"唉哟哟，老师傅，你跟我还亲戚。"

"对，不然，你吴经理不会照看我的生意。"

我本有些睡意，现在全无了。

大汉师傅又喝了一口水，接着往下讲。

大丫动了动嫩手，吴商人感觉后背又痒又麻痛。大丫边擂边说："看你还说我不？""好了——好了，你再闹我就睡不成了"，吴商人不紧不慢地说了句。大丫真听话，不闹了。她期望地说："我不闹，你赶快讲吧。"

吴商人于是就继续说："说的是那年头，不知多久多远，有个几百人的村庄被滔滔的洪水吞噬，整个庄上跑出来的人只有一个二十挂零的小子，我就称他小伙子，还有个是他大哥二八龄的女儿。小伙子牵着侄女攀到一座苍翠的高山上，时间不到半晌，山腰间周围渺渺茫茫的无际大水。不知是处在失去亲人和村居的惊慌中，还是被眺望不到边际浩渺的洪水所惊吓，小伙的侄女畏畏缩缩地依靠着小伙子，说，'叔，我怕呀'。侄女眼神满是惊慌和恐惧，他说，'丫丫，整个村庄只有我和你了，从今以后我与你相依为命'。小伙说后眼眶发红，眼神弥漫一丝悲忧。侄女搂得叔更紧了，小伙子用宽大的手抚摸侄女颤巍巍的肩膀。他和侄女吃野菜，枕月而眠，侄女依他而睡。他带着高洁和亲情对侄女说，'我保护你，你是我哥的女儿'。侄女含泪感激，不停地点头。后来小伙子脑子里没村庄没大哥的影子了，家庭人伦的观念也在艰苦生存和生理激发下荡然无存，一心只想填饱肚子。随着饱食，性的本能被激发，日久膨胀，对侄女那种礼节性的隔膜也被挤破。眼中侄女只是同甘共苦能满足他男性欲望又能生儿育女的女人。这像是神话。这个山岗只有一个男人和一个女人的世界，没有文明的存在。在相依为命患难生情之下，有一天，在星光满天、月华倾洒大地的晚上，他们亲亲热热相拥，甜蜜地滚在一块。激情过后，等到那年冬天大雪凛冽，他们回村，带着一双儿女，洁白的山径上留下一串猪蹄痕一串犬趾印……"

大丫听后冰冷着脸，快快不乐，说："你尽编瞎话来骗我，说些古里古

怪的事。"吴商人一板脸认真地说："这是真实的，是奶娘在我学童前，说的事儿。"大丫突地嘻嘻哈哈一笑，说："吴先生，还说你不哄我，我没看过孩子像狗像猪的？是不是你奶娘不愿奶你了，或者她厌恶你黏着她一起睡，才想出这个事哄你，谁叫你那时是个不懂事的娃？"吴商人心一紧，心想大丫蛮鬼精的，转而，好像记起来，"哦，这事也不假，我在汉口曾听洋人说过近亲结婚，育出的后人不是痴就是哑"。大丫浅薄地笑了，说："哦，你绕了弯来教导我，对不对？"吴商人哑然，大丫一顿工夫，动了怒气，说："你放心，我不会没廉耻地和我小姨来争抢你。"她说后，眼眶红肿，"嚓啪嚓啪"声音响到船尾，显得委屈，独自咽泣。吴商人见状，又跟到船尾，亲昵地摸了摸大丫黑色又发亮的头发，说："大丫，我哪是说你？我不是在讲故事吗？你易起疑心，姨爹其实想说些你开心的事。你要往里面想，就是你不对了。你为姨爹好，我高兴，有这么一个乖巧又聪明的好姨侄女，是我的福气。"吴商人违心地说了一通，是想大丫熄熄火气，别想些蠢里蠢气的事。大丫发嗲，把头发一甩，挣脱吴商人，斗着气，连说"不听，我才不听"。吴商人又抓了大丫的手腕，一把拖到胸前，给她擦擦盈满泪的眼眶，说了一句，"大丫，你又生气了"。大丫在吴商人哄劝下，伤心地扑到吴商人的怀里又颤颤地号哭。

吴商人怕在船头的船老头闻到，就小声说："大丫，你是大妹子了，哭起来多不好，船师傅听了，多丑啊？"说也巧，船老头回了一下头，朝船尾望了望，笑得乐乐的。这下反而弄得吴商人无措，脸红心跳，忙把大丫推在一边。大丫见了，反而偷偷地发笑。吴商人好气又好笑地对大丫说："你真不怕羞？老人会笑话你没大没小。"

大丫说："我咋笑的？你一直在骂我。"

吴商人说："我是你姨爹，说你一下怎么是骂你？你这丫头还这样记心哇。"

大丫有点怪怪的怨气，说："我才不叫你姨爹，你比我大了多少？"吴商人一怔，心想看上去大丫嫩芽芽般话儿还辣。说实在的他比大丫大十岁。"就是比你不大呢？或者小一些，我的老婆也是你妈的妹妹，你不愿唤我也是你的姨爹。"他以姨爹的身份自居，心愈来愈生气，说："大丫，说你在我面前没大没小，你不叫我姨爹，又能叫啥？"

大丫掩着两耳，漫无目的地踢了踢小脚，也没抬头，可能是不好意思，不紧不慢地狡辩，说："你看你面色这么年轻，比我大不了四五岁，我叫你姨爹能喊得出口么？外人看我，是不是有神经病？"

吴商人"咦"的一声，说："大丫，你太幼稚了，有你这样看人的吗？我都三十了。"大丫瞟了几眼吴商人，脸色白里透红，羞涩地说："我不信，你骗人。""我几时骗过你，我和你小姨结婚快八年了。你问问你妈你爸，我结婚他们从武汉赶来潭州当时还带着你。过几天到外婆家，你去问你外婆和外公，他们是最好的发言人，你再看我说的是真是假？""吴先生，我不信，只信自己的心和自己的眼睛，你有兄的活力，你如我同学一样英俊，你比我妈还关心我，你比我爸对我还细腻，在我看来不像长辈更像心爱的人，嘻嘻。"

"大丫你有点强词夺理。我再说一遍，我是你姨爹。你嫌我年轻也得叫，没有不叫的道理。"吴商人越说越来劲。大丫把头摇了摇，连说："不信，不信，在我心中你不是姨爹是吴先生。"吴商人认为大丫执拗，也不想和她争下去，心中怪罪他的姨姐惯坏了这丫头。他心平气和地轻声地说："好，好，你不叫。你就回船舱中去吧！"

大丫才得意，扭着碎步，像古戏中甩着水袖的小旦。吴商人紧随跟到船舱里，隔了几步，倒在船铺中郁郁不快，把头枕在相交的手臂上，想着事，他思考大丫越来越放肆。他想着刚才那幕，本想用故事点化，不料让她越闹越烦躁。吴商人两眼仰视密封的船篷，半口气不出。大丫走近，依着他的脚踝倒下，吴商人拽了拽大丫说："大丫，能不能离开一点？"

大丫嘟着嘴，说："我睡不着。"吴商人"唉"的一声，叹着气，又没说什么。

过了几日，吴商人琢磨起来，心想不能老依着大丫的性子，到时也成了奶娘故事中的主人公，除辱了家门外，怎对得起郭姐夫和姨姐？还有恩爱的小妻？他一想到那点，紧张和恐惧，额头晶莹的惊心动魄的虚汗，一颗一颗地蹦出。这逃不过大丫敏锐又火辣的眼睛，大丫走上来，就用香气的手帕给他抹去。吴商人把大丫的手臂搴开，说："你走吧，我要静一静。"

大丫生气地把手帕一扔，说："不擦就不擦，有什么了不得。"气呼呼地走到船边。

又过了一会儿，大丫又走回来，到了吴商人的身旁，说："这孤零又苍凉的大江，涛声依旧，惹得我的心烦了慌了，不如和你吴先生说说话。"吴商人也没回应，想着自己的心事，听大丫嗡嗡的说话声，更添些不安。他不耐烦地说："大丫你让我静静心。"大丫说："你烦我更乱。"说后，干脆把头倒吴商人的温暖又宽厚的胸上。吴商人掖了掖大丫的外衣无可奈何地说："大丫，你这妹子真不逗人喜欢。"

大丫瞪了一眼，唰地脸白了，像是从心中吐出一句冷峻的话，"你真不跟我说话？"这话震了吴商人，不由自主地站了起来，呆呆望着大丫从身旁离去，慢慢地朝船舷边走，想逾越江水又无意识地勇往。这下把吴商人吓得全身发怵，急忙跨步向前，抱住了大丫的身子。

大丫在吴商人怀中又说："吴先生，你再说嫌我，我就跳江！"

吴商人被那句威胁的话吓得全身抖抖颤颤。"大丫，别跳，我依你就是。"吴商人性子也柔和，话也软了。大丫挣扎，又逼着吴商人，"你到底烦不烦我？"

吴商人被大丫逼得没回旋余地，心是无奈又冷飕飕的，脸还要堆着笑容，说："大丫，我不烦你。"大丫才转而发起娇气来，揉了揉眼睛，说："吴先生，你不能反悔啊。"吴商人没法子，从今以后只好由着她性子来。

在江上流动久了，人也生寂，可在这窄小的船上。船老头是个喜欢孤寂的聋人，能说上话的只有大丫。吴商人从汉口港启航有八九天了，自己不晕船也不厌江，日子在船上长时闲闷，也和大丫一样慌浮、孤寂。之前去采购，同路有几人，通天黑地玩纸牌，越玩越有趣，日子在不知不觉中过去。现在，只能坐着看水听江声闻汽笛，日日如此，不免发闷，心里生出一点欲望想聊天。慢慢地他也不反对那日久生情的事了。有时他慌乱起来，想起奶娘讲的像狗像猪的故事，有点天方夜谭，自觉好笑。

人一旦闷久了，会得抑郁症，想跳江解脱。可还好，有大丫也能解脱。虽大丫吵吵闹闹，但有乐趣，能填补他的孤寂。日月原因，吴商人对妻子的笑貌和昔日的温暖，在脑子里渐渐地淡去。想起妻子如同看到大丫一样，有时他把大丫看成了妻子。是呀，他心中之前和妻子的温温柔柔，和现在大丫之间的情趣一样。但吴商人能把握住，最后一层隔着他与大丫的白纸没撞破，这全靠他的理智。

不过事情还是发生了。这怪船老头那杯酒。吴商人把酒喝得昏天黑地，胆子也喝大了，理智被醉意驱逐得无影无踪。

那天晚上，船老头吃了饭，就走到船头喝酒。船老头酷酒，一个大的酒葫芦。满满的一葫芦能装二十来斤。听老头说汉正街打回来，喝到岳阳，只剩下一小半，船老头也是个酒鬼。这个秘密吴商人先不知，便是那夜邀他喝酒，吴商人才发觉，船老头不但会使船还会喝酒。

夜色漆黑，江面上的风像刚穿过幽灵界在呼呼叫，叫声尖厉。远处几点渔火，闪烁着幽光或趋近或渐远。同时能闻到一种"叭 叭叭"的机器轰鸣声，由远至近。吴商人一听就知是货轮。船舱里，大丫点燃了烛光，整舱都是闪动的黄色火焰，连大丫好看的脸庞都被昏黄夜色包围。吴商人刚吃了东西，在这的昏黄的光晕里，心变得沉重，像身子旋了几十转而后在江水中沉落。他走出船舱，生了愁意，郁郁寡欢，在船头不停地徘徊。

船老头看了吴商人一眼，就喊："老板，你闷，就来喝口酒吧。"

吴商人蹲在老头身边，模糊地看到船老头提着葫芦倒酒。

船老头给了他一大杯，说喝吧，醉酒解千愁。

吴商人真端起杯，一口一口地品起来。他酒量不大，一般他是不喝的，遇上兴奋事，也沾上一点，在汉口郭姐夫家里喝得最痛快。他喝上一杯后，就叫："老师傅，你干一杯吧。"船老头耳聋，没用杯子，只顾自己说："老板，男人只有两样东西能散愁，一是女人二是酒，你老板比我行，占了两个，我只占一个。女人能解愁又能生忧，酒只解忧，酒比女人好。"

船老头自己笑了，乐乐哈哈，然后把葫芦对着嘴上倒，咕咚咕咚吞了几口。吴商人惊得鼓了眼，看着他半天，喝下去的足有半斤之多，羡意之余，吴商人说："老师傅您真行。"船老头放下酒葫芦，自言道："不喝了，不喝了，水路还长，刚过岳阳。"吴商人望了后边密集的灯火，兴奋地点了点头。

船老头又给吴商人酒杯倒了一次，说："再喝点啵，万事皆休。"吴商人没推辞，连喝了几盏，人昏昏沉沉，头像倒在水里，身子也轻飘飘地像在水上行走，瞰视江面幻成了一片星辰的天空。船老头拧紧了酒葫芦盖，瞧吴商人东倒西歪摇摇晃晃的样子，说："就醉了？老板吃酒你不行！"

吴商人颠三倒四，摇了一下头，后又朝船舱昏昏沉沉地走去，神志不

清，边趔趄边大丫大丫地叫喊。大丫在船边应了声。他朝舱里走，到船中没看见大丫，他不自然地念了一句，"这丫哪去了呢？"酒性发作，吴商人喉咙干烧口渴，找了一瓢水，喝了个底朝天。他坐到了被絮中，想让头脑平稳些，可头不听使唤，旋呀旋转不停。

巧就巧在这时，大丫应了吴商人后，她尿急了，便在船边拉开了裤带。

大丫这个大家闺秀，来到船上时，小便大便在船上解决，先有些不自在，忍半天还可，忍一日就憋不住，哪还顾得面子？要排泄也就没姑娘家的腼腆和害羞。本来么，吴商人和大丫生活在一起，船只那么大，他怎么会不晓得大丫在做什么？头一次，尿意来临，大丫还红着脸问他，吴商人还笑话她，说"我的大小姐总不能让船近岸找个人家方便吧"。大丫听了，羞愧地吐了个舌头，说，"怪不好意思"，脸色就一会儿红一会儿白。吴商人瞅了大丫一眼，心明白七八分，拍了拍胸脯说，"包在姨爹身上，帮你站岗"。其实，哪会那么紧张？除了船老头，就是吴商人，不过是心理作用罢了。吴商人那时，心有分寸，把大丫看成自己的女儿。每次，他知道大丫有事了，就说，"你放心去，有我在哩"。

酒能解愁，不错。酒也能坏事，吴商人醉了个糊里糊涂，眼花得不能再花了耳背得不能再背了。吴商人想再唤大丫，他睁开了眼，大丫不是在眼前闪动么？这时，他想吐，张口一股酸馊味，向外喷射，半条船都闻到这个味道。他肚里翻腾着腐烂的食物和发酵的酒水，似江浪在河中澎湃。吴商人实在有点不舒服，倒头便睡，刚好躺下，他闻到一种声音，是细细的声音，一线水从缝隙中挤压出来。猛然感觉到同在汉口码头前的船底渗水冒出的声音一个样，他害怕至极。要是船又透水，前不着边，后不着店。他怕自己听错，又侧耳听。然而是一线一线水漏出的响声。没错，惊坐起来，他摇摇晃晃地走到那水声的地方。

这一下不要紧，吴商人晃到大丫蹲下的地方，他眼睛一亮，说："这不是翠花吗？"翠花是他的妻子。吴商人鼓着铜锣似的眼珠子，晃了晃身，吞吞吐吐地说："翠花，你让我憋得苦哪。"话声没落，吴商人在酒精的作用下，身体突地膨胀起来，一种热浪向外喷发，如岩浆一样止不住。吴商人很神速地把提着裤头的大丫当成翠花搂抱入怀，热浪来得猛，嘴巴往大丫的白皙又细嫩的脸颊吻了个遍，差一点大丫的舌尖被吴商人咬去一块，大丫顾不得疼，松开提裤头的手，紧紧地缠绕吴商人的脖子。这一来，黑暗中的大丫也不畏缩，紧张又迫切，熟悉的喘息声更刺激，终于等到这刻，又惊又喜，青春荡漾的身体回应和迎合，用鼓膨的胸部磨蹭吴商人宽大的胸膛。走不动的大丫幸福地眯上眼，吴商人顿时两手往大丫屁股上一抄，托起她的身体，呼哧呼哧快跑几步，甩到船舱的铺被上，大丫瘫软下来，等待暴风骤雨般激情来临。

吴商人身体躁动不安，向躺着又喘着急促的粗气的大丫扑过来，滚烫的身体如山一座碾压着大丫，随之而来像蛇一样的手在大丫胸脯上蠕动，他被激情和亢奋烧昏了头，呼哧呼哧喘着粗气，说："翠花，我要……"

陡然，叭叭的几声划破宁静的墨黑的夜晚，江上打着灯笼的三条船向吴商人的这条船包抄过。船老头喊，"老板，水匪来了"。吴商人被惊吓，起身，摇摇晃晃地快步向船头走去，又几声清脆的枪声打在吴商人的脚下，吴商人想躲开，脚不稳，一头栽倒在渺渺水中。

船老头，摸拿着撑竿，单腿立在船沿边，像老鹰俯视前方的猎物。叭的一枪飞过来，船老头一跃，又叭的一声，身一闪，轻巧躲过。等三条快船上的人一窝蜂地向船上涌来，船老头毫不客气，一竿一个，扫到江水中，只见扑通扑通的响声，行云流水般的动作，扫到第十个。水匪们惊愕，吓得后退，托枪的手瑟瑟地抖起来。匪首看到如此身手的船老头，削瘦又青筋突暴，想起江上流传已久的"船上猴"，忙挥手往后撤，向船老头打了几揖手，说道："得罪了，前辈。"

船老头放下撑竿，拍拍手板，寻找惊乱中的吴商人和大丫。大丫坐了一趟过山车似的，从激情未曾满足中跌落，又从惊吓幸运中回到了现实，她紧抱被子蜷缩一团。船老头擦亮了煤油灯，对大丫说："女老板，别怕，水匪逃走了。"船老头又找吴商人，寻到船尾，不见老板，一下瘫坐船上。大丫也从梦中醒过来一样，真没看见吴先生？她焦急又失魂落魄地叫着："吴先生，吴先生！"

没有回声，只闻到江水噼啪噼啪的碰击声。这如何是好？吴先生消失得无影无踪。船老头也意识到，自己走船遭祸了，以前从没失过手。大丫想到吴商人被水匪掠走或死在江水中，她哭了一阵，人事不省地瘫倒在船头上。

　　船老头没开船，停在此处，用撑竿在周遭四处戳动，只有流水和泥沙，一小时过去，没有发现吴商人的蛛丝马迹，水中没找到他的尸体。

　　船老头扯醒了大丫，"女老板，您拿主意吧？"

　　泪花洗面的大丫没主见，目光呆滞。

　　以船老头多年闯水的经验，船不能停，那逃走的水匪，搬救兵去了，等会剩余的人和船上的货物更危险。

　　呼呼叫的江风又刮起。大丫胆战心惊，沿着船边撕心裂肺地喊着，"吴先生你听见不，吴先生你回来啰"。水声在应，机器船咔咔在响。

　　船漂在遭遇水匪的水面很久，船老头也捞了许久，观察江水中没血腥味，一旦有血味，各种鱼儿和水中爬型的鳖类动物会蜂拥而至，以船老头的经验，没被水匪杀死弃在江中，心中也有一种意念，吴商人没死，更没溺水而亡。

　　"女老板，放心，吴商人不会死。我们不等了，赶快走。"

　　"老伯，吴先生没死，我要等他一起走。我求求你了，找到吴先生。"

　　"女老板，不要担心了，老板受了一点轻伤漂浮在我们看不到的地方一时半会寻不到。但不走，等他，你和货物得遭殃。"

　　大丫也知厉害，但她不想抛下吴先生。

　　不走又不行，不可等死，一船药材是吴先生的家底。大丫也没办法，随船老头开船起航。一路上她不吃不喝地想着吴先生。

　　大丫又想着，回潭州这一路没吴商人，还有数十里，还有水匪、强盗，多处险滩和浅礁，途中要是船老头破罐子破摔，起歹心，失了个老板交不了差，别说船费，连人走不开，见她一个弱女子，杀了她，劫这船药材。官差抓去，说船在航行中又遇抢劫的水匪，死无对证。

　　船老头看出大丫的疑心，说："女老板，放心，即使我遭到最大损失，我们这行也有行业操守，会把药材和你送到目的地，该我赔的我赔偿。"

　　大丫不与之争论，没有吴先生，心如死灰，也不理会船老头，是死是活，随船往上走……

　　几天几夜，船老头把大丫照顾好好的，把那船药材送到潭州十八总柳石码头。船老头把船拴在码头也不走了，对吴商人的夫人和父母说，"吴商人在船上失落，我应负责，我在愿在你家为奴，亲自请到当地士绅和药行会长，签下卖身契"。

过半月，吴商人蓬头垢面地出现在十六总那条药材街。大丫也没回汉口，见到吴商人，整个人鲜活似的，落脚于吴府。船老头也高兴地解除契约，说，"我水上走船五十年，终究还是没有闪失，开着船兴高采烈地回武汉了"。

后来，大丫的父母从汉口来接她，她不走，稍有逼迫就上吊或自缢对付。外公外婆来请她也不去，每天缠着吴商人，还说，"我愿做吴商人的贴身丫鬟"。父母和外公外婆，要四妹好好待大丫，女人与女人之间，爱着同一个男人，就有嫉妒和争风。她与姨妈闹得满城风雨，最后只能随她，没办法吴商人把她收了二房。

四

听了这个故事后，大家默然无声，似乎被情节中的人物感动。我暗地窥视嫂子一眼，清秀的眉毛下眼角中有一丝丝泛红，眼睛湿润。她为吴商人而悲，还是为大丫钟情而恸？猜不出来，只好又瞅大汉师傅，我想讪笑几句，见他眼视前方，想起走船人的艰难满眼的哀伤和悲凉，见此，只好忍住。后来，大汉师傅他先开了口，似乎怕我们不相信他故事的真实性，便作了补充，说："故事中的大丫是我的姑母。"我感到好奇，问，"大汉师傅，那你怎么称呼她？""呵呵"，大汉司机大笑，说："我见一房大太太就叫姨奶，见二房小太太就叫姑母，并不别扭，叫多反而习惯了。"他又斜眼瞅了我一眼，哦了一声，"少老板，我忘了介绍，这个船老头，吃船上饭五十年，一身功夫，走船的人称船上猴。也就我请的这位少司机的爷爷。"大汉司机特意向我强调这一点，有意叫我放心这个瘦猴，家风好。我心想，"爷好，不能代表他"。嫂子抿着嘴笑，那白嫩又美丽的脸颊上泛出一丝淡淡的羞意，说："老师傅说得真好，今天不听你说，我还不敢相信有这般奇闻。世上无奇不有，五彩缤纷。你和少司机的前辈，不简单，是生活艰辛又情感丰富的一辈。""对对"，大汉司机也附和嫂子。"老师傅，我没找错人，你们这些搞长途运输的人，信念如天，来自上辈的传承。"

我点了一下头，算是同意了嫂子的见解，至少肯定了大汉司机。我见大汉师傅没回音，便环顾四周，大汉师傅不经意打了个哈欠，睡意爬上了脸，再看瘦猴受了他师傅的喝斥以后，大气不敢出，盖头盖脚地缩在被单里。

车子又驶出一段路程，大汉师傅哈欠连天一个接着一个，他一手摸方向盘，另一手总不停地抹眼睛。我也有几分困意，瞧了手表，下半夜凌晨三点。

五

大汉师傅忽然喊瘦猴起来换班。瘦猴回一句，"师傅，好"。我实在熬不过，听到瘦猴开车，一下子惊醒起来。大汉师傅疲惫地踩了刹车，挂住了空挡，然后身子就往后座翻去。

瘦猴坐在驾驶位子上，我困意全无，紧张起来，身上每根神经绷紧。瘦猴青眼似的瞅着嫂子，眼馋地停在嫂子那张美丽的脸蛋上，像苍蝇一样盯得甩都甩不开。你想他还挨着嫂子坐在一块，随便动一下手，占个便宜，唾手可得。这事联想开来，我毛骨悚然，浑身麻麻酥酥的。瘦猴收回目光又抽出一根烟，点燃，呶一口想起还有我和大汉司机。大汉师傅倒下便发出了排山倒海雷鸣似的鼾声。等他递过一根烟时，我佯装闭眼，见我瞌睡，他把烟又收回。那刻，他侧身又瞟了嫂子几眼，从眼缝中我瞧得一清二楚。他吸一根烟的工夫，大概盯了嫂子不下十回，弄得嫂子脸上火辣辣的，不好意地低下了头。我偷觑到嫂子今夜的情形有些怪，一向在异性面前大大方方，张弛有度。可今天在瘦猴的贪婪且疯狂地欣赏下，像姑娘一样害羞起来。我真想向瘦猴发火，嫂子是你能瞅的吗？后一思，不行，他并未对嫂子动手动脚，也没亵渎和欺侮嫂子。

又驶了一个钟头，瘦猴说话了。"女老板，不，不，我也跟你们一样叫嫂子，亲切又不显生疏。"嫂子没望他，说，"好啊，随意"。"嫂子你听了我师傅的故事有啥想法？"嫂子抬起头，疲惫又红润的眸子平视前方，说："少司机，我刚不是讲过了。"后她又犹豫了下，觉得这样回人家有些生巴巴，掩不下面子，又补充说，"要是同去的不是吴商人的姨侄女，这故事该多完美！"瘦猴又窥探嫂子，见她一脸柔和，便放肆地把心里想法一一抖出。

"嫂子，我们开车人自有体会，就拿我们这些人为例，成年累月，南来北往，日日夜夜熬在车头，所接触的人都是忙忙碌碌闯世界的男性顾客。男司机都是大活人一个，健壮又结实，又正处在一两次醉不倒的年龄，由于生理需求和饥饿感，要是遇上一个谈得来的女人，也会像吴商人一样。"

这时，嫂子用手拢了拢黑发，颈根发炙，心事翻腾，但没有言语。

我警惕地监视左边的一切，闻到瘦猴滔滔不绝毫无隐晦的赤裸挑逗，我恨得咬牙切齿，心说，"你小子别打歪主意，嫂子不防，可我注意到你了，法网恢恢疏而不漏"。

瘦猴一手扶着方向盘一手握着挡杆。他又看了下嫂子，见嫂子没抵触的情绪，言语更裸露了。"嫂子，有许多人不理解我们司机，说，十个司机九个嫖。这事能怪罪我们吗？水满会溢，猪饿会叫，人跟动物一个样，人有思维，能控制自己的欲望。又譬如一只猫接连两三天不给它鱼食，突然主人喂它鱼骨，此刻猫也不会挑剔，反而把鱼骨看作鱼一样珍贵，美美地馋吃一顿。此时，猫的鱼欲正膨胀到了极致……"

嫂子听着瘦猴的歪理，没表示反对，她是过来人。瘦猴侧目，又盯了一眼嫂子的脸蛋，目光拉得很长。嫂子眼神无意中碰上，尴尬地愣了下，敏捷地敛住笑，正襟危坐。瘦猴也察觉到这幕，心里喜滋滋的。我想喝住，心想，"你不要再说你师傅家丑事"。但又一想，大汉司机还能向我们宣扬，他还在乎其他人去说，我不是多此一举吗？

接着瘦猴胆大妄为地放荡起来，"嫂子，莫说远了，其实我讲的跟你差不多，要是跟吴商人同去的还有他妻子，这事也不会发生"。说到这，他停了一下，转而说，"嫂子，我拿你说笑了，你不在意啵？"嫂子故作平常心态，说，"你说吧，我不在乎"。

如此放肆，又胆大妄为，明里暗里地挑衅嫂子。我忍无可忍，要不是隔着嫂子，我飞出左脚踢他几下，有意大声咳嗽两声，咯、咯。

瘦猴似乎听到，从四挡退到二挡，这段路坎坷不平，是大汉司机讲的难走的路。瘦猴的精神全聚在前方，颠簸了一会儿后，进入平坦水泥路，他又挂了个最高挡，放松了注意力，接下说："嫂子，要是只有我和你一起远行的话，不要到目的地，我也会离不开你。人一旦处在寂寞和孤单的环境之中，彼此容易依赖，感情也容易升温。"嫂子满脸通红，张口哑然，胸部无意识地蠕动起来。我装着瞌睡，可上下齿牙咬得"咯咯"刺耳，侧身握紧拳头，摁得骨节"咯咯"发响。我心里狠狠地骂他，"你小子尽是淫词秽语调戏嫂子"。但我终究还是忍住，他没近身嫂子，现在出击，打草惊蛇。

瘦猴恬不知耻地说："嫂子你绝莫见怪呀，我尽说粗话。嫂子，说实在的，你是我见过最端庄最漂亮的女人。""少师傅，快莫这样吹，吹得我飘飘然然了。"嫂子腼腆得忙摆手。"嫂子，刚才说了，我们这些开车的男人，一两个月没碰过女人，生理和寂寥煎熬得厉害，欲火抑制不住。况且坐身边的是你这清秀又耀目的丽人，在这渴望的时机，说真的，我也动过歪念。不瞒你，你一上车，我就被你的美丽和气质吸引住了……"

恶心的瘦猴没把我放在眼前，我圆眼一睁，心中冒出一股怒火，想站起抽他几个耳光，可我瞥了嫂子一眼后犹豫了，嫂子美丽的眸子里泪花闪闪。当时，我真想不到她被瘦猴那几句感动得稀里哗啦。

突地，前方一群花花绿绿的年轻人在马路中打闹，瘦猴为避开，踩了紧急刹车，由于惯性我的身子差点撞在挡风玻璃上。吓得那一伙人，往马路边四处散去。此时，只听铛的一声，一粒溅射的石子如子弹一样击碎了挡风玻璃，碎玻璃片向我们飞来。顷刻间，瘦猴往嫂子的脸前伸出手臂，好像要捏嫂子的脸庞。我呼地打出一拳，向他扎去，他闪身躲开。我大声吼道："伸出你的咸猪手想干吗？干吗！"

瘦猴慌了神说："我在挡飞来的玻璃碎片。"

我那拳打偏了，追着骂他，"厚颜无耻，如此歹心"。

他忙堆着笑说明，"少老板，我再浑蛋，也不能犯行业规矩，嫂子是我们的衣食父母，顶天的上帝，这不要脸的事，我能干吗？"嫂子显得尴尬，狠狠地瞪了我一眼，责道："兄弟，你怎么这样鲁莽？人家还在开车。"她拽着我的手，往座位摔，态度强硬地说："你同我坐下。"依了嫂子，坐下来，可人还是气咻咻的。

瘦猴停车开了车门，调侃说："少老板我们都是说着玩，绝莫动真火。"然后他不管我板着脸，厚着脸皮向我笑，说："你们的嫂子，是我看过的最美的一个，那一尊女菩萨，只有仰望和敬重。"

"小师傅，你真是一副油嘴"，嫂子无奈地嗔怪一句。瘦猴又向嫂子做了个鬼脸，下了车，朝那家旅店走去。

"小师傅，又要去做啥?"

瘦猴也不知羞耻，他指了指自己身上的小肚下面，说这个小东西憋不住了。

我骂了一句，"三句话不离本性"。嫂子忍不住笑了，摇了摇头，对我说："拿他没办法，满口的油嘴滑舌，可人直爽，心不坏。"

六

瘦猴刚从车上跳下来，就来一群凶神恶煞的年轻人，我发现道路中间那几个，四男一女，男的穿着花格上衣，女的剪着包菜头戴着一副墨镜，其中一个瘦高男的和胖墩子男的冲上车头，叫嚷，"谁是司机?"一把揪住我，"你他妈的怎么开的车? 你他妈的开车不长眼，把我们的人撞坏了。"嫂子紧张地说："他不是司机，你放了他，有事好说。"我挣开身子如竹竿似的男的的手，说："我们的车没伤到你。""没伤，你瞎了，陀陀你上来。"叫陀陀的女人上来，取下太阳镜，雪白的脸部上有一丝血点。我想，行走的车轮不小心碾压起一小块石头，溅射到这位靓妹的脸颊上，在细嫩的皮肤上划开了一个小口。嫂子说："这位小妹妹的脸没多大的事，涂点紫药水或贴个创可贴即可，我学过医，懂点。""你他妈的臭儿娘们，坐着说话就不腰疼，你把我老大的婆娘撞伤了，不上医院检查就得赔钱，别废话。"嫂子对竹竿男说："你们的小妹妹，没多大的伤，只是擦破了一点皮。"又示意我一眼，随即，我掏出两张二十元给竹竿男。他用力一打，两张钱如纸片一样飞起来，"你他妈的，在打发讨饭的"。"哎，帅哥，别冲动，你说个

数?""五千元,少一个子你们的车别想走。"我气不过,说:"你们这不是讹诈钱吗?"还没等我话说完,他反手就给我一个耳光,"你他妈的会说话不"?"住手,不能动手打人。"嫂子也站起来,用手臂护着我。"你这个臭娘儿们凶巴巴的,想打人,好,老子叫你打。"穿紫红色花格短衫的胖墩子,一下蹿上驾驶室,气焰嚣张地用眼横扫,发现有几分姿色的嫂子,惊艳下,盯着嫂子饱满的胸部看,说:"小娘儿们,我就打你了,怎么着。"一把将嫂子拖下了车。

他一路上掐了嫂子细腻又白皙的脸,淫笑,"这小脸蛋儿嫩,陪哥哥玩玩,就不要你们钱了",回头一招手,竹竿男和包菜头的女人,跃了下来。包菜头女顾不上要钱,看到胖墩子一双色眯眯的眼睛盯着嫂子,又猥琐地摸着嫂子的脸庞,醋劲上来,恼羞成怒地跨步向前攥住嫂子的头发往地下扎,"你他娘的骚,老娘打死你。老大,交给我。""走走,你闪开,别坏哥哥的好事。"胖墩子又狠推包菜头一下,顿时,包菜头踉踉跄跄地往前趔趄,摔倒地下,又嫉妒又委屈地瘫坐在地下抹着一把眼泪。

大汉司机醒过来,驾驶室空无一人,车下闹哄哄,他大喊:"小郭,小郭。"不见回音,叨叨,"这个小郭,不开车,做什么去了?还有老板们呢?"慌神地从后座翻出来,见嫂子被胖墩子拖走,跳下车要去抢嫂子,被三个人驾住,其中一个威胁道:"你去,想死,坏老大的事。"我也冲上前想解救嫂子,被竹竿男一脚扫翻在地,我吓得腿发软,站不起来。眼看披头散发的嫂子被胖墩子几拳打晕,往一个茂密的小山坡上拖去,胖墩子在坡顶停下,急着褪去嫂子的长裤和红袄,即将要撕破嫂子最后一件花红色内衣时,突然,一个瘦削身子的人冲出,百步冲刺,飞腿一脚,把胖墩子踹翻。胖墩子滚了几滚,气恼地爬起来,走到瘦削人面前,抽出随身携带的雪亮的水果刀,趁那个瘦削的身影搀扶嫂子没注意时,一刀狠狠地扎在他后腰上。

"小小师傅,你你快闪开",嫂子从昏迷中醒过来,鼻子口中都是血水,泪水淋漓地叫喊。

"没没事,嫂子。"

"小小师傅,你不要命了,这帮人心狠手辣!"

……

"小小师傅，真傻！"

……

我无法相信自己的眼睛，瘦猴猥琐又胆小怕事，除对女人有强烈的兴趣时想调戏嫂子之外，看不出今天会有这等勇气，这般侠肝义胆。

瘦猴腰下部一股血液如喷泉一样汩汩涌出，瘦弱的身子瘫软在嫂子的怀中。重压之下虚弱无力的嫂子托不起瘦猴，一起倒在山坡上。

那个胖墩子见状不妙，丢下沾满血液的水果刀，拔腿就跑。

大汉司机冲过来，四男一女全逃遁。他见到坡上的瘦猴和嫂子，惊异万分，将他俩一个个搀扶起来，喊道："女老板，对不起了，我来迟了。"嫂子很木然，望着流血的瘦猴。我上前接住瘦猴，大汉司机快步往加油站跑去，慌乱地拨打了120和110的电话。

没穿上厚袄长裤的嫂子一把将我手理开，眼睛如死灰，神色凄凉地抱紧奄奄一息的瘦猴，像抱自己小孩一样揣在怀中。汩汩的血水浸到嫂子手臂和衣袖上，一丝微弱的声音在耳边萦绕。

救护车鸣咽地停在货车前，我和大汉司机将满身猩红色血液的瘦猴抬上车。嫂子也穿好衣服，跳上车，守护在昏迷的瘦猴身边。我把剩余的钱，交给大汉司机。大汉司机推脱说："不用，我有。"又对眼神木然眼眶闪烁晶莹泪花的嫂子说："女老板，你莫去了。"随后，将嫂子拽了下来。嫂子歇斯底里地叫道，"我要去，照顾小师傅"。我攥住嫂子，安抚她，"大汉师傅亲自去，我们就在这等待消息"。大汉司机跳上车后，随救护车去汉中人民医院。我没抓住嫂子，嫂子发疯地追着救护车跑。

小刘和小王从货箱下来，看到这一幕，惊愕不已。我叫小刘和小王截住嫂子。嫂子跑不过他们，终于被截住。他们抬着嫂子去前面二百米的石化公司的加油站，清洗血污，洗脸，整理衣装。

接警后的公安快速地赶来了。我心落空似的配合刑事调查。

两个小时后，大汉司机沮丧地回来。嫂子情绪不安地跑了过来，焦急地大叫，"怎么了，怎么了？"大汉司机脸色黑沉，抱着头，只说了一句，"人昏迷不醒还在重症监护室"。嫂子闻声，身子踉跄几步，腿一软，瘫倒在地。我回来，上前扶起嫂子，对大汉师傅说："我们开车去看一眼小师傅。"大汉司机摇了摇头说："少老板，你们别去了。我打电话给我的老婆，

让她护理小郭。小郭是孤儿，没念过书，十四岁那年我带他学车，今年二十二了。""我要去看小郭！"嫂子冒了一句，很坚决，不可置疑的。"女老板算了，我老婆乘火车三个小时赶到。老板们，我也不愿发生这样的事件，没办法，再也不能闪失了，我把你们安全送到湘潭。"

大汉司机爬上驾驶室，我也要小刘和小王别去货厢了，他俩拉着嫂子上车，嫂子一心想打开车门，小王和我抓紧她的手，小刘爬进后座，捂着鼻子把油污的被子卷在一边。我狠狠瞪了一眼，心想什么时候了。

一路上天空灰暗，蒙蒙沉沉，马路两边的树枝一动也不动，像是有一场大寒将至。大汉司机沉默不语，嫂子侧着身子坐在一边，眼神木然。我还在后悔不应防着瘦猴。

卡车开到公司，我的学兄出来迎接。嫂子不说话一副忧伤的样子，受到意外的打击之后，心神摧残殆尽。

卸下全部的药品，大汉司机要走。嫂子不要命地跑出来。学兄愣着问我："你嫂子怎么啦？"小王向学兄一五一十地叙说了一遍。学兄沉默很久，上前攥住嫂子冰凉的手，嫂子不要命地挣脱开来，发了疯似的追了出来，失去理智地吼道："你不要管我……"

大汉司机礼节地探出头，满脸悲伤向我们挥了一下手。

嫂子虽跑得飞快，但离车子越来越远。小王也没去截住嫂子。

我和小刘也晓得。学兄说："让她跑吧。"

这时，起风了，光秃的树枝在摇动，好像呼呼的北风，想带去嫂子一片心愿……

人间药方

一

二十二岁之前身子一直火烫，如今人烧到了极限。稍微闲下来，身子往床上一躺，脑子里跳出个年轻婀娜的女人，当然，不包括"包菜头"。那煎熬的情形如同噗的一团火在燃，烧在心上烧在根部，火焰熄不灭。有时整晚睡不着，睁开眼，脑子烧得一阵恍惚。那种杂糅焦灼和烦躁的火燎叫人亢奋，蔓延半夜。起床，顶一条裂线的花色短裤衩，独自捎瓶史国公穿过长长窄窄的弄堂，登上两人并排宽度的木梯，嗒嗒嗒上了没盖瓦且敞阳的单位用来晒中药饮片的二楼。在空荡又洒满月光的晒楼走来走去，对着瓶子咕噜吹，恼火仰望满天繁星和皎洁的月亮，发泄内心的不快，撕破嗓子大吼一声，哦——啊——！不料，半边户的屎缸没回去，无声摸上二楼。"喂，秀才，半夜三更还闹，偷吃了红参？""没吃。"我脸绯红，半年前真还偷吃过一次，头次加工红参片，想是大补，趁他方便时，吃了三四片，口干舌燥，心头上火。一小时后鼻子喷血，一个人躲在厕所忙处理。真他妈的忘了，这药除大补元气还能摄血。想来后悔，即便能救命，也不敢再吃。"秀才，你说，没吃，犯得着像个叫春的夜猫在晒楼号？"冤得我狠呷一口酒，辣得心口火烧。"秀才，别生闷气，晓得你没吃红参，也晓得你心烧由什么而起。"我震惊地瞪着他，把我的心看得这么透亮，神了，他妈的屎缸！"快说说，我到底什么病因？""秀才，你是在要我，还是真不知？"我懵里懵懂摇着头，说："真不知。""看你这情况，病在火候，没结婚的男

女到这个年龄，皆有这症状。女孩不同，病原在胸部，胀、痛、烧。"耳根发红，噗地一笑，"又撮我"。"呵呵，信不信由你？五年前，我也有这个毛病，幸好求人找了个方子。""啥秘方？这样显灵"，我渴望又虔诚地瞅他。嗖的一下他夺去我的酒瓶，咕了一口，眯眼慢慢地润味，又伸出红色的舌头往嘴唇的两边撸了撸，舒了一口气，"真他妈的爽！"神秘说："秀才，你真想要我说出秘方？好，请客，请了客我告诉你。"他最喜欢打我的秋风，打一回更显我大气。20世纪80年代末，他月工资四十八块比我多五块，可我的薪水由自己支配，灵活得很，可他不行要养家小，乖乖地一分不扣上交胖老婆，然后眼巴巴地望着胖老婆将钱捏上几次才最后返回一月三块包括烟资在内的零花钱。

翌日晴朗的早晨，喊他到街尾的石狮子桥头的早餐店，要了两份米线，每份两元钱，加一个五毛钱的金黄煎蛋。他酷爱米线，往来多老板与他熟悉，问他加不加鸡蛋？他连摆手，说："不用，不用。"心里嫌贵，毕竟一个蛋钱等于一包香零山的烟钱。我抿嘴嬉笑他，"不加蛋能行吗？到时，给我开个药方，没效哩？""秀才，加，加，不破费你还以我这人办事乱弹琴。""老板，给我师傅加两个鸡蛋。"他听到师傅两字，忽地变了脸色瞪着眼吼了我一声，"谁让你喊师傅？"吓得我吐出舌头马上噤口。看我惧怕，他话语缓下来，说"不知不为怪，以后叫我屎缸。"咻的一声，我使劲捂嘴也没忍住，屎缸诨名臭气熏天。一想，大家都喊他屎缸，我一个人不喊反显异类，想叫可他又是我的师傅啊。他自己提出来，我也乐着接受，"到时，叫顺了口别怪我没大没小"。我大声地拖着长音喊，"屎——缸"。"呃"，他傻傻应了一声，嘿嘿笑，又说："你看看，多亲切啊，又臭味相投，像你这菜生生般的小子离不开我屎缸一样。""秀才，屎缸名虽不雅，屎水可滋润土地，让菜苗和禾穗生长。"我悟出后，笑得前俯后仰。"屎缸这名真好，是农村的宝。"这时，粉店的老板托着铝盘躬身问："屎缸还加不加鸡蛋？"看老板多此一举，我不耐烦地高声嚷起，"加！给屎缸兄加！""好好，加一个，只要一个"，他笑眯眯地朝老板勉为其难地竖起一根食指。"知道，不是他吃不了，是舍不得，听说他曾一餐吃掉了三十个鸡蛋，才赢得屎缸这个诨名。"

二

挨了两天，上班屎缸从不关加工室的门，那日他挺神秘地把门闩上，慢悠悠地从衣袋掏出一张单人的黑白相片，举到我头顶似抛出一团棉花钓饵在引诱青蛙。我瞟了一眼照片，立即被吸引，女人飘逸的披肩黑发又长又亮，脸庞上的皮肤鲜嫩得如豆腐般捏一下能汪出水来，的确良的衬衣隐隐透出两座一模一样的秀美小山丘，后腚浑圆似丰盈的包子，婀娜有致。惊艳得我愣了下，比天天缠我烫得一头鸡窝水桶腿冬瓜腰的包菜头胜过百倍。突然，啪啪啪急促的敲门声响起，把我从痴迷中拉回，瞄一眼关上的门在抖动。幸好屎缸做得好，不然同事撞进来扫兴。任凭敲门声雨点一般落下，我俩就是不回应。随着"咚咚"的脚步声远去，屎缸开口了，"秀才，秀才，靓不靓？"闻声盯着他晃动的黑白相片，看他想缩回手，我猛地抢夺，攥在手心，抹了抹口角的馋水，说"行行！""呵呵，没骗你吧？""没骗。""这个女人叫胡灵，师院毕业两年，小你两岁，住天马山脚下的乌泥坳，与我岳母家隔一条山冲，在离她家不到五里的石口中学教语文。她家人少，仅母女俩。"愈说条件优秀我愈心里打鼓似的，又诱惑又犹豫，问屎缸，"人家大学生我才中专学历，会合适吗？""你呀你呀，第一步就输了胆，堂堂的秀才还害怕一个女大学生？"

这骂，给我长了信心，我摸摸脑袋向他呵呵笑。

"她是不是女的？秀才。"

"是！我咋忘了哩？"捧着胡老师大胸部的相片嘿嘿笑。

他还嫌没骂够，又在叨叨："男欢女爱的书你看了不少，凡是女人都得找男人成家，天经地义，管她什么大学生和老师，把她看成女朋友就行，去追，去哄……"

经他这一挠，心更痒。我又暗自欢喜地偷觑一眼相片，心想几时能见到相片中的美人。他抹脑又是一鞭，"秀才，最怕你文质彬彬，到头来望梅止渴，还不如屠夫猴急猴急地伸手就抓抱得美人归"。像是噼里啪啦的几鞭子把我抽醒，抽得我一阵脸红。

下班后，在单位的食堂吃晚饭，包菜头跟在我后面轻声说："秀才，晚上没事，借我一本书消磨时光？"

我迟疑一会儿。刚来，分在国药店的加工室，包菜头借故取芍药饮片，待在加工室不走。屎缸暗笑借故走开。包菜头帮我选药材，一手又一手递给我铡，虽手粗得像杵子，但操作起来灵巧又熟稔，有意搭我说话，看我的眼神是欢愉的羞涩的，还有一脸盈盈的笑。发现不对劲，我起身离开。事后，屎缸问我，"秀才，包菜头对你有意思"。我有些不屑，说："看了第一眼矮得像冬瓜，胸脯平得像个男人，就倒尽胃口。"哈哈哈，屎缸按着嘴忍不住笑起来。

拒绝包菜头，想晚上在宿舍看照片。她不恼不气沉默不语地转头就走。回头见屎缸一把拉住她的衣角挽留，她使力挣脱，悻悻地跑开，只闻到扑通扑通的声音冲向门市……

屎缸转身凑近我的耳边说，"秀才今晚我不回去了，带你见一个人"。"谁啊？"他故意卖关子，只从过道推出一部单车，"走，女方有意，说我们单位不错，要见你本人"。"哦，有这等好事？"庆幸自己拒绝包菜头今晚借书，我兴奋地跳上他单车的后座，一路上有些坐立不安，不时地移屁股掩盖我吊桶打水七上八下的心情。他回头笑我，"秀才，怕什么怕？这又不是去刑场。女方中意你的病自然痊愈，不中意嘛就拉倒，又不砍你的脑壳不损你一块肉。你比我当时要好多了，往坏点想，还有包菜头垫底。""呸，想起包菜头那矮得像冬瓜水桶腰南瓜屁股就恶心。""秀才，你怎么这样讨厌包菜头？她心不坏，不就矮点肥点嘛，上床吹灯后一个样。""呸呸，屎缸你再说，我就跳车。"他被我吓住，忙说："好好，莫发气，这事两相情愿。"嘻嘻，他又笑起来，说："有时女方看不上也不要紧，拿我来说，第一次来这里，老婆不也没瞧上嘛！"他得意地扬起头，一只手扶着自行车的把手，另一只手往头顶的上空快活挥舞。我的心情也跟着他手势好起来，竖着耳朵贴在他蓝工作服的后背。他继续说："秀才，好歹我岳母中意，嗬，嗬嗬，不也成了我的老婆嘛。"

"快说说，屎缸，你是怎么成了？"我惊喜地后仰起头，好奇地拍拍他后背。

"嗨，那天，她娘捎信要我下班到她家去。天晏下来，她娘早就备了荤菜腊肉和鲜鱼，叫她去菜园摘些青菜如白菜、萝卜、芥菜。她拿着竹篮出门，我欢快地贴上去。她回头看我，不屑一顾地说：'呃，别跟着！'看她那脸色欠她几吊钱似的，我不服气，'到你家我是客，犯得着摆出这样卖猪婆肉的脸吗？'气不过，我冲上去教训。哪晓得我把她扣起像扣柴把一样，往后背一甩。她的红色内衣翻起来，白肚皮朝天，又抓又叫，听她号叫的声音在山冲里弥漫，我的气就顺了。我紧紧地拴住她肥实的两条腿，不能让她四处乱蹶乱踢。头朝下，手里的菜篮子丢在路边，她两手不断地擂我的背脊，嚷嚷：'干吗，干吗？'我想起褪了毛倒挂在楼梯上等待开肠破肚的雪白的肉猪，呵呵回道：'我要杀猪啊！'

"我瞄了一眼，左边山坡上一块青色的茅草地，春夏过后，长得茂盛有一人高，心花怒放，这不是个好地方吗？不去菜园子了，直奔左边。

"她虽一脸的愠色，言语却慢慢柔了起来，'开什么玩笑，娘等着我的白菜下锅哩'。她在我背上掐了一下又掐一下，钻心地痛，我不得不忍住，心想，猪肉总比白菜好吃，在背上甩一头肉猪，我非常亢奋。这时，她彻底软下，向我哀求，'放下，你快放下啊！'

"我哪听她的？拴得更紧，飞跑起来。

"猛地把一身白肉甩到那块柔软的茅草地……"

后来呢？我兴奋地站了起来，问："真杀猪了？"

"亏你还秀才，粗俗，一点不文雅，那叫药到病除。从此以后，我如你一样心里发烫的毛病治愈了。"

"屎缸，你真行"，我一下子对他佩服得五体投地。

"秀才，想解决，就要有男人的胆，不把妹子抓在手里，搂在怀里，别想治你的病。"

天色渐暗，微弱的秋风拂去往日的烦恼。走完十里砂石路，坐在屎缸单车的后座，我心情舒畅，撒开双手想拥抱头顶彻底染黑的天空。嘎吱嘎吱骑了一段，上了弯曲的陡坡，骑车艰难。每踏一脚自行车才往前滚动一寸，屎缸还呼呼喘着粗气，说："如果后座是我老婆，我会一口气轻松地骑上坡。"剩半吊气，还忍不住吹牛。好在我还沉醉在他的故事中，想起他讲"猪"的情节噗地一笑，说："男搭男更艰难，男搭女快乐猪。"惹火了他，

他嚷嚷："下去，下去！"跳下单车跟在后面走了几步，看汗流浃背的屎缸也没力气，下来推着单车走。至坡顶，出现岔路口。他回头对我说："秀才，下坡往左不远了，沿这条蜿蜒的山路，马上进入小山冲的乌泥坳。"远远见到前面山冲的这户人家被昏暗的光色笼罩，一束橘黄的光芒正穿透窗棂向黑咕隆咚的外面扩散和挤压，但无法突破门外的漆黑，光线仍然停留在这栋屋子里，仿佛柔和又温馨地闪烁着。

走过半条田垄，屎缸朝土墙的屋子里叫喊："冯婆，贵客到了。"从大门里出来俩老妇人，一前一后，一矮一高，前面驼背的矮个子老妇人问："缸妹子，客呢？""来了，妈。"屎缸忙着拽我推搡向前，我躲闪在他后面。屎缸岳母笑话我，"小齐还有怕丑呢，头次相亲？""妈，对，对，刚从学校出来的嫩青。"屎缸岳母听到女婿说，就踮着脚尖将我打量一番，"不小了吧，男大当婚，女大当嫁"。我没吱声，木讷地低着头。

进门，瞧见木桌上那盏玻璃罩子的煤油灯，闪着微弱又暗淡的光线，照亮大堂屋的墙壁，见着神龛台上未燃完的一炷袅袅的香棍，下面悬挂着一幅中年男子精瘦的遗像。我怔了下，不免心中涌来丝丝凉意，像吹来一飕寒风。高个子冯婆见我们来一脸喜悦，把灯光的亮度旋大。屎缸岳母招我坐在高凳上，自己选在我右边又踮起颤巍巍的小脚入座。冯婆进入卧室，乒乒乓乓翻腾后，端出一只圆形的褐红色木茶盆，上面垒起如小山丘，有黄橙橙的蜜橘、油沙烫熟的板栗、焦黄的红薯片。她弯下腰放在四方高桌上，而后，坐在屎缸岳母对面，目光犀利地落在我身上似黑暗中的一只麻利的手准确地抚摸我眼睛、鼻子、脸面、嘴唇，好像一只啃叶虫在我的头部和身子上蠕动，弄得我痒兮兮的不自在，局促不安地抓一手红薯片往口里塞，咯嘣咯嘣嚼。入口的红薯片又脆又甜，满嘴弥香，这下消除了我忐忑不安的心情。惊异间，冯婆发现我觉察了她的举止，骤然将目光收回，笑眯眯地向我招呼："小齐莫客气，吃呀，山里土货，不晓得合不合你的口味？""姨，炒得好，挺好吃的。"嘴里不客气地吞满薯片，我叽叽哇哇夸了几句，直到胡灵沏了杯阳春绿尖才止嚼。陡然惊艳，胡灵比相片都清秀和水灵，我目光不敢贸然在她脸上停留，接过她手里那杯烫手的茶置在桌上，又将眼光移到茶杯内，透过升腾的热雾，俯瞰毛尖在杯内热水中浮腾、舒张，释放山间孕育的灵气和香味。茗是好茗，没啜没品，芳香入鼻。胡灵转身坐我对面。我忍不住抬头瞅她，四方脸，眸子清纯，穿着蓝色的夹袄，衣着简洁，不显时髦，但胸部丰盈饱满，仿佛蓬勃出一股诱人的青春。不是灯光暗淡，那清晰的丰硕曲线更撩拨我如痴如癫。我想起爹说过，女人奶大，孩子多，又泛起一番婚姻美丽的憧憬。胡灵掠到我眼光的痴迷，嘴唇微含，羞涩地将脸扭到了一边。屎缸岳母看出我失态一直瘪着嘴笑，还不时地朝胡灵示意。胡灵心领神会，转过头面对着我。冯婆和屎缸岳母起身静悄撤离。屎缸没走，怕我怯场。胡灵笑着问我的工作情况，又问我下班后的业余生活。我紧张得红了脸，说没有其他娱乐，下班翻翻书写写字。胡灵蜜笑着问："翻了哪些书？"我说："《读者》《知音》《小说选刊》等。"她听后向我浅浅一笑，"书看了不少嘛"。顿时，我拘谨遁迹，自鸣得意，扬起头，有点不知天高地厚。她看我有点放肆，试探性地说一句，"清代的名著《红楼梦》和法国雨果的《巴黎圣母院》这些经典想必早就浏览了？""嗻，你说什么呀？"我佯装没听清楚，一双油糖的手无措地往膝盖上揉搓，低头支吾，窘态百出。她微笑，掩饰我的搪塞，转而给我台阶下，说："不教书，又不搞专业创作，看这些书也没用。"在一边的屎缸急红了眼，起身帮我说话，"胡灵，这是我们单位的秀才，能写，还发表了一些文章"。以为胡灵听到屎缸的话又像之前投来羡慕的目光，我瞟一眼傻眼了，她头没抬，应付地哦一声。糟糕，我尴尬得像个木头人。屎缸见状，急得踢我的脚趾，越踢我越慌乱，含混不清，说不出一句整话。我羞愧地觑胡灵一眼，她表情没显露出一丝不屑，从从容容像在课堂上老师考学生，整晚心如止水……

初次交谈表现糟糕，回来闷气不出。

上班时包菜头又来加工室，进门她眼睛瞟向我。我故意把头偏开。她碰了一鼻子灰，只好转而质问屎缸，"昨天，你叫秀才去哪里了？""没事，朋友叫我们去喝酒。""屎缸，你不要把秀才带坏了。"屎缸早想撵包菜头走，听这句冒出火气，说："男人不喝酒，咋叫男人？你不要管我们男人。"呛得包菜头低头不语。可她赖着不走，坐在我切药的桌子角上，捏了一刀药纸垫在厚实的屁股下面，坐上去桌子经受不起重量吱歪吱歪摇晃。没人理会，自个儿脱下白色的尼龙袜，水桶般雪白的短腿裸露，一只手在搔抓脚痒，一股又一股的气味冷不防地从脚趾丫间散发。屎缸用手掌在鼻孔前

扇来扇去，说："包菜头，请收起你的臭咸鱼。"包菜头识趣地穿上袜子，又瞟我一眼，发现我从来就没正眼瞅她，才无趣地起身。

咚咚声离门愈来愈远。屎缸起身跨到门口，伸出头扫了一眼，快活起来，嬉着脸说："秀才，昨夜，你不中意女方？"

"没，没哩，她本人比相片好看。"

"对呀，我不会骗你？"他嗤嗤一笑，又说："以为我不知你的小心思，昨夜你呀你呀，瞅着人家的胸不放。"

我怔了下，心想，昨夜表现不佳，让他看见？还是故意打笑我？但胡灵不在也无所顾虑，想起他昨晚跟我讲的杀猪故事，有意回击他，"想跟你学又学不像"。

"跟我学，好，秀才，你会青出于蓝胜于蓝。"

三

过了两天，屎缸舅子来我单位特意报喜。

我蹦起身打个响指，不敢相信好消息，那晚相亲明明泡汤了。

屎缸搓着手朝我呵呵笑，"好，秀才，你赶紧请客"。看来他又要打我秋风，这样的秋风我愿挨。我高兴出门，买回一把软白沙烟和一斤红色的花生米及半斤油炒的黑瓜子。拎着两个泛黄的草纸包跑进加工室，刚放好东西，他一把拥我入怀，像久别的恋人又贴脸又激动还轻轻拍拍我的后背，说："读书的人到底与我们大老粗不一样，见面就讨女方喜欢。"我傻乎乎地摸着自己的头，心情激荡，说："你给我撮合的。"他咧嘴一笑，松手后也不客气，取上桌上的一白沙盒烟，撕开，弹了弹烟盒，说："这喜烟，我得吃。"抽出一根纸烟递给舅兄，自己又抽一根点上火，说："秀才，方子我给你找到了，以后这味药怎么煎，病怎么治，不要我教吧？"

"不要，不要。可惜啊，那晚我们没出门，找不到茅草地。"

"兔崽子，还笑我，看我打你不！"看到他舅子在，他臊得脸很红，挥出的手僵在半空。

没等他动手，我身子跃过铡药的桌子，又气他："胡灵可没有一身白肉。"他气呼呼的手又向我挥来。他嗑瓜子的舅子没忍住笑，喷了一口瓜子仁末，而后，叫了一声："缸妹子，别闹，我找秀才有重要事。"他才收回手，安静地坐回凳子上。我朝门外看没人，随手把门带关。回到座位上，屎缸舅子惊喜地瞅着我，看得我忐忑不安。屎缸向他舅子示了一眼，让他快点说事。"秀才，女家催订婚，你赶快回去跟爹娘商量。""不用"，我把胸脯拍得雷响。屎缸将一粒花生丢向嘴里，抢着话说："哥，什么年月了，如今婚姻流行自由。"好似他是我可以拍板。"哥，告诉冯婆，小齐家里没意见。""好，总得按当地风俗，男方择个良日，双方父母见面为订。""舅兄，我让爹娘确定日子通知你。""好，我向冯婆回信，要她做准备"，屎缸舅子听我说完拍了一下手，"秀才愿你想事成。"

过了几天，我心痒痒地想见胡灵，时间又让端午节拖去。

包菜头又来拿黄芪和当归饮片，这次没坐在切药的桌子上，站着无事找话，想与我聊天。我不吭声，也不看她。屎缸看我讨厌她，板起师傅的脸，严肃地说："别在加工室闲坐，经理看到了不好。"包菜头便无趣走了。

蠢蠢欲动时，火烧的毛病又复发。我请了一天假，乘班车去一趟石口中学。

下车打听后，往左一条铺上砂石的小道，一刻钟的路程。第一次找胡灵，我仿佛偷人家的东西似的，一下子呼吸急促，心怦怦地跳。想起屎缸的叮嘱，挺了胸，安慰自己，怕啥？不走，不会熟；不熟，不能擦出情感的火花。很巧，在学校门口看到了胡灵，朝我走来，每走一步那饱满又鼓胀的小山丘晃荡起来，像跳动的音频，荡出优美诱人的波线，恍惚间，那条迷人波线锁我的眼睛，似乎像笨笨呆呆的癞蛤蟆正仰望蓝天上飞翔的天鹅。"秀才，是你呀！"她惊喜地叫了声，吓得我跳了一下，猛醒，"呵呵，胡老师"。"别这样喊，叫我胡灵多好啊。"我傻傻地摸着自己的后脑勺，低头看地又不停摩挲脚，也对，这样的称呼拉近我与她的距离。

此刻一个男老师好奇的目光追了过来，扫我一眼，我羞愧地走开。他又转身向胡灵打听，"胡老师，男朋友啊？"

"嗯"，胡灵唰地红了脸，如三月的桃花一朵一朵往细嫩的面颊上贴。

斜眼觑到这幕，甜蜜一直在心里回旋。

男老师一离开，我就没顾虑地跟上胡灵边走边聊……说："小时候，洗冷水澡光着身子爬上塘堤偷人家的黄瓜……"胡灵哄然大笑，"秀才你小时候也是个捣蛋鬼！"我也不示弱，俏皮地向她笑说："胡灵，说不定你这个野丫头小时比我还调皮哩。说说吧，你的童年。"我兴致颇高地追问。她先不愿说，我哪肯放过，傻得如不懂事的孩子，不停追问。她沉默一会儿，伤心地搓了搓鼻子，声音颤动……"六岁那年的夏天，灿烂的阳光斜照在大堂屋的门口，我正在饭桌上玩纸折板，见父亲嘴上戴上白口罩，背着喷雾器的农药箱从我眼前经过，我吵着要跟父亲一同去，说：'我要吃糖果。'父亲说：'灵丫，我不是去代销点，是去打农药，很危险。'我奇怪问：'爹你就不怕。''爹有防备。'父亲急着提着一瓶写着"一零五九"的农药，回头说：'丫，等爹洒完药回来给你买糖果。'我等呀等，等到晚上。外面一片漆黑，爹才被四个壮汉抬回来。娘跟跟跄跄跟在后来，撕心裂肺地号哭。我喊着爹，再也没回声了……"刹间，好似一股不经意的北风袭来，吹得我身子冷得抖了一下，我偷看胡灵，清秀的睫毛下眼眶湿润，闪出晶莹的泪花。歇了会儿，她又说："娘没出嫁，咬着牙关以孱弱的肩膀扛起这个没男人的家，打柴砍竹，出工挣粮，送我上小学、中学，读完师院，一直坚挺过来。秀才，我的童年在忧伤中度过。"我紧紧地攥住她冰凉的手心说："你娘真伟大！"她点了点头，一直在哽咽。"今后我们要好好待你娘。"胡灵听着我这句，号啕大哭……

从学校回单位，屎缸问我："秀才，跟胡老师有戏了？"

"八字还没有一撇。"

"不急，感情这东西得慢慢来，温水炖青蛙嘛。"

我信屎缸的，骑着新买的凤凰单车去石口的乌泥坳，碰巧胡灵回来了。

冯婆见我来了笑得合不拢嘴，在屎缸岳母家借了腊肉，又杀了咯咯叫的母鸡。烧毛，开膛破肚，忙得不亦乐乎。晚饭后，冯婆看我馋红薯片，又炸了一锅，火候极好，不焦煳也不夹生又脆又金黄。想着娶了胡灵，不愁没红薯片吃，心里被甜甜美美地想法淹没了，我也把这里当成自己的家，随意拿取红薯片丢进口里含着甜意慢慢悠悠地嚼。冯婆忙她的去了。我跟胡灵有说有笑，说我单位她学校，聊天文历史，谈古今中外，无所不及，滔滔不绝。兴致所至，胡灵一声哦哟，笑声戛然而止。"秀才，怎么办啊？"

"我把学校的门钥匙带回了。重要吗?""初三十几位寄宿生要上晚自习,这下不好了。""哦,别急",我掸了掸手心上红薯片的屑末,推出单车……

翌日上班,我疲惫地坐在铡药的凳子上久未动药刀,但脸上一丝甜蜜掩不住。

屎缸嬉着脸皮瞅我,围绕我转圈。"秀才,看你这得意的样子昨天抓到手了。"

"嘻嘻,抓到了。"话一出,带劲的厚着脸皮的添醋加油的叙述止不住了……

送胡灵回学校,单车在砂石路像跑马一样颠簸。"胡灵,坐稳。"她往我的后背靠了一下,手做样子拉了我的衣角。单车颠一下,前轮向上弹起,又落下,感觉胡灵在后座上如一坨石头抖了起来。"呃,呃",胡灵发出恐惧的尖叫声。"抓紧呀,胡灵",我回头叮嘱。可她只是轻捏我的衣角,拉得我身体抖了一下。我真想胡灵抱紧我的腰身,头发蹭我的背皮,耳鬓厮磨。可她没这样做,她心目中与我还隔了一层,没捅破普通男女那层薄薄的纸张,对于这我有点不爽。虽像模像样地轻拉,颠簸力度大太,她的头还是无意中撞击我的背脊,不经意间的身体接触,像触了电一样,刹那,身体悸动起来,麻酥感一波又一波荡漾过来……

"秀才,这不是来了吗?女人性柔,慢一点。"屎缸富有经验的插话,让我不敢小觑,过来人就是过来人。屎缸还不忘提醒:"男人要主动刺激,女人才会慢慢地回馈,爱情这东西非常微妙。"

"回她老屋时,我也有你这样的想法。"

……

一路我蹬着车,欢快地哼起歌,嘶哑般的破嗓音逗得胡灵咯咯笑,伸展她那两只细长的手臂,像只飞翔又悦耳鸣叫的鸟儿的翅膀。只顾欢快地飞呀飞,忘了抓紧我,车子一抖,她像柴把一样颠起来,颠了几次,最后人颠到了地上。单车几弯几拐,俩人倒在路边干裂的田畦里。一屁股蹾在硬土坷上,我疼痛得哭娘叫爹,但她强忍没喊出来。我急坏似的爬起来,挪着步子向她走近,拽起她发现身子没有摔坏,可她有点扭扭捏捏不愿我搀扶。这下,我反而受到刺激,像是一头见了一块飘扬红布的斗牛。幻想几次她高高耸起的胸脯,血脉偾张,身体一下恢复,屁股也不痛了,浑身

是劲，拴住她婀娜的腰肢，想，狠狠拴住，让她两手不能动弹，乖乖受我控制。可她偏要反抗，腿和手不停挣扎，"秀才，别，别，不文雅啊！""我什么也没听到，想起你的'杀猪'，慌乱地四处瞅瞅，兴奋叫嚷起来：'茅草地，茅草地呢？'"

"秀才，你他妈的行啊！"屎缸立马从凳上弹起来，往加工桌上啪嗒一掌，又隔桌一拳擂过来，轻巧地落在我的胸前，哈哈笑，"你小子悟性蛮高，晓得什么时候变屠夫了，好你个文武双全的秀才"。

……

看四周，摔倒的地方绿草绒绒，但无半寸高，幸好，半里之内无人影。手停不下，扳过她身子，我直瞪她的胸部，里面那活泼蹦跳的小兔怎么就安静了？越看越不对劲，傻傻呆住一会儿。片刻，她的眼睛眯上，手脚不动了，一切变得死灰一样寂静。见状我想把铆足劲的手插进内衣捏住活泼可爱的小兔子，又在犹豫。不行，重手之下，细皮嫩肉的小兔子受不了惊吓。

此刻，想逮住的幻想更急速，我呼呼喘着粗气，心跳猛烈，不顾一切伸入，一抓，好像捏住了。哎呀一声惨叫，吓得我的手缩回来，欲掩耳，不想听那瘆人的声音，可手又不听使唤，执着非抓住不可，又逮。哎哟哎哟哟……叫声撕心裂肺。蒙了，我吓得手软软地奋拉下来。

"痛了？"我心生怜悯地问。

她脸涨得通红，没说话，转身背对着，不料我侧身，瞄到她把红色贴肉的内衣卷起来，露出白晃晃的一片，俏皮地跳出两只雪白憨态可掬的小兔子。我强烈地想端详小兔子的蹦跳和活泼，可它鬼精地躲在胡灵的背面，急死人。陡地，见她捏捏左边的胸部，又去揉揉右边的胸部，脸部呈现出一副痛苦又扭曲的表情，我才猛醒过来，发现坏了大事。

该死，下手这么重！我噼里啪啦地甩自己的耳光。

"别打啊！不是你呀，"她使劲摇头，后又叹声，"唉，不知怎么搞的，近来里面有一个硬块，痛得厉害"。

"哎，差一点被你吓死了。"我轻松地舒了一口气，瞬间，想起那天晚上在晒药坪屎缸说的青年的火烧理论，少女也会有这个火烧的季节，到时胸部又胀又痛又烧。我安慰胡灵，"没事，正常青春期的症状"。

"但愿是吧"，她细细的羞涩的声音从喉咙里没当一回事似的滑出。

……

"兄弟，行，上戏了。我没白带你。"屎缸把衣袖挽得高高的，似乎来劲了。

"唉，就是不能一步到位，屎缸兄。"

"是啊，老弟，真还没抓到手。不过，也不急，等把婚订下，水到渠成。"他慢悠悠地重新落坐在凳上，意犹未尽。

四

冯婆焦急，生怕自己的女儿嫁不出去，让屎缸舅子搭信来催。冯婆有点喧宾夺主，请算命先生看好订婚佳日："宜嫁娶的八月初八"。那天没出太阳，天色明朗。我租了一部白漆脱落的微型车载着父母从老家白石铺出发，沿紫荆山蜿蜒的山路开了大半个上午，才进入天马山下的乌泥坳。父母不辞劳累有点急不可待，见准媳妇胸大臀圆乐得合不拢嘴，甩手定金一万。当时订婚的行情两千元，这下把冯婆惊得目瞪口呆，张开缺牙的嘴笑得打哈哈。

冯婆泡茶，招呼我的父母。胡灵倚靠厨房门向我眨了一眼，紧接向内室走去，我立马跟上。她的闺屋窄小干净明亮。一股浓郁的桂花香从南面窗台的四只罐头玻璃瓶内袭来，我端详着，这缀满金黄色小花朵的枝干被她剪下插入蓄水的瓶内里。随一股又一股浓烈的香味灌入鼻孔，熏得有点受不了，还差一点窒息，我忙把鼻子捂紧。看我难受，她忙开启一扇木格子窗。轻风涌入，酽香冲淡。我把手从鼻孔上挪开，轻吮一口，迎来一丝丝的淡薄清雅的香味，舒服又爽心。她转身朝我直视，"秀才，就讨厌了？""没，没"，我假意搓了几下鼻子，说："昨天感冒了，怕浓香。""不对，秀才，你的心思我早看出来了。"我啊一声，心想这不是冤枉我？她又认真地说："别不好意思，现在，提出还来得及。"我更蒙了，胡灵怎么冒出这样的想法？但我装得没事一样，满心欢喜，"胡灵，今天订婚，我一直高兴"。

顾不上害臊，攥紧她细嫩的手，我呵呵笑，"别多想，我这个人保证不二心"。"秀才，看你这张嘴油，一口尽漂亮的。"她说完把我看来看去。没办法，我只好誓言旦旦地拍了拍胸脯，"保证不二心"。"秀才，这下戳进你心窝了，扎痛了吧？"她用左手把嘴巴和鼻子轻轻一捂，突然咯咯笑，羞涩的酒窝荡漾起来，丰硕的胸脯也不停地牵动，不经意的这幕，使我想起上次她乳房痛，问她："好了没？"她右手不由得抽搐一下，然后从我手中挣脱，摇了摇头，身子往我旁边挪。顿时，一股女人香的气息来自她胸部，扰得我心乱，血脉又骤然偾张，唤起一种吮吸的冲动。她俏皮的目光潮水般涌来，把我的贪婪掀得一浪高过一浪，声音轻又柔，在引诱我，说："想下手？"我没鲁莽反而欲望被刹住。"不，不，爱护还来不及。"她又嗔："秀才几时学乖了？""没学乖啊"，看着她哈哈发笑，又说："急什么，时间长哩，先好好养着。"她没告饶，"听你的口气以后就对我不客气？""哪敢啊，只是想好好养着，养壮实之后跟我生娃。""嘻，秀才，你想得倒美好。""我问你，打算生几个咧？""两个，一个胖娃，一个如你一样漂亮的妹子。""嗬，要是我生不出哩？"我怔了下，慌得张大口，那感觉像一块石头在心腔坠落。她察觉到我的惊愕，咯咯笑，"你不想说，我替你回答，若是我刚说的真成丁克家庭了，你会后悔娶我？""没没"，我支吾起来。"别紧张啊，我和你婚姻理解迥然不同，男女结合，不全为孩子，俩人合得来，幸福和快乐。"我无意拉上她的手使劲攥紧，痛得她身子颤了下，手一抻就抽了出来。此刻我愣在那里，感觉到一种空气的凝固。她看我神态慌乱，反手轻松抚摸我的手掌，又安慰："好了，好了，跟你开玩笑，你还真紧张，放心，到时，上天会让我们幸福地走在一起的。"

五

二月后，胡灵第一次来我单位，提了一只蓝色的胀鼓鼓的旧布袋。低头翻开，两个红塑料袋盛满生的熟的红薯片。生的白红薯片，纯白色，切片均匀，铜钱形状；熟的红薯片，三指宽，张张纸薄焦黄。我伸出手接过

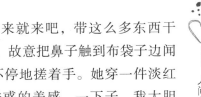

她手里的东西，呵呵笑，"胡灵，显生疏了？来就来吧，带这么多东西干吗？""秀才，你不是喜欢？""喜欢，喜欢啊"，故意把鼻子触到布袋子边闻了闻，"香死了哩"。抬头看她笑得很欢，还不停地搓着手。她穿一件淡红色的夹克，丰盈的胸部在眼前晃动，闪动着诱惑的美感。一下子，我大胆的坏坏的想法一蹦就蹿出来，留下她过夜。跨出门买水果，她一把攥住说："秀才，别破费。"屎缸看在眼里，打飞脚出门帮我买回红富士苹果和东北的雪梨。此时，不知谁在喊，快去看秀才的未婚妻啰！门市的营业员一窝蜂地挤进加工室，看胡灵的身材和书海涵养出来的那番文人的气质，大家震撼了，啧啧声爆出。徘徊门外的包菜头，最后忍不住也进来，觑了一眼胡灵，怔得打不起精神，嫉妒地低声嘟囔，"人靓是靓，就是脸白得像病人"。我愕然，随即愤怒想赶她，看屎缸正凶着眼瞪她。包菜头独自无趣又沮丧地出去了。室内打笑声一浪高过一浪，气氛喜洋洋。大家细嚼了苹果和雪梨，又闹了一会儿，胡灵起身要走。屎缸推了我一下胳膊，我立即明白，马上拉住胡灵的衣袖，"胡灵，今天星期六，你又不上课，既来之则安之"。

"秀才，不行啊。"这时，我才看清她的脸，干白又瘦，眼眶深陷，如包菜头所说有点像病人，想想是睡眠明显不足。

"要不在床上休息一会儿，等到晚上看一场电影。今晚电影院放映《红高粱》，听说这片子在大城市火爆，场场爆满。镇上早就传遍了。"沉闷的年轻人被影院宣传栏上的消息打开了闸门，欢腾又向往的心如泄堤的洪水，涛涛之势不可阻挡。"哦，秀才，我的运气真美死了！"

"对，对对，今天让你撞上了，胡灵你运气爆棚。"

她含笑地望着我，慢悠悠说："秀才，是吗？"后将头轻摇，自叹了一声，"唉，秀才，遗憾啰，真没眼福！"

"不看戏也行，吃了中饭再回去？"我只好妥协。

"不啦，有点急事，要到湘潭去，下午还要赶回来哩，明天要上课。"

没问她去县城探亲访友还是买东西。见挽留不住，我期望的蹦跳的心从胸腔一下滑落，空空荡荡。带着忧郁的心情，我不紧不慢地跟着她的脚步在街面上踢踏踢踏。她边走边频频回眸，眼光中流露出依依不舍，不时挥动白皙的手臂画了个优美的半圆。这下，牵动前胸两个凸起的部位，颤动又对称的乳房隐藏在淡红色的衬衫下在我眼前挑逗。惊艳下，我又被这

个迷人的风景带走。"回吧，回吧！"听到她甜脆的声音，我只能傻笑，故作轻松又愉快。没听她的，我一直送到镇上20世纪70年代修建的红砖墙老汽车站前面。

六

三周后的那天，天空晚霞滑向西边。下了班我没惊动屎缸，骑着崭新的凤凰单车穿过稀薄的夕阳去石口中学。进入学校，大门左旁是胡灵的宿舍，红褐色木门挂一把黑色小铁锁，我误以为她上晚自习去了。站在门外，碰上一个剪着短发的女老师，告诉我胡灵请了半个月病假。我旋即趔转身往胡灵老屋乌泥坳跑，心想即便不在，见了冯婆也可找到她。抵达她家前坪，望不到屋顶青瓦上的烟囱缭绕炊烟，昔日的狗吠和鸡鸣声也销声匿迹，更看不见上次来那点黄豆般油灯射出的一束柔和又微弱的光晕，好似，眼前屋子置身于暗黑的恐惧和万籁的宁静之中。借着暗淡月光，我发现一把旧黄色铜锁横在她家的大门闩上，生生地把我渴望的目光挡在门外。

在她家屋子前坪，我徘徊几圈后，怔怔地二话不说坐在她家青石的阶基上，无意中看见前坪与草丛接洽处散落一些红色爆竹灰和白色纸末，惊讶一张两指宽的白纸碎片上写着一个黑色的"悼"字。顿时，我惊得身体颤了下，似乎远处吹来一股冷风，寒噤几下。我久久凝视，发了一阵孤寂的呆，后又想，那纸可能由远处吹来。起身甩一粒石子，嗖的一声，惊了一只孤鸟扑棱棱飞过屋檐落在一棵树丫枝叶的窠巢上，我只好落寞地骑车返回。

进入单位院子，推着自行车在过道上走，遇到没回去的屎缸打量我悻悻不乐的样子，惊讶问："秀才，到石口中学去了？"我郁闷地点头，然后默然无语。"嗬，看样子，没见到人？"他又朝我幸灾乐祸地笑。我头也没回，放了单车，径直打开自己的房门。他悄然跟来。我没给他拿凳子也没泡茶，直接坐在窗台下的一条木凳上发愣。他一直盯着我往后退，退到我没叠被子的床沿边坐下，自言自语地说："秀才，昨天，我舅子来过，说冯婆病死了。""什么?"我吓得惊悚起来,"不可能吧"。静下来一想,下午在乌泥坳胡灵屋前的草地上发现一块碎纸,像从墙壁上撕下来的挽联纸片,我不得不相信这个悲恸的事实。想起冯婆的好,好客热情,我惋惜地拍着大腿,"唉,好人命不长啊,屎缸兄,冯婆得了什么病?""据我舅子所讲,她乳腺癌去世。唉,人走得忒突然,遗憾,连探望一眼病人的机会都不给。秀才,她早有病,强忍着,你和胡灵订婚时冯婆的恶疾已到晚期,只是外人没看出。为什么急着催你和胡灵订婚,她想有生之年看到郎崽子。秀才,人命归天,生死一定。"我大声吼叫:"屎缸兄,你早晓得,为什么不给我递个讯?""秀才,你冤枉我了,我也不晓得。"他一脸委屈想向我解释,可我不让他插话,继续数落:"屎缸兄,你替我想想,我是胡灵的未婚夫啊,应不应去吊唁?""当然要去,这是礼节,这事我也怪罪我舅子,他是知情人也是当事人。他也有由衷之苦,一言难尽,说冯婆落气后他跟胡灵提过,队上主事也在一边附和,郎崽,郎崽,没崽就是郎,秀才做孝子在情理之中,可胡灵死活不同意,说丧事就简,一句话掩去了一切。"胡灵,明显不让我在她家亲戚朋友左邻右舍的面前现身,"屎缸兄,胡灵是不是另有所图?"

"秀才,想歪了。我走乌泥坳的岳家,看着她长大,了解她,清纯善良又读书识礼。"屎缸说的也有一定道理,胡灵有她难言之苦,我一想,有的谈爱三四年之久,我们走动才一个月,她是老师考虑周全。屎缸起身拍了拍我的肩膀,"睡吧,今天你累了"。

屎缸一走,我裹衣滚在床铺上辗转反侧不能入眠。胡灵可怜,早年没父,与母相依为命,现在,冯婆离去,家庭坍塌,孤零的弱女子如何面对今后坎坷的人生?这个时候,我应成为她唯一的依靠,给她一丝温暖和关爱,是啊,抽个时间向她明说,我要娶她。这样一想,不知不觉酣然入睡。

七

又一天沉闷的下午,炽热的阳光从二楼平台渐渐离去。我和屎缸踏上热气未散的二楼收拾晒干的中药饮片。我把那晚的想法告诉屎缸,让他帮我传达。可他抽了一口长气，声音被压抑似的说："唉，秀才，随缘吧，命里有时终须有，命里无时莫强求。"我望着他有点懵懂，心想，你不是一直鼓励我？只见他抹了一把被热气蒸腾出来的汗珠，将手在蓝短衫上揩了又揩，又从裤子下面的右口袋掏出一个厚厚的大红包往我怀中一塞，不言而喻是胡灵退回的定金。顿时，我脑袋像被人猛击一拳，金星四溅。人颓废如霜打的茄子，倚墙壁瘫软。他抢前一步将沮丧的我搀扶，盯着我空洞和无助的双眼，攥住我的肩膀摇了几摇，"秀才，秀才，振作起来"，又变戏法似的，从裤袋掏出两瓶小邵胡子，塞我一瓶，自己拧开一瓶，往我面前一碰，先啜了一口，"秀才，喝！酒这好东西，制药的佐料，也是男人失意和迷茫的解药"。我跟跟跄跄地咬开瓶盖，一口气咕噜咕噜见了瓶底。噗的一声，饭菜残渣和秽臭一齐喷出，溅了他一脸。只见他平静地从额头往脸下一抹，又一摔，抛出满手的污垢和馊味，然后手在自己的凉绸裤上揩了揩，走近，往我的后背猛拍了几下，骂道，"秀才，你他妈不要命了！"我酒醉心明，说："没事，老兄，死不了。有酒吗？还有酒不？""没有，一点都没有了。"我转身摸他的裤袋，空空如也。怕我抢走他那瓶，他高高擎起那瓶没啜完的酒走开。我不要命地追着抢着，望着就差那么一步，他想拔腿飞跑，酒醉后的忧伤扰得乱步趔趄。陡地，他气恼地将自己那瓶酒往我面前的水泥地面一砸，啪嗒脆响，酒香从地上一股一股漫向四方，恨铁不成钢地骂道："秀才，你他妈的书白读了，这点破事还挺不住？看你这个窝囊样，书生的骨气哪去了？"我怔住，愣了下，转而蹲在屋角双手抚着脸号啕大哭，涕泪奔流。见状他走拢摸摸我的头，语言悠缓，"老弟，老弟，你这何苦？这个方子不适你的病症，即使捡来的药熬出来的汤汁也治不了你的病。不急，我一定让你抱得美人归"。我猛然悟醒："屎缸兄，你这比方打得对，人生何处无芳草。"我恢复了常态，拾掇晒干的饮片，见他下了楼脸色灰暗身子摇晃。我把中药饮片统统地运下楼，推开加工室的门，发现铡药桌上还放了两瓶的小邵胡子，摇摇晃晃的屎缸手里擎着一瓶，边喝边不停地自责："秀才，我对不起你，我这媒人做得不尽职，应抽时间常去乌泥坳走走，了解胡灵的情况帮你撮合撮合，秀才，秀才，只怪我舍不得时间（他下了班还要帮半边户的老婆忙菜园和田间活计）。"声泪俱下，噼啪噼啪的响声从屎缸寡白的脸上传来，看见他不断抽自己的耳光，我停在门

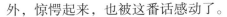

外，惊愕起来，也被这番话感动了。

顿时，我泪水双流，扑上前抱住他，叫着："兄，兄，这不能怪你，是我不优秀……"

我把喝酒的屎缸叫停，扶进我的房间，他沉睡了一下午加一个晚上。看来他对我的婚姻比我父母还上心和投入。我心里叮嘱自己："不能让他再参与我的个人问题！"

这段痛苦的时光，包菜头借故来拿炮制好的饮片，每天都来加工室，屎缸也热情迎接，她又像前段长时间地停留在这。包菜头的行为是不是他怂恿？我也不知。包菜头看我忧郁又苦闷地像机械一样切药制药，撩搭我，出于礼貌我答上一两句，她不知足，一次又一次，想撬开我的嘴，掏出我心中的苦楚，虽柔声慢调，但惹烦了我，凶得吃人的眼光向她横瞪，吓得胖得像冬瓜的她"啪嗒啪嗒"地滚出了加工室。

屎缸瞧见这幕，就训我，"秀才，人家喜欢你，不能这样对待人家吧？或许过了一时间你已改变了对她的看法，或者命中注定你和她有这样的姻缘？"我没回屎缸的话，认为他的想法乱七八糟，我跟包菜头哪门子都扯不上。

八

半月后的一天，母亲打电话要我回白石铺老家。屎缸接的电话，放下话筒，他喜悦得像孩子般飞步跨进加工室，狠拍我的后背，惊得我慌了神，差点切到手指。"秀才，你这小子，女人缘好。"我看他一脸的欢喜，揣摩到电话的内容，放下药刀看到屎缸往外挥了挥手像在赶鸡鸭，说："秀才，赶紧收工！"我不想动身，胡灵的影子还在心中。见我迟疑，他声音大又板着脸说："秀才，不想休？好，那就不要在加工室上班了。"他凌厉的目光逼向我，吓得我耷拉下头，这样的无情又严肃的眼神很少出现，别看他平时嘻嘻哈哈，认起真来，即使经理也不依不饶。

不情愿地回去一趟，初次与商场女营业员见面，我情绪低落又没修边

幅，女方不知搭错哪根神经竟然同意。对女营业员我没多少感觉，可也没坏到像包菜头那般的厌恶。

在我没表态的情况下，双方父母擅自敲定。切药的屎缸向我打听，心里抵触他涉及，但经不住他死磨硬泡，于是照实说了。他把药刀放下搓着双手，又兴奋地揉搓着脸，大声叫喊："好，我们的秀才有女朋友了。""好个屁，你又没看过女营业员的模样。""嘿嘿，我相信你父母的眼光。""唉，莫说了，他们都被女营业员给骗了。她凭打扮朴实，勤脚勤手，愉快地帮父母干些家务，嘴又甜，赢得我父母的喜欢。""秀才，这些难道不是女孩的优点？"我无言以对，只能继续切药。

往后每周，女营业员以未来儿媳妇身份常来我老家白石铺，似乎有心计，周五下午来，周末走。只要她进屋，母亲就把电话打到我们单位。接电话的多是屎缸。有次他打飞脚往加工室跑，老远就喊起来，"秀才，快回老家"。他命令下来，我岂敢迟疑，赶回去，与女营业员聚两天。有次，我不情愿，自个叨叨："她乘过客车用不了二十分钟可到我家，可我骑车要辛苦三个小时，坐车不知骑车的劳累。"屎缸停下药刀绷紧了脸用眼狠狠地瞪着我，我只好吐出无可奈何的怨言："上周请了假，这周又要我请，我母亲也真是，儿子还要不要上班啊？"

"秀才，去吧，加工室有我在，不会耽误正常工作。"

"屎缸兄，今天我累了，下周再回去吧。"看来蒙混不过，只得说出理由。

"不行，我都答应你娘了。"他没恼火，面色舒缓，和蔼地看了我一眼说："秀才，你不是说骑车累嘛，我来骑车驮你。"这军一将，我无理由拒绝，立马哈哈笑起，"屎缸兄，今日你能移步我家，蓬荜生辉。""好，我们走！"

"秀才，这就对了，现在你的首要任务，是找老婆，我不支持你，能行吗？你是我老弟。"他说后，就出门推单车。

我抢过单车，不能让他骑，好说歹说把他安抚在后座，可他又不安分，嗔我："秀才，你原先去石口乌泥坳时，就不嫌累啊。"我愣了下，话落到心坎上，的确，女营业员胸脯也不小，可怎么看都比不上胡灵凸起的那番美感，甚至天天骑车，也不知疲倦。回来时，他又在自行车后座嘀咕："秀

才，我搞不清，这么好的姑娘身材也显曲线，你就没正眼瞅过。""不吧，你不在时，不知看了多少遍，现在有点看累了。""秀才，不对呀，你一直没上心，骗不了我的眼睛。"无话可回，一路上只听屎缸头头是道的训斥。

以后几周在屎缸的催促下，我和女营业员俩人关系发展坎坷前行。每周末相处两天，说不上好也说不上坏，她没过门却把我伺候如大爷。可我内心不能接纳，梦里总是想起胡灵的经历和情感，如爱恋的小船一次次逆流而上，又一次次被周末这现实的浪水打回，破灭，绝望，又无奈地把胡灵幻想成女营业员顺水而下。

回到单位，屎缸免不了打听我与女营业的进展。有次，走进加工室，他坐在高脚木凳上将药刀置在钉板上，伸过头来向我嬉笑，"秀才，昨晚甜蜜吧？""甜蜜。"故意不说下去，提起药刀专心切芍药。这下吊坏他的胃口，急得求我，"秀才，快讲讲这两天的精彩。""屎缸兄，别难为我，男女之事说不出口。""那就讲个大概，秀才。""不行，真不行啊。""讲吧，秀才，这样，我明天请客。"他的眼神有一种渴望和企盼。"好，屎缸兄，我豁出去了，到时，你不要赖皮。"

……

昨天晚上碍于父母不敢在他们眼皮底下亲热，我牵着女营业员从屋后出来，爬上陌生又黑暗的密匝竹山，满坡的翠竹在微风吹拂下窸窸窣窣地响。她惧怕地向我身边靠，身子抖动起来，喊："我怕，怕呀。"蹭得我心里痒又乐，看了她一眼，诡秘地暗笑，还不到位，又吓她，"快，别在那一边，后面埋了我一位吊颈死去的堂叔"。"咦"，一声尖叫……"啊，怕、怕……"场面毛骨悚然，她不得不寻求保护，战战兢兢地扎在我怀中，我暗自欢喜，毫不客气地像抱褓褛的婴儿一样搂紧她，"别怕，有我咧"。"屎缸兄，这次我吸取上次的教训不鲁莽了，小心轻捧、细抚、揉摸，强大的男人安慰下，她身子不颤抖了。当时，或许我太饥饿，想啃骨头，瞅准她又薄又润的嘴巴，像吮吸一根骨头中间的骨髓液一样，吧吧几下"嗞嗞"地响，心甜又亢奋……"

"秀才，你他妈的吹牛！""屎缸兄，你想耍赖。"他绷紧了脸，不多的眉毛似乎竖立，又说："我最不喜欢不诚实的人。"我惊了下，忙又嬉着脸向他笑，"呵呵，都是跟你学的。"

刹那间他面色又舒展起来，应那句伸手不打笑脸人，转而摸头咧嘴露出一排烟熏的黑牙，嘿嘿笑。"秀才，那时，我的吹牛是有目的的，你是个嫩青，给你一些恋爱信心，鼓励鼓励。"

"这不就对了，有其师必有其徒。"

"秀才你是强词夺理。好，我不说你了，秀才，今后要诚心对待你的未婚妻。"

"屎缸兄，听你的。你为我好，明天早餐，不要你请。""不行不行，男人一个唾沫一颗钉"，他摇头如鼓。想起他月薪一分不漏地上交老婆，我笑他，"真要你破费，那这个月的烟钱不是没着落了？""秀才，这个不要考虑。"

屎缸还盯着我，好似发现了我另有的秘密。"秀才，是不是还有一件事瞒着我？"

"哦，真还有一件奇异的事，女营业员跟我讲的。"

"哎，秀才，我可要说你了，女营业员女营业员，这可不行啊，人家早是你对象了，要改口。"

"好好，我改，叫对象。"他扑哧一笑。于是，我把对象讲给我的重叙一遍……

"干冷的星期一，外面打得白霜。一个面色干白的陌生男人头戴顶黄色的军帽又披件军大衣，站在南大门商场的鞋柜前，隔柜台与我套近乎，年龄和我一般，口声十五都花石和石口这一带。从手指细腻和皮肤白皙上仔细端详像个女性，讲话温和又礼貌似个老师。后他又向同事打听我的处事为人。我觉得怪异，先以为你家使的，想想又不对，我娘原在区供销社与你妈是同事，哪有不了解我的情况的？看来此人对你非常关心，提前考察我适不适合做你的老婆？关爱到这步，非患难之交非牵挂之人不可。"

对象说到这，醋劲就上来了，怔怔瞅着我。我摸后脑勺努力回想，说："这样关心我个人问题除父母就是屎缸了。""不对，你莫骗我，叫屎缸的人在你老家见过，是你师傅。"她变得愠怒起来，要我坦白。真想不出像男人的女人来，我只得拍得胸脯嘣嘣响发誓："我的朋友中真没这个人。"看我一副真诚的样子，她也无奈，只好偃旗息鼓。

……

刚讲完，屎缸哦的一声，"秀才，她找你对象了？"

"屎缸兄，你晓得了。"

"我乱猜。"他刚还惊讶，掠了我一眼后他表情顿失，马上否定，"不可能，不可能是她"。看他神秘兮兮，是怕我知道，我装作不懂也不想说破。

"秀才，别猜了，加把力把这一堆药铡完。明天我请你吃早点。"他立马喝住，怕我又刨根问底。

九

天色灰暗的早上细雨霏霏。屎缸昨夜他没睡在单位，赶了早，比我先到桥头。我迎着稀稀绵绵的毛雨走到米粉摊前，除屎缸坐的那桌预留一个空位外，四桌爆满。他一个人坐在两人的板凳上没动筷，眼睛四处寻我。怪了，包菜头也坐在屎缸的对面吃米粉，抬头见我落座，抛一个殷勤的浅笑。我扭头没理，我不想让她掺入我和屎缸之间的秘密，仅仅与屎缸打了招呼。包菜头沮丧地收敛了笑容，落寞地低头嘬米粉。我拿起筷子，看到自己碗里的米粉上盖了一个黄灿灿的煎蛋，瞟一眼屎缸碗里没有，就一声不响地把自己的煎蛋挑到屎缸碗里，他又往回挑，我又挑去，俩人谦让不止。包菜头疾速扒了几筷，沉默不语又闷闷不乐地起身离开。我吃得比屎缸快，去前台结账，生意火红的老板娘眉宇间扬起了笑意，对我说三碗米粉钱结过账了。知是包菜头付的，我转身，望着她渐离的背影，有意外的感觉，这次看包菜头的目光没有以前那般厌恶了。

回到加工室，屎缸临时去批发部调原药材，出门叮嘱：烘笼里有红参片在烘烤，间时翻动，别让火大了。包菜头提上一簸箕的蒲公英，慌慌张张地踏进加工室，喊："秀才，帮我加工一下，顾客等得急。"平时，我懒得搭理，早不报加工计划？每味药材的加工，少不了选、挑、洗、润、铡（或切）、晒干、炒制等严格的程序，偷减某个环节或者直接加工影响药材质量，闹到经理面前会遭一顿臭骂。但今天，我心情好，折身，想起早餐的事，忙从口袋掏出八元钱给她。可她推手拒绝，说："秀才，我请你和屎缸师傅吃。""不行，我早就跟屎缸讲好了，我来请。"想到了这次欠情，下

次得还，一来二往，就会出现俩人在一起的假象，给咬舌头的同事又留下闲话。我不容商量地逼着包菜头收下了钱。

我拿起一簸箕的蒲公英，准备切铡。包菜头在我后边自言自语：每服100克，20服中药。掂量着，要加工两公斤，我一猜，蒲公英这么大的用量，不是乳痈，就是胸部肿瘤。但我抬头向她警告："下不为例。"

"秀才，你知道是谁的？"

我心里咯噔一下，抬头惊讶地望着她。

"你最熟悉的人的。"

我没有去猜，对她要加工员直接切制有意见，说："以后，任何人都不行。"

我急速地铡起来，十分钟，就解决问题。

我一直琢磨包菜头说的用意，想知道。她拾起蒲公英的粗饮片出门，有意向我隐瞒。我想跟着她去门市，想起屎缸临走时叮嘱这里一刻也不能离人。焦急地等到屎缸回来，发疯般跑到门市。包菜头见我惊慌的眼睛四处寻人，故意拍着大腿，"哎哟，秀才才出来啊，人早走了哩！"心一下冰凉冰凉，往门外猛追，望了一眼清冷的街头不见熟影。

之后才问包菜头，哪位拣蒲公英的人？她惊讶地望着我，又笑笑，"秀才，你还不晓得，你的女朋友哇。""别开玩笑"，心想我的女友在南大门商场。她噗的一声笑，"秀才，你还想蒙我，上次，不是在加工室看到她了？"想向她解释，一思胡灵退婚之事最好不向外人透露，我于是忍住，一笑搪过，又问起患者用量之大。"秀才，对啊，看医生的处方笺，情况不妙，病情严重。先进门市时，她戴着帽子，我以为是男的，后来一看，惊吓了，是你那位女老师。"我心咯噔下，心想胡灵身体一直都很好，怎么得了这个恶疾？不信嘛，可这用药用量，又想起曾经她对我说，乳房痛。我也联想起，胡灵到过南大门商场也是戴着帽子，这说明她，那时就在化疗，我不断浮想，这一切说明都是真实的。"秀才，这么大的事，真的你一点也不知情"？包菜头看我的眼神异样，认为我装傻，好像发现我不可告人的秘密，"秀才啊，你这人聪明，早就预料到了？所以……""你你，把我当成什么人？"而后，我不想多说，也用不着向她解释，从门市气愤地跑了出来。

我惆怅地回到加工室，坐在凳上发愣。屎缸走进来，轻悄蹑近我背后，伸出右手掌在我眼前晃了晃，看我眼睛没反应，吼叫一声，"秀才，你没屁用，见到绝情的女人还丢魂落魄"。我惊得醒了过来，怎么屎缸知道了？是不是他先到的门市，看见了胡灵，后回到加工室。这样一想，我慌恐起身，糟了，他又会说我旧情复发、三心两意。我只得装迷糊，"屎缸兄，你说什么呀？"他没回答，脸色紧锁，又布了一层乌云，像在外面受了气，惊得我不敢吱声，低头铡药，可脑子浮出来的还是胡灵。

一旦牵挂了女人一个时辰也等不了。下午，我向屎缸请假。

他药刀一置，砰的一声，脸色紧张起来，"秀才，要去乌泥坳？"

"屎缸兄，放心，用轿子接我还不会去咧。"我知他极力地反对，怕我十二岁守寡犹犹豫豫，该断又不断。看我回答坚决，他误以为我内心伤痛没还痊愈，悬着的心才落下。我给他抛了一个傻笑，他也回我个笑。一阵暗喜后，我又撒谎，"刚才一个镇外的朋友邀我去玩"。

"哦，去吧去吧。"开心一笑，朝我努了努嘴。

出了街口，我转向石口方向。乌泥坳那栋老屋还那般冷清。折回往石口中学走，我想了想，胡灵即使调走，学校原有的同事和好友总有知道她行踪的。刚出坳，想快点走，怕撞上熟人没面子，可窄小的羊肠路骑不了车，越担心，越还是碰上了屎缸舅子挑担皮箩朝回走。与我迎面而来，他惊讶地喊一声，"秀才，过门不入，认生了不是？"将扁担和箩筐搁在路边，他忙拖住我的单车。扶着单车，我羞愧又紧张，话哆嗦，说："不不行，我还是偷出来的。"他紧紧拴住单车的后座不松手，说："秀才，你到了乌泥坳，难得来一回，总要进寒舍喝一口水吧。"他两腿站了八字，稍微用力，往后一拖。我抵不住他的力道，趔趄几步往后退。他又呵呵地笑："放心，我不会对缸妹子讲。"这下，我终于松了一口气，琢磨胡灵出生在这，或多或少他能捕获现在胡灵的一丝讯息。我才把单车旋了半圈，打道往后推，又乐着跟他进了屋。坐下饮了一口热茶，两人聊了起来，自然聊到胡灵。他说，"前不久缸妹子向我打听过胡灵"。我带了一肚子怨气插话，"哎，舅兄，你妹夫从没跟我说过这事"。"秀才，缸妹子这就不对了，让你蒙在鼓里，应把这事告诉你，你心里有底，早作打算。""舅兄，你妹夫不知什么原因一直瞒着我。"他摸着下颌若有所思说："嗻，也难怪缸妹子，怕你想

不开。""不瞒舅兄，先有点想不通，不过，现在，好了，我不为这事来的，想探一下胡灵的病情。""哦，这样啊，秀才，你是有情有义的，胡灵没看错你。可，她没住这里了，我们也很久没见到她，不过，我晓得她一点近况，你们订婚后不久，胡灵觉得胸部不适，想自己的娘得乳癌殁的，就到市医院做 CT 检查，经医生诊断怀疑也是这病，又到省城肿瘤医院专家复诊，结果这病到了中期。胡灵考虑自己的病情严重，于是与你解除了婚约。"

"舅兄，胡灵不能这样，祸福难测，谁也难料自己的将来？我也不是没情感的人，既然与她订婚，就要与她一起面对磨难。""是呀，秀才，胡灵怕拖你的后脚，考虑不能给你生育后代带来家庭的幸福，说不定还会人财两空。"我心又一次略噔，想起订婚那天在她的闺房说话时，她暗示了这个意思，当时，我还怨她不该乱说，预兆不好。"舅兄，胡灵现在住哪里了？今天，我是来看她的。""噢，葬了冯婆后，没回过老屋乌泥坳，听说调到另一所中学后请了病假，一直住在湘潭医院。""舅兄，怪不得她没回老家。""是啊是啊。"吃了晚饭后，谢绝他的挽留，我又一次落寞地骑车回了单位。

十

这段时间，我闷郁，坐在加工室打不起精神。屎缸看了我一眼，什么也没问，以往他是非要追问到底的。

又到了周五下午，恰好，娘打过来的电话是包菜头接的。她晓得我跟商场的女营业员快结婚了，不屑地说："秀才，你这人真让我猜对了。"她有点瞧不起我，怪不得这几天很少来。收回目光，我没辩白，这事一时半刻也说不清。屎缸在门外停了片刻，进来赶包菜头走，"出去，出去，别在这阴阳怪气"。包菜头委屈地反驳，"我来给秀才捎信，咋了？加工室不能来人？"一股脑的气泼向屎缸，气呼呼摔门而出。屎缸没生气，包菜头讲的是实话，只是包菜头不该对我含沙射影。

屎缸深深舒了口气，看我还勾头铡药，催了一声，"咋不动身？"

"不想回去"，又怕屎缸没完没了地催下去，我遂编一出，说："上周她

166

对我说，这周末她要和我娘去湘潭买结婚的床上用品。"

"哦，好事，祝贺你修成正果，秀才。"他傻得像个孩子，嘿嘿，嘿嘿嘿地笑了起来。

他信以为真，不再催我。

手拿着药刀在动，我心没闲住，脑子又冒出胡灵，想实实在在地看她一眼，好好的乳房一刀切下，胸脯变成了平平坦坦……想她那个样子，心不免凄怆。

十一

一晃又过去十天。胡灵这个病，喝二十服中药不会见效，算算时间应该吃完，得上街拣中药了。整个镇子三个药店，我们单位的国药店门面大，名声响，首选是我们的门店。这几天不见门市的包菜头来加工室报过消息了，还在生屎缸的气。另一原因，她对我产生误会，我高大又有知识的形象在她的心里轰然坍塌，加工室对于她没有吸引力。可我等不到胡灵，心里焦灼又惆怅，无心待在加工室。

有天，我想从侧面探探屎缸，"门市没下加工蒲公英的计划？"

他瞟了我一眼，带点责怪，"上周不是加工了二十公斤吗？"这结局让我再一次失望。

"哦，忘了，看我这记性"，假装打了自己一下后颈，不让他看出我的小心思。他看着我笑，"怪不得你，这段时间跌进甜蜜窝"。他又想起什么，哈哈笑起来，"秀才，快结婚了吧？"

"快了，快了。""哦"，他记起我上周撒的谎。我只得顺着他的话题说下去，把我的意思也就我娘的意思，告诉他，让他乐一阵，说："我娘跟我讲，缺一个男方的媒人，问一下师傅你愿不愿意当？""好哇，这大喜事，求还求不得，帮秀才这个文人做媒，一生的幸事。"他丢下药刀，离开铡凳，快乐得像个孩子，欢愉的笑容不仅在脸，还传递似在手上和脚上，舞起那僵硬的手指，踩起那双笨重的脚跟，如老态龙钟的乡妪在田野跳舞……

十二

时光走得很快，到了我结婚的前一天。

屎缸休好假，来我老家帮忙，上午帮我贴婚联，婚联是我自己写的，没留意平仄，字数相对，意也顺溜，就写上了。他边贴边大声朗读，"山青水碧风光美，酒绿灯红喜气多"，诵完，啧啧声不断，"秀才，到底是秀才，才气逼人，写出喜联一等一的好，怪不得能找个仙女"，引来一群亲戚围观，伸出大拇指，赞美声不绝。他乐得嘿嘿笑，给每个观看的人发一根香烟，一粒糖果，看来，这不是我的喜事而像他的喜事。喜庆的下午，他又去帮厨。我爹不让，说他又是贵客又是媒人。趁我们不注意，他系了黑色的围巾，坐在卸下两张门板拼做而成的切案前，拿刀不看手的菜，啪啪啪切起冬笋片，均匀又有韵律的声音，回旋在厨房每个角落。大厨一闻就知老手，走近，手抄起均匀又细薄的冬笋片，赞不绝口："这样打下手的手艺，百里难寻啊。"我在一边暗笑，别小看人家，他是切药的老师傅哩。

很快就到了晚宴，屎缸又托着碗篓子来摆碗筷开席。我爹看到一下拉住他，"怎么让您跑堂？"把他搜到贴了写着"媒人"红纸席的这一桌，坐了个上位，他死活不肯，一起身，我爹就一把按住他的肩膀，说："今晚，您是主客，好好坐着，有跑堂的有泡茶的，有什么事您只要吱一声就行。""不行，你们家这么忙，怎能给你们添麻烦？""放心，今晚您最大，帮忙的会好好伺候您，这是我们这里的习俗。"他憋得一脸绯红，屁股像坐在棘刺上不自在，时不时起身，要走。吃媒人席面的亲戚和朋友见媒人坐好，呼地一下子将排成二列的十二桌全坐满，人头一片黑压压。陡地，坪前响起"隆隆"的摩托声，覆盖爆竹声、吵闹声和喜洋洋的笑声，吸引了桌上客人们的视线，男客们被眼前走来漂亮又有女性魅力的女人惊艳了，只见那二十多岁的女人穿绿色夹克从摩托车的后座下来，拖着长长的黑亮的秀发，挺着秀美鼓胀的胸脯，朝我家的大堂走来，每迈一步，胸乳晃动一下，一荡又一荡地像水波一样起伏。"胡灵你来了，稀客啊！"只有屎缸认得，他上前握了女人的手喊出了胡灵的名字。听到女人的名字我从灶房冲了出来，不敢相信，胡灵还有从前的俏丽和婀娜的身材，看到她那膨胀的乳房欲将绿色的衣服顶破，如早春的竹笋欲破土而出的状态。愣怔下，我无法将近段她的胸脯在我心中幻想出来的样子抹去……锋利的手术刀沿乳房周边的细嫩皮肤走了一遭，随刺啦一声，血肉模糊的胸脯与鲜红的两坨肉分割开来，挖出一个窟窿，凹处敷贴了药水和胶布，变得平坦了，像干瘦男人的前胸。可眼前不是这样？胡灵胸脯饱满、挺拔又活泼，散发一股女性青春的活力。我心里，有点怨屎缸，他瞒着我，一切都瞒着我，可能他和胡灵有意演了这一出。当胡灵掏出红包交给我，说："秀才，祝贺你大喜啊！"看她眉睫下的眼眶湿润，我的目光凝住了，我错怪了胡灵，也错怪了屎缸，命运就是这般无情，心里涌出一丝莫名的惆怅。我随手拿起桌上的酒，咕噜咕噜地倒了半瓶入肚，有点摇摇晃晃的，迷迷糊糊的，忘了叫胡灵入席。屎缸推了一下，我猛地半醒，招呼那个青年男人入座。摩托司机说："我们不是一起来的。"瞬间，我的心情才开始好了一点。屎缸热情地拉胡灵入席。忧郁的胡灵转身要走，说："不啦，我租了人家的车。"摩托车"啪啪"发动起来，胡灵爬上摩托车的后座，车子飞奔，绝尘而去。我发疯地跟在后面不要命地追赶，胡灵绿色的背影慢慢离我越来越远，先看到影子是一团，后来只是一点一线。我想疾速，又跑不动。影子完全消失时，有什么东西从脑子从胸腔往外抽，顿时脑子一阵空白，心里一阵空落。此刻，我没有一点喜庆和愉悦，全都是落寞、痛苦、忧伤。怕失去影子，又如箭一样往前冲，我边追边号叫又朝前大喊："胡灵，你等等，胡——灵——"跑得上气不接下气，一头大汗，从额头往下倾泻，如瀑布似的覆盖我的眼睛、鼻梁、嘴巴和下颌。狂跑一会儿后腿软了脚也麻木了。

　　我栽倒在摩托电掣而去的尘土飞扬的乡道，咬紧牙关爬起，又跑，没跑几步抬不起脚，走路吃力有点踉踉跄跄。屎缸从我后面追过来，恰好往我家开来三部满载三十多个单位同事的五十铃小卡，停在屎缸的面前。屎缸止了步，我也停下来，回头看了一下。经理告诉屎缸，单位的同事都来了，只是包菜头不知什么原因，仅捎了礼金。想不起来了，我是不是要跟影子结婚了？他们来吃喜酒……包菜头不来好，南大门商场的女营业员也不要来……

头嗡嗡的，我往后顾，看来都是捉我回去的。我恐慌打起趔子，晃了几步，又栽倒在道路旁边，想抻腿爬起，不料滚落四米的田坎下。田头刚收完晚稻，留下镰刀割下整齐有序的禾墩，水田干涸，上面长出了毛茸茸的绿色细草。躺在草丛上面柔软又舒服，像睡过的最好的毛毯。我脑子又跳出了胡灵，好像她也甩在上面，伸手去摸去捉，触到一只粗胳膊，大喊一声，我捉到了……

可反手抓到的是屎缸，他为了找我，也倒栽在田丘中，一头泥灰一身沾满了尘土，可他毫不留情地把情绪失控的我拴住，说："秀才，怎么能这样？明天，你就娶亲了，这么多亲戚和朋友都要为你和你美丽的妻子庆祝，见证你们来之不易的洞房花烛。"我想捂着耳朵不听，对屎缸吼叫，"不，不，她不是新娘"。可我渴盼的想念的美丽的新娘离我而去。骗子，你们都是骗子，把我逼进一条不愿意走的死胡同，看不到前面的憧憬。我又咆哮起来，如一头呼啸又疯狂的雄狮，甩开屎缸的胳膊，发狂顶住他的前胸，往田坎上撞，边撞边歇斯底里疯喊："我不结婚！"

"秀才，你他妈太不理智了，这个时候了，任何幼稚的想法都没门。"屎缸骂了一句，胸脯往前用力，一撞，又两手一推，我闪后一丈远，趔趄跌在田角，眼神迟钝，什么也不知。

屎缸把我牵回来。晚饭没吃，我躺在床上进入深度睡眠。屎缸喊不醒，爹娘也喊不醒，急坏了，情急之下把同龄的姨表舅表叫醒，牛高马大的老表们把我搀扶起来，我很怪异，不仅坐着打盹，站着也能入睡，眯着眼像模像样地走路，喊我往右，就往右走，一边走一边呼噜声如雷，又不像僵尸，观之个个目瞪口呆。四更时分，爹娘急得团团转，六神无主，一个亲戚提醒找除煞的菊道士。老表看护几个小时终熬不住，睡的睡去，打盹的打盹，没人盯我，吱呀一声自己开了大门。外面一片漆黑，宁静得可怕。我走出来，可走出的方向是朝单位……

焦急的爹娘叫醒菊道士。道士忽悠起来，"你儿子桃花女鬼缠身，不急，我给你儿化一碗水，包你儿子治好"。他舀了碗清水，边咕咕哝哝念，边烧纸钱，灰烬飘扬地落在清水上面，要我爹将民间传说中的"神水"拿回去，嘱咐，若我在家就喝了，不在家，就洒在门槛上，包我见好。

爹虔诚地端回来，没看见我，就寻媒人屎缸，也不见，就把花了一百三十三块请回来的清水泼在门槛上。

屎缸一直没睡，紧跟我，有点恨铁不成钢，跃起腿猛飞一脚，把我踢翻。扑通一声，我被踢醒了。

"秀才，你能往哪走？你走了，你的爹娘怎么办？你的新娘怎么办？明天拜堂没有新郎怎么办？这么多亲戚和朋友明天喝你喜酒。"

我站了起来，身体颤了下，吓得不敢走。

"秀才，你给老子听着，婚姻命中注定，和你走入婚姻殿堂的那个女人，上天早就安排好了。譬如我老婆先不喜欢我，但后来成了我爱人；譬如包菜头喜欢你，说话也好看你的眼色也好，无不从骨子里透露出来，做梦也想让你娶她，可上天使出一双无形的手让你对她不感冒；譬如你和胡灵，两人有情有意，在爱情发展中她被误诊乳腺癌，出现了你们意想不到的一道坎，生生地把你们隔离，到不了婚姻这步，这是上天没点你们的鸳鸯簿……"

"秀才，人生如同一条行走的路，婚姻只是小径中一个点，往往努力追求婚姻的美满和甜蜜，抵达婚姻这个点，我们不一定满意，又从不尽人意的这个点起步，历经磕磕碰碰，了解和宽容、互爱、互助，家庭在生活中也会得到意想不到的和谐和美好……"

这时，我认真琢磨，觉得屎缸讲的爱情、婚姻和家庭，有道理，也许是他人生的药方。

情末了

　　我到一个叫黄荆小集上的小药店上班。20 世纪 60 年代从公私合营手里继承下来的国营黄荆药店，生意一直兴隆。刚来时，小药店已有二十多年历史。药技员不太稳定，药店由于僻远、冷清又交通不便的原因，走了一个又一个的年轻人。换走的大部分营业员因熬到大龄，在当地无法找到合适对象。一届又一届的公司负责人从关心年轻人出发，把他们调回，或者调到其他合适找老婆的单位。可换来的更年轻一批，在这艰苦的地方磨炼、煎熬风华岁月。

　　来前，我从同事中得到有关的信息。店子所处的十字口离县城百余里。当地山里人为交易柴米油盐和日常用品，就选在这个黄荆的口子，择在古历的逢一逢五赶圩。逢上集日国药店热闹纷繁，顾客挤挤拥拥，营业员忙碌不停。

　　之前，国营药店里三个人。一个年轻人姓胡任经理，店里的人叫他华哥，打娘肚子出来就右手小拇指断了一小截，这个残疾之故，性子孤僻，不喜欢说笑，但人心性好又勤劳，来这将近六年，一心想把国营药店搞好。还有个细伢，公司招的临时工，在这里工作两年现在才十九岁，年龄不大，然而大家都唤他强哥。店子还有年长的老曾比他大十二岁，同样叫曾哥。曾哥没在店子待上半年，因家庭的原因调走了。公司经理本不想他下来，守在那没电话少汽车的小集市，家里一点急事，那就难为他了。不巧店里一个未婚的年轻人，处了一个县城的对象。女友扬言说，"你不调回来，我们就不谈了"。没办法，出于关心职工个人问题，公司把他调回了县城。顶替时想到老曾。征求老曾意见，他二话不说，"我是预备党员，要去最艰苦最基层的地方锻炼"。经理对他这种积极态度很赞赏，说"你要做好你妻子的工作"。曾哥把胸脯拍得嘭嘭响，"经理放心，没问题"。曾哥来头两个月还好，一月一次探亲。刚过三个月，老曾老婆不干了，带病老往公司的经理室跑，又哭又闹，说什么她家就是一个病房，全是病号，没有老曾这个医生兼护士，怎么能行呢？经理知他家的底子，他娘癌症多年，他爹又不在人世，他老婆多年的妇科病，生崽时没照顾好。老曾三五日不能回家。男人没在身旁，老婆下不得冷水，种田、锄园做菜、洗衣浆被等诸多不便。她有她的难处，情理之中公司领导不得不考虑，但公司领导棘手，一时半刻在哪里找个青工？公司青工不多，上面分来的，或招工抵职的，多半派到下面的点店锻炼去了，剩下几个是公司头头脑脑的公子丫头和有关系的外单位头头脑脑的贵家子弟，他们娇惯了，谁愿来这个僻远和冷清的小地方受磨难？

来公司头几个月，我没下到分店，已经万幸。公司领导惧怕大家的议论，说领导们用人唯亲。自己的子女和有来头的青工不到基层去，而普通百姓的儿子一个也不漏。单位个别的老药工针对这事与领导们争吵。如此下去，公司员工的积极性调动不起来，更不好管理员工。干部的子女不学无术地在公司混日子。这样下去公司能发展吗？我从学校走出来，受老药工抬举在他们眼中是知识人。他们说从公司前景发展这方面考量，知识分子不能下店，要留在公司总部，文化人要作为后备干部培养。经理也怕负面影响，就来了个顺水推舟，这样我就被分配到公司的业务科。

好景不长，大概干了三个月。在老曾老婆大闹之后，公司经理将我调动。那时，员工们与公司领导的矛盾逐渐缓和，恰在这时，动我也掀不起风浪，又摆上老曾家里的实际困难，同事都怜悯和同情。老曾与我对换，大家不会为我而呐喊，反而说我做了一件好事，积了齐家的德。也有主管人事的副经理从另一方面劝我去基层锻炼一两年，说，文化人应全面发展，积累一下基层药店的经验，将来才有能力撑起公司，这极有说服力的言词，容不得我有情绪，更让我信心满满。一个青工要听从公司组织安排，又不是冒着生命去打仗，只是从生活和工作方面来说比较艰苦一点，但饿不死也累不坏的。只是在择偶上比较困难，我从学校出来二十二岁了，再过三五年，就到了大龄，被公司人称为荒凉野地的黄荆国药店，找一个山区姑娘不成问题，可娶一个吃商品粮的女孩，谈何容易？然而，农村爹娘给我下达了最高指示，成家立业，弄个双职工的小家庭。我不得不向那方面努

力，完成这个硬性指标。20世纪80年代末，吃上商品粮是农村人梦寐以求的大事，不然，爹娘不会用鸡蛋卖来的钱供我读两次高中毕业班，才考起医药学校，跳出农门。他们有他们的道理，人已经出去，再回农村过乡村生活不划算。对于我来说，也希望双职工，活得轻松一点，下班后，不要再操劳农务。看着单位半边户的同事，拿钱回去卖工分，下班和节假日还要锄园作菜和种田。半边户的职工在单位被瞧不起，所以家人一直盼我向城镇发展。这下可好，公司把我调到一个斩断我希冀的死角。

一

去黄荆小集市，正好阳春三月，花开草长的季节。那天，空气里含着的花香，乘坐两天才开一趟的县运客车。天气实在暖人，在车上我的耳朵和鼻子早就感觉到一股清新和潮腻又夹杂着芳香的花草味。在暖和的阳光照射下，在轻爽又湿润的南风吹拂下，清香气息从窗口扑鼻而来。我陶醉其间，自嚷起来。春风来了，一切春意盎然。这爽朗的春风，把我来的坏情绪吹到千里之外。兴趣之中，心情畅快，我朝窗外伸出手臂想摸摸这清凉又带有香味的风时，一抓一漏，哦嗬一声，乘客把我当作神经病人。客车颠簸在县线的砂石公路，腰、颈、腿折腾够呛。女乘务员就提醒乘客，到了黄荆，该下车了。

我一怔，心遭遇雪风冷飕飕的。就是这个地方，四栋低矮的红砖瓦屋，墙壁上留有20世纪70年代初石灰水描写的标语苍白又脱落了，放眼过去显得污垢和破烂不堪。下了客车，我肩膀上背着被子，双手不空地提着暖水瓶和日常用品、春夏秋冬的衣服。刚下过雨，脚踩在坑坑洼洼的泥泞路面上，脚有点打漂儿，身子闪了一下，差一点连人带东西滚到泥水里。啥地方啊？街口泥道烂稀稀的。我前后左右望了一周，有四条向外延伸的泥泞小路，这地方真是个迷茫的十字口。到底走哪条路？要不是有一栋陈旧的老房子大门墙壁上写着黄荆供销社商店，还以为自己走错了。东张西望，疑惑之后我又犹豫了，国营药店往哪个方向？不觉间从供销社那个店子的门中探出一张圆形又清秀的脸庞白里泛红，脑后披散如瀑布飘逸的黑发，看我傻里傻气地在街口徘徊，她朝我走来，向我友好微笑，问："你找人？"我只好摇了摇头，对友善的陌生姑娘我有点尴尬没作礼节上回应，心中涌出一种不怀好意的猜想，她在讪笑我狼狈不堪地迷在路口。想向她打听，勇气瞬间消失殆尽。我停了一下，手攥得有些累，想找个干净的地方放下背上的行李。逡巡周遭，叹息一声，唉，真是个鬼地方，寻不出一块平坦又干爽的地方，随即我心里涌出一种莫名的惆怅和失落。

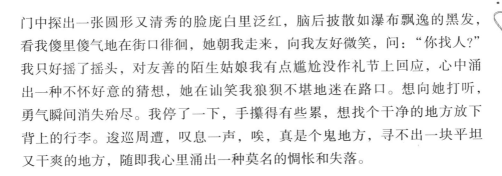

恰恰一个细嫩的娃娃脸理了个平头的小伙子出现我在面前，甜蜜地笑着，白嫩的脸颊上显出一对好看的小酒窝，正与对面供销社商店那个女孩挥手致意，之后转头问我，"你是齐志？"我遇到救星似的向小伙子点头。"我受华哥的吩咐来接你哩。"华哥我认识，一般喜欢露出左手，喜欢用左手握筷子提东西。他一头披肩的长发，把他的耳朵遮了个严严实实，从后背看像个女人。华哥生下来，左耳和右耳两边不对称。他一个月总要来公司一两趟，开会和调货时我俩碰在一起，一来二往我们彼此熟悉。

强哥接住我手上的东西，歉意地说："志哥，对不起，让你在这久等了。其实华哥早就叫我来接你，也来了一次，可连个汽车的影子都不见，怕华哥一人在店里忙不过来，我又折回店。在店里忙了一阵，华哥怕你下车迷路又催我，真还来晚了。""没事"，我向他笑，说"同事之间不要太客气。"他抢去我手中的东西，哈哈地笑起来，甜美的小酒窝又出现在他白嫩的脸颊上。我端详他的相貌，说："没猜错的话你是强哥。"他腼腆地勾着头，边往前走边说："呵呵，志哥，你别这样叫，叫得我不好意思，嘿嘿，我是你的小弟。"我拍了拍他稚嫩的肩膀，说："强哥，你就别介意，大家都这样叫，不可能不让我这样称呼？"强哥头连摇，脸刹那间就羞红了，说："我做不了你的哥，你是文化人，我听华哥说你能写文章，知识丰富。在你面前，我不敢称哥。志哥，别折煞我。""从今以后，我们三个相处，大伙随意，一块乐一块工作。"强哥还是不接受，头摇得起飞，说："这样不好，不如按年龄称呼，志哥你就叫我小强子啵，周围的人都叫我小强子。"

我没固执，强哥和小强一样，喊起来一样随意又亲昵。我们朝药店走去，撞上出门的华哥，瞅了我一眼，声音爽朗地叫起来，"志哥，欢迎你"。

"胡经理，我来报到。""志哥，看到这个地方，你情绪会顿时崩溃。"我怔了下，身子如寒噤似的颤了几下，华哥眼光毒辣，一下戳到我的心坎上。说实在的这地方破烂不堪，没一栋好房子，又不热闹，工作的环境更谈不上。可我不能在华哥面前表露心情忧虑、灰暗。人家在这地方干得风风火火，我不能展示落后的一面。

我佯装快乐地说："不后悔，胡经理，我早就盼望来这里，同你和强哥一起工作。"强哥跟在我们后面，欢快地像个小孩子。华哥面色灿烂，兴奋得身子跃了几下，情不自禁地叫一声，"志哥，真的吗？"华哥快活地把披肩的头发甩了几甩，每次晃动如黑色瀑布从我眼前飞扬起来。我说男儿志在四方，这里风景秀丽，空气新鲜，又有一帮年龄相近的人。聪慧的华哥察颜观色，一眼看出我有意隐藏自己的真实想法，没当面指出，而是对我说，"志哥，这地方虽艰苦一点，一切皆好，人热情好客，纯朴而厚道。初来我也有些情绪，工作一段时间后，看法彻底改变。现在要我走，还有点舍不得。可我们公司年轻人不愿来，不就顾虑这地方不好找对象。这里工作的姑娘比县城少是现实，志哥，但也不能说没有？供销社商店、邮政所、中心学校等单位还是有不少。只要你能安心待在这里，乐观地与未婚的女营业员和女老师交往，顾虑也是多余的。"

我一下兴奋起来，舒了一口气，对这地方燃起了愉悦的希冀。但我故作平淡，说："胡经理，个人问题暂不考虑，来分店，主要跟你们学习零售工作，如加工、炮制、拣药、发药、算单子、小药店经营和管理，等等。"

"好，志哥，彼此彼此，在工作中找乐趣，但也不忘找女朋友。"

恰巧前面一位脸上又布满皱褶、胡须稀拉的小老头挑着两捆药材朝药店走近，见铺面没人，就放下担子，转身看见后面的华哥，挥手咧嘴笑出黑牙，喊："小胡经理，快跟我拣药。""好的，刘叔"，华哥笑着答了一声，他就往药店疾驰。华哥转身歉意地对我说："志哥，我不能陪你，老顾客在叫我。"又对后面的强哥说："你帮一下志哥。"强哥向华哥点了头，笑着荡出两个小酒窝，打个响指，拿着我的行李不紧不慢地往药店走去。

"志哥，刚才华哥说了本心话。这里不是找不到女朋友，只要你安心下来。你看华哥来这五年，不也谈了一个吗？"嘿嘿，强哥摸着头向我笑。这下吊起我的兴趣，曾经余留的顾虑一扫而光，心头出现了柳暗花明又一村

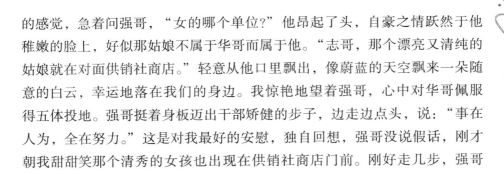

的感觉，急着问强哥，"女的哪个单位?"他昂起了头，自豪之情跃然于他稚嫩的脸上，好似那姑娘不属于华哥而属于他。"志哥，那个漂亮又清纯的姑娘就在对面供销社商店。"轻意从他口里飘出，像蔚蓝的天空飘来一朵随意的白云，幸运地落在我们的身边。我惊艳地望着强哥，心中对华哥佩服得五体投地。强哥挺着身板迈出干部矫健的步子，边走边点头，说："事在人为，全在努力。"这是对我最好的安慰，独自回想，强哥没说假话，刚才朝我甜甜笑那个清秀的女孩也出现在供销社商店门前。刚好走几步，强哥又把我从想象中拉回来，"志哥，国药店到了"。

这离十字口不过百米远，一座用泥砖筑成的矮小又年久的小平房，白色外墙粉刷的涂料一块块漆皮脱落，要不是门前悬挂了一块有关国营黄荆药店的招牌，还不敢相信。从南边路口拐了一个小弯，就到了。虽说很近，但地方不熟，我又不去打听，一时半刻还真难寻找。强哥进门把行李放在门店的长条木凳上，向正在为顾客小老头发药的华哥喊："华哥，志哥到了哩。""好"，手提戥秤的华哥停了发药，向我微笑。站在两捆中药材面前的小老头也向我上下打量一眼，温和地对华哥说："小胡经理，你药店又来新同事哩。""对，刘叔，增加新力量。"他又转身歉疚地对我说："志哥，不好意思有些忙，别见怪。"那个叫刘叔的小老头向我呵呵笑，又转头向华哥说："小胡经理，你去招呼招呼新同事，我可以等一等。""没事，刘叔，有强哥在。"不想头天给他们添麻烦，我瞟着有条待客的长条凳，就上前又用鸡毛掸子拂了几下，把被子甩在上面。华哥理了一下遮住眼睛的长发，说："志哥，只能麻烦强哥"，又指着里面一排的房间，说："你的房子我打理好了。"强哥把我的行李也搁在长凳上又挑起刘叔面前的两捆药材往里走，转头喊："刘叔，你过来看一下重量?""小强子，你称，我相信。"我才知道，小老头刘叔居在七家冲的山区，那里有县上磷矿，不但出磷土，还盛产竹木和药材。

强哥从拥挤的小仓库回到铺房，对小老头刘叔说："勾藤 20 斤、白芍 30 斤、天冬 20 斤。"小老头嘿嘿地笑说："小强子相信你，你算我多少就多少。""别亏待刘叔，按我们公司的收购价格，"华哥插了一句。"好哪，"强哥爽快答了声在自己的屋里拿钱给小老头刘叔。强哥兼了出纳。然后他提起我的行李，从营业间通过一道两人宽的过道，领我进入一排宿舍房前。

有一间不大的空房，屋里清洁，有现成的书桌和简易的木床。强哥指着对面一间说，那是我的房。我伸着脑壳好奇地瞄了一眼，杂乱无章，几件没洗的衣裤，放在仅一条矮竹凳子上，床上的被子也没叠好，地面上到处是烟蒂，大概几天没扫地了。然后他又指隔间说，这是华哥的。可华哥的房间摆设有序，整洁干净，被子折叠得棱角分明。这排房子井然有序一间连着一间，晚上一起玩耍也方便。强哥半掩唇嘎嘎地笑，"志哥，你来这，不想找女朋友吗？"我故认真，说："我还没打算。""那不行，没女朋友牵着，你也像其他的青工一样，一心想调走，昨晚华哥还和我一道商量，你来了，我们帮你物色目标，给你创造条件。"我看强哥身板还没长粗，人情世故的练达和男女问题如此通透，呵呵地笑起来，说："强哥，你乳牙未脱，还懂男女？"他有些不服气，脸红脖子粗地说："志哥你这知识人也小瞧我，说真的，华哥的女朋友还是我给他牵的线。不信，你去问华哥和他女朋友花花。"

我哈哈大笑，"看不出，羽毛没长丰，人还行"。强哥听了夸耀，摸了摸后颈，有点无措。我想着，他们想解决我的后顾之忧的这片诚心，难能可贵。

二

晚上，华哥做的饭菜丰盛至极。这个药店，长期三个人，没请炊事员。只在逢集日才有个山区的小女孩来帮忙。我来了后，我们三个轮流做饭，华哥的手艺比强哥好，所以华哥动手也多，虽说按顺而轮，只是个摆设。

饭前，我轻悄地走近厨房，不经意窥听到强哥对华哥说："今晚请她过来？新同事来的第一餐，我们一起聚聚，让她也认识志哥，让她给志哥牵牵线。"华哥正在聚精会神切菜，他停了刀，迟疑一下，想起上次的事说："别叫，不要添乱。"强哥生气地回了一句，"她是你的女朋友，来了也不会坏事"。华哥朝强哥很严肃地瞪一眼说："她不是我的女朋友，以后，你少在志哥面前，提起她。"

强哥听了华哥的话，不知所措，呆呆地愣在那里。

我故作没听到，可心里琢磨，华哥不愿强哥将他的未婚妻在我面前提起，葫芦里卖的啥药？一时半刻没弄明白。我装得若无其事，免得华哥看出端倪。呷饭时，华哥看我盛半碗饭吃完就放下筷子，定是心情不好，半开玩笑说："志哥，别像在公司那般文质彬彬，在这里装文得饿肚子。"华哥云里雾里的话，绕得我理不清头绪，好在强哥在耳边哝了哝，说："志哥，收场和洗脸后，我带你去后面的中心小学、前面的供销社商店走走，熟悉周遭环境。"华哥向强哥使了个眼色，强子立马改口，哦一声，"差点忘了今晚开会，志哥，明晚去"。我猜到了他们隐藏的秘密，一时脸红。华哥看我如牛犊子似的蜜笑起来，丢下碗，见煤炉上的铝壶盖沸腾起来，沏了三杯滚烫的沸茶，将一杯递给我，"志哥，这茗是山区的明前绿尖，一位老顾客送的"。强哥毫不客气地端走一杯，补充说："志哥，华哥说的老顾客就是上午那个小老头的女儿送来的。""强哥，别小老头小老头的，人家的女儿和你一样大。"华哥责怪强哥。"对对，该叫刘叔，看我这张破嘴，狗嘴里吐不出象牙。"然后他端起自己的茶杯，挽起了一边裤脚，随意将左腿踏在漆皮脱落的一条长木凳上，放荡不羁地呒吸，怕烫口，小口小口地品，"嗞嗞"的喝水声穿过眼前氤氲的热雾。我掠了一眼，见强哥吃茶悠闲又自在，仿效地小喝了几口，又看弄饭劳累的华哥正在收拾残桌，就主动收拾碗筷去铁锅里洗，被华哥瞧见，几步跨过来一把抢过我手里的小饭碗，说："你刚来，歇一歇吧。"强哥喝了几口后，也放下茶杯，从自己的房间抓起一坨餐巾纸出来，走到厨房给我一张又给华哥一张。我擦了几下油水的嘴巴。眼尖的强哥瞄上华哥在收拾碗筷，说："华哥，还是我来，你弄饭我捡场。"华哥见强哥说得在理，没去争抢，把洗碗捡场的事让给了强哥。华哥又端起还冒着热气的那杯茶水，边喝边说："今晚，我们店里开个欢迎会。"强哥刚收拾完，洗了手说："华哥，店里横竖是我们三人，除欢迎志哥来黄荆国药店外，还有什么内容？你就在这里说说，人都在这里。"华哥笑容凝固，将茶盏放下，严肃地说："不行，凡事有个规矩，虽没会议室，但正式一点，等会去中药加工室。"

回到自己的宿舍里，我整理衣服和用品、书籍，又铺好床单和被子。我的房子里一塌糊涂，地上尽是纸张和灰屑，没时间打扰他们，不知他们在自己的房间忙些什么。大概八点，强哥叫我去中药加工室参加会议。随强哥进入窄小的加工室，灯火通明，屋中仅放一张用了二十年的陈旧的长

方形的铡凳。铡凳上面垫了几张包药材的灰色草纸，草纸上面摆了一包炒熟的花生、一包猫耳朵的副食品、一盒白沙的香烟和一扎湘乡啤酒。"进来，"华哥浅浅地向我笑，"志哥请坐，这里不像公司，会议室只能兼用，但规矩不能省。"他又朝强哥喊，"强哥麻烦你拆烟"。强哥拆开先弹给我一根，后自己叼了一根，又替我点燃了烟火。看他没给华哥，我疑惑地望了强哥一眼，急中生智，把自己带来待客的白沙烟弹出一根给华哥。华哥忙摇头，说他不抽。我很尴尬地收回烟，嘿嘿笑。会议由华哥主持，第一个议题，"欢迎大学生齐志同志来我店"。他带头鼓掌，强哥也附随，两股"噼里啪啦"掌声稀疏地响个不停。之后，华哥左手拿着公司的红头文件，庄重站起，摇头晃脑地宣读："任命齐志同志为国营黄荆药店的会计。"又响起一阵哗啦的掌声。我激动地站起向他们两位恭敬地鞠了一躬，眼含热泪，说："感谢你们能接纳我，今后，诸多方面需要两位帮助和指导，不到之处，请你们谅解，我愿努力地向你们学习，听从胡华经理的安排，团结强哥，一同把店里工作做好。"说完，眼睛模糊起来，能在这简易地方，见证他们为我举行这隆重礼节的欢迎会，我感动得热泪盈眶。华哥夸我，"齐志同志讲得好，到底是文化人，店子的经营和发展，离不开知识，以后，他就是我店的骨干，创立全省的'试范药店'少不了他"。我有点汗颜，店里事我一窍不通，不拖后腿就行。强哥亲密地擂了我一拳，说："志哥，今后多多帮助我，让我的文化也提高提高"，又指着加工桌上的东西喊道，"志哥别闲坐，来吃一点。"在强哥的热情下，我捏了一颗花生，剖开，紫红的果粒往嘴里丢，脆爽又香气迷人。华哥也不客气，擢开桌上的啤酒盖送给我手里，又与我的碑酒瓶碰了下，示意强哥，"我们一起来祝贺志哥成为我们店的一员"，"干，干"。强哥领意用嘴咬开一瓶，往我手里的碑酒瓶碰撞两下，铛铛的清脆声音响起，随后，咕噜咕噜地往口里灌，刹那间一瓶见底，把空瓶放下桌上，对我说："志哥你随意。"没办法，我往喉咙灌了一口，呛出了眼泪和鼻涕，再也喝不下去。华哥疑惑地盯着我说："志哥，你不擅酒？"我一副痛苦又别扭的样子，说："真没喝过。"强哥一把将我手里喝剩这瓶夺了过来，与华哥对干，"替志哥干！"华哥咕噜一口叫道，"好"，又说第二个议题，"齐志同志是我们店一员了，他的个人问题也是我们关心的重点，强哥你与附近的单位未婚女孩们熟悉，多牵牵线。"强哥打着馊酸的饱嗝向华哥打一个立正，"是，胡经理，我一定执行"。强哥向我顽皮地眨了眨眼。我坐在那红云盖脸，又欠身，不好意思地说："太麻烦你们了。"

大家被咚、咚咚的急促的敲门声惊醒。"强哥，好像有人来了。"华哥把酒瓶搁在铡刀的木桌上，说："对，声音不像前门，像从后门传来。"营业间的门在前，是大门。后门是厨房的侧门，直通外面。强哥打着饱嗝，一步一摇，对华哥说："我去看一下。"他跑到厨房，停下了脚，竖起耳朵。我也跟来了，他向我摆手，示意不发声。我立即屏住呼吸，耳边又响起咚咚之声，声音轻巧并且不急不慢。

强哥拉开门闩，见是花花和波波，把她们迎进来。外面不远处还有噔噔的脚步跟来，像很沉重的男人脚步声，显得慌乱又蹑手蹑脚。强哥朝侧门外伸出头，望了一眼一个影子往后跑。他问花花和波波，"你们还带了护卫？"波波稍显惊讶说："没有呀？"见强哥认真，又说："小强子，外人你就别管，门一关把他挡在外面。"强哥才放心插上门闩，叫波波的圆脸身姿微胖剪着包菜头，话儿像一阵机枪声，噼里啪啦地向强哥打来。"呀呀，小强子，你这砍脑壳的，有好喝的好吃的，就不叫姐姐了。"强哥躲不过，笑嘻嘻回应，"波波，你冤枉你小叔叔了，我要去叫花花，华哥不让，这不怪我，他说我们国药店开欢迎会"。"你看看你，不说还不气人，一说就气死我，你只记得叫花花，你这没良心的就把你波姐忘到九霄云外。"叫花花的也不示弱，浅笑说："波波，不要乱打人。今天，我也没见到小强子过来喊我，你问小强子。"

"好啰，你们别吵了，快去喝酒，华哥在等。"

花花轻巧地踩着碎步，生怕弄坏地面。波波笑哈哈地进入厨房见到我。呵呵一笑，"又来个小美男，小强子，你不介绍让你姐姐们认识？"波波犀利的嘴不饶强哥。强哥诡秘一笑，说："我不介绍，就怕被你们抢过去。""小强子，算你有这自知之明，算你没跟姐姐白来往。""好，这是我店新来的才子，大学生，又擅文，叫齐志。""哦哟，大才子啊"，波波瞥了我一眼，惊艳起来。我上前握住波波肉嘟嘟的手，一丝温润的肉感，满是亲切和温馨。"波波美女，我很幸运地认识你，今后，会多多麻烦你们。""呀呀，你这才子，我们到时，说不定还要向你请教。""岂敢岂敢。""小强子，

大才子说话文雅又有礼貌，不像你粗鲁，痞话臭话满口都是。"波波直来直往，毫不顾及强哥的感受，不忘还挠他一下痒处。花花哦一声，惊讶怔了下，"原来是这位帅哥啊，我们早相识"。强哥诧异地盯着花花说："怕是见鬼了，志哥今天才来了。""嘻嘻，小强子不信，你问大才子。""对对，我想起来了，强哥，下了客车我迷茫，等在十字口，花花正好从商店出来，我们打过照面，当时让我惊艳这个鸟不拉屎的地方，有这么清秀又气质不凡的女人。""哟，花花，你捷足先登，你们一见如故了。""没骗你吧，小强子。"花花羞涩又兴奋的样子，"说好啰，今天我把志哥引见给你们，到时，给中心学校的刘老师马老师、乡政府的菊菊和邮政所的玉玉等引见引见"。

花花说："小强子，她们，你又不是不认识？要我们引见什么。"

强哥嗔怪地嘟囔一句，"花花，看你这乖巧，一时脑袋不开窍，我一个大男人去引见，明显带有目的，她们不提防才怪。你们不同，都是女性，你们一引见，说明你们也看好志哥，自然志哥的身份水涨船高，到时，不应说，她们兴趣浓厚地与志哥交往。"

"小强子，看不出你这小屁眼，心里花花肠子不少，摸准女孩的心理。不过还好，有自知之明，你这口油嘴，没有一个女孩会相信。"花花不忘打击他一下，好像给波波出气。

强哥急忙挠着后脑勺，无地自容，窘态说："花花，不要耻笑我，你不答应引见也行，志哥是文人，魅力无穷，自然能吸引女性。"

"好啰，小强子，你不要求人家还嘴硬，姐答应你。"波波应允下来。

"倘若你们真给志哥牵线成功，我请客。"强哥向她俩打了响指，说出一句难得奢侈的话，让她们哈哈大笑，"小强子，平时抠得很，要你买两个苹果给姐姐，你也舍不得，哪像今天这么大方？"

在一旁的我，窘得满脸通红，局促不安。

强哥瞟我一眼后，忙向她们挥了一手，催促："别磨蹭了跟我来。"花花簇拥波波跟在强哥后来，进入加工室。

华哥高兴地向她俩打招呼，说："欢迎。"波波看华哥深情地觑着花花，说："华哥，你不是在欢迎我。""波波，你说话阴阳怪气，我一视同仁。"强哥朝华哥讪笑，转身去厨房拿塑料水杯。

华哥羞得红了脸，不敢瞧花花，掩饰说："花花波波来得正好，喝酒。"

花花看着华哥甜蜜地抿着嘴笑，细嫩的两手双摇。波波说："我也喝不得。"华哥回击波波，"怪不得，强哥也喝酒不行"。挑衅奏效，波波不服气地说，"华哥，别扯上小强子，喝就喝吧"。"波波你一个妹子算了，别说我欺负小女人。""华哥不要看不起我，姐豁出去了，不过醉一回嘛。"花花知华哥有意挑逗，急红了眼，一只手拉紧波波的衣角，暗地用力抻了抻。华哥二话不说，左手拧开一瓶，交给波波。波波没理会花花，端着啤酒，往华哥手里的啤酒瓶一撞，砰的一声，两瓶贴在一起。华哥一口气干了半瓶，神气十足地抖着半空的瓶子，在花花和波波的眼前晃动，见波波半天没下口，叫嚣起来："喝不了，波波你就趴下，我就饶你。""谁趴下还不晓得？华哥。"波波干脆倒在嘴里，两个小眼睛眯成一线，几口咕咚地喝干，空瓶往木桌上一蹾。"华哥，看你姐的啤酒瓶。"华哥一见慌了神，弯腰左手拿起那半瓶，一咕噜地灌完。强哥提着两只空杯子进来，说："你们不要杯子了？""小强子，干酒，还能小女人似的。"波波向强哥嗔怨地吼道。

强哥心疼波波，泡了一杯浓茶放在波波面前，几次示意叫波波喝下，然后，又给了花花一杯。花花正在剖着花生，忐忑不安的眼睛瞅着波波和华哥比拼。波波喝了三瓶，圆嘟嘟的脸唰地苍白如蒙上了一张白纸，像是被抽空血液。强哥抢上前，担忧说："波波你别干了，不是华哥的对手。""我我要干，干。"华哥握着啤酒瓶，对波波说："你喝不过，快趴下我饶了你。"波波眼冒怒火，手攥啤酒瓶。强哥一把攥住她的手，劝她，"波波你别逞强"。此刻，花花看出华哥借着喝酒发泄心中郁闷已久的不忿和无奈，花花示意华哥放弃，有了这温柔的眼神，华哥稍有安抚，打个饱嗝随波而下买了花花的账，说："算了，波波，我喝不过你，行了吧。"

蓦地波波哈哈大笑，"华华哥，跟姐喝，你你得趴下呀"。话末，噗一下喷射出又馊又酸的食物，稍带一股酒气，熏得我往后跟跄几步。花花掏出白色的手巾给波波擦嘴，波波挪过花花的手不慎又瘫软在她怀中。强哥上前驾住波波，花花也搭了一把手，往前面大门走。我跟到大门边看他俩两手不得空，打开店里前门的横闩，目送他们朝供销社商店走去，走在十字路口波波不挪腿了，说："我、我不走，小强子，你嫌姐。你、你不像华哥，对花花这么好。其实，花花家里极力反对，可、可华、华哥意志坚定，一如既往对花花好。你没看到他俩眉来眼去，哪像你，一直厌恶姐。"花花

生了气，"波波，你羞不羞啊？"她左手轻拍波波的后背，又责怪说："波波你别乱说啊。"波波好像没听到又"哇、哇"呕吐起来，一股酒气随之散发出来。

"波波，华哥是正式工，也这个药店的经理，有前景的人。不像我，还是临时工一个，你呀我也高攀不上。"强哥谦虚又显自卑。"小、小强子，姐姐我不嫌你。"花花腾出一只纤细的手指，掐了一下强哥，"小强子，别扯上我"。

"小、小强子，你、你他妈的，说不定，你小子另有其人，怪不得，每到集日，你和华哥就不出门，你以为我和花花不晓得。"波波说话有点舌头打卷。"哎哟，波波你冤枉我，逢集这天我累得腿打软脚抽筋啊。"

花花有点嫌波波醉酒说乱话，"波波，你快莫说了，我跟着你都丑死了"。

转眼，强哥回来，对站在门口的我说："志哥，波波喝多了。"我笑着说："酒醉心里明，强哥，看来波波很喜欢你。""别听她说胡话，她有意并不代表她家。""唉，志哥，"强哥哀叹一声，"以我现在的身份，你也不是不晓得，也不知能在这里干多久？所以，我尽量不让自己陷入感情的旋涡。波波的父亲是这个乡的副书记，母亲在区供销社，要是他们知道宝贝女儿找个临时工，会暴跳如雷，迟早会他们被拆散，我有自知之明。到时，我的命运也如华哥一样。花花与华哥都有这意思，供销社人也想促成，不知怎么就传到花花父母耳朵里。花花父母在区里当干部，暗地找一个人给华哥丢下了狠话。我也为华哥的爱情而惋惜，你说华哥这么优秀，花花的父母怎么还不知足？""志哥，华哥不像你，他初中毕业，抵职来的，又先天缺陷，少一根指头，两只耳朵一大一小，不忒对称。""华哥为自身的条件自卑和苦恼，受到这种打击，心灰意冷，所以，从那以后，华哥再也不去花花的宿舍。""强哥，看得出花花对华哥有意思，不然她不会来我们药店。他们情意不断，彼此欣赏，今晚就能看出。"强哥摇着头，默然不语。

我和强哥回到加工室，华哥在打扫啤酒瓶和花生壳，抬头见我们来，说："强哥，她们是你喊过来的？""华哥，她们自己来的。""哦，来了也好，认识我们的志哥，你跟她们说了不？""华哥，你的嘱咐，随时谨记。"

强哥和华哥暗语般的对话，使我的心又被温润的东西柔软了一遍。

三

　　黄荆药店杂事多，不像公司或大型的总店，分工细，比如有经理、会计、出纳、炊事员，有专管发药的营业员，有专事中药炮制的加工员，还有采购药材的业务员，上班八小时，按时上班下班。不像这小店，一个人身兼数职，就说华哥，既当经理又当营业员、加工员、炊事员。难怪人不愿意下来，工作时间从早上六点到晚上八点远远超过八小时。尤其逢集的上午，三人手忙脚乱，铺面上挤满了人，黑压压的一屋，拿单拣药的、瞧病的。

　　药店聘请了当地有名的韩医生，逢场必来。一张诊桌摆在紫红色药柜的对面，上面放置磨得有些光滑的药箱，耀眼白色的十字昭示着治病救人。韩医生的前后，患者和病人家属围得水泄不通，看完一个病人就开一张处方，往铺面一放。药单子在铺面堆积厚厚一叠，幸好，老顾客刘叔的女儿雪儿来帮忙，她下山来跟她娘转单，她娘常年半身不遂，是个"药罐子"，过三五天又来拣药，一般有挖出中药材挑下山的就是刘叔。每次雪儿进药店时，花花和波波不自觉地从供销社商店大门走出来，脸上没有一丝笑容，站在十字路口朝我们药店紧张地偷望，看到雪儿在铺面上忙碌而失落离去。雪儿生得灵巧又勤快，看事做事，把药店当作自己的家，看我们三人拣药忙不过来，烧茶水，泡茶，给吃西药的病人倒白开水，还当韩医生的助手，调药、涂药、打皮试、挂吊针。看我们三个打仗一样在药屉里抓药，囊括烧水、倒茶、打扫卫生，快到中午时分，她一声不响地进入厨房做饭，减轻了我们工作量。长久以来，我们对她产生了依赖性。

　　下午快一点，铺面上的人稀少下来。雪儿准备好菜肴，看我们拣中药、发西药像打仗一样。她插不上手，就去华哥的房间，看昨天有没有换下的衣服、鞋袜，发现没有，就去清扫卫生，不管地面干净不干净，拿上屋角的棕扫帚重扫一遍，或拾起竹椅子上的鸡毛掸掸一下整齐方角有致的被面。强哥和我一样，最不喜欢洗衣，看见雪儿从华哥房间出来，甜着嗓子喊，

"雪姐，帮我洗一下衣"。雪儿比强哥大一个月，强哥喊雪姐。她踅转进入强哥的房间，看到波鞋内有臭豆屎味的一双袜子，捂着鼻子，手掌对着袜子连扇气味，还差一点被熏倒。"小强子，你几天没换袜子?""雪姐，才穿一天，我脚出汗。"雪儿把强哥的脏衣裤和袜子丢下铁桶内，又进了我的房间，看到老药柜上放了几十本书，惊艳起来，说："不愧是大学生，书这么多，从医药、历史到文学，啊呀。"啧啧地赞赏一番，又看到床铺上换下的一条蓝色的长裤没洗，放入铁桶提起往厨房的水池走，洗完晾晒后，她又回到我的房间，在书柜上欢喜起来，像只快乐的蝴蝶，把每本书当作花朵，眼睛应接不暇流连忘返。她小心翼翼地取出一本《药材种植》欢喜起来，摇晃着书，走到我面前说："志哥，我借去细读。"我正拣药，手停了下，心想来这终于找到同样爱书的人了，爽快地答应，"好，你拿去"，想起她家和村上种植许多药材。雪儿正翻开头一页，认真啃了起来。阅读了一会儿，她依依不舍地将书暂放在一条竹椅子上，想起要炒菜，就跑到了厨房。

　　我肚子饿得咕咕叫，考虑到这帮等待买药的病人从山区来小集市比较远，急着要带中药回去煎熬。我憋着没办法，继续抓紧拣药。柜台上还剩几张处方，都是离家不远的病人，他们也不急，看我们忙，说下午来拿中药，回去吃饭去了。三人合力拣了最后一张急要的处方。雪儿从厨房出来叫我们吃饭。那个顾客也安心地等到此刻。华哥叫顾客一起随便吃点，可那个顾客谢绝了，提起一串药包出门。

　　上了饭桌，我顾不上文雅，端起饭碗狼吞虎咽起来。强哥坐在桌上，慢悠悠地伸了一下懒腰，长长舒了一口气，拿上筷子，看四个荤素搭配的菜碗，不忘夸雪儿，"春芽煎蛋好，有浓香又没烧焦"。雪儿握着筷子欢悦地斜眼望着吃饭的华哥，可华哥一本正经与韩医生谈论处方中一味药的用量。雪儿在意华哥的表扬，顿时，她的笑容遁去。我捕获这情形，心想，"华哥真艳福不浅，女孩一个又一个喜欢他"。强哥也看到这幕，安慰说："雪姐，下午你别回去，帮店里洗洗快发霉的中药饮片，吃了晚饭，要华哥骑单车送你。"雪儿又一次觑了一眼华哥，看他连眼角的余光都未投向自己，失落地摇了摇头，说："我不了，娘晚上要吃药。""雪姐，姨的中药这就没有了? 你拣去才三天啊。"强哥狐疑地问雪儿。"小强子你吃完饭去跟我拣中药"，说完放下筷子，雪儿起身去厨房拿热水瓶，回来给吃完饭的韩医生冲了一杯热茶。韩医生端起白色的茶杯，小心地吹了又吹，啜了一小口，又见雪儿端着华哥的沏满茶水的保温杯，走近华哥。接了保温杯的华哥转头朝雪儿笑，"雪儿你也辛苦了，赶快去吃饭吧"。雪儿听华哥关心的话心里欢喜，走路都带风，往餐桌边坐下来，边扒饭边注视着华哥捎着茶杯独自去加工室。

强哥一个人进入柜台拿起戥秤给雪儿娘拣中药。一般情况散集后留一个人守店，接待零散的顾客。我拿上只竹畚箕上中药饮片，经过一个上午处方调配，大部分抽屉里空空如也，需速补充，我就去小仓库拿饮片填充空屉。

华哥一人在切制黄芪饮片。中药饮片制作过程复杂，从土壤里出来到采撷到晒干到交易，又进入零售店的加工，经过清洗、浸泡、切制、晒干风干，逢上阴天和雨天得要火烤。干后，辅料炮制，或沙灸、或油糠炒、或牡蛎粉炮制，有的中药如熟地和黄精还要蒸晒，一样程序都不能少，用酒作辅料增强去伤的功能，用盐炒补肾，用醋暖胃，治病救人来不得半点马虎。至春夏，气温适宜虫、霉繁殖，三日不晒，生虫发霉。中药一旦虫伤鼠咬霉烂变质，损失不说，还没药性。黄荆国药店，要求更高的饮片质量和规范操作，已向省药材公司申报创立"示范药店"。饮片规范，炮制火候到位，药剂员熟练又调配合理合规合程序，一样少不了。

雪儿进入加工室向华哥打招呼后，提起她妈的中药往外走不忘频频回头。我看到这一幕，对强哥说，"我们店里缺一个生火做饭、烧茶、扫地和收场的女人"。"志哥，你说的没错，原来逢集日请了一个中年妇人弄饭，后来她得病再也没来了。""哦，这样的。""之后华哥和我商量才请了雪儿。雪儿因娘的病多次来店里拣药，自然熟悉，勤快又贤惠的人又看我们忙不过来，就主动伸出手。她跟我们合得来，尤其喜欢跟华哥在一起，聪慧又眼眨眉毛动。后来，华哥向县公司领导汇报，上面考虑她的困难，同意每月补助六天工钱。雪儿坚决不收，说力气是用不完的，闲着也闲着。华哥在她娘的中药里减去工钱，雪儿先不答应。华哥也不客气地说，'雪儿不答应，就别怪我，以后你妈的处方不要来我们这里拣了'。这下逼得雪儿没办法。""哈哈，强哥，雪儿喜欢来这里，可能与华哥在一起心情愉悦有关。"

"对对"，强哥想起气咻咻地说："花花父母还嫌华哥有破败，不只他家有好女，我们华哥还是抢手货哩。"我也附和，"对对，我们华哥哪样不好，要人品有人品，要能力有能力"。

铺面上刚轻松下来，波波一个人跑来，在门外伸着头往里头扫视了一遍，见没有华哥，就兴师问罪，"小强子，山里的丫头又来了？""波波我口里没味，你没读书呀，丫头是你叫的，她是我们的雪儿。""呀呀，看这口气，胳膊拐上了，伤了你的心。""波波，没错，雪儿逢三、六都来，你和花花不是不晓得，她是我们县公司请的帮工。"强哥说得轻描淡写。"你和华哥没良心，见了女孩就忘了姐。""啊呀，你为这事来？波波你放心，我们不是没道德底线的人，你晓得我们累得手麻脚抽筋，哪有时间出来到供销社商店找你们闲聊？"他又低头故意放下身段，瞅波波问了一句，"波波来还有别的事不？没有的话，你就别来凑热闹了，我们忙得很啊"。"哎，小强子，你这叛徒。"波波突如其来的话，怔住了强哥，他惊讶地瞪大眼睛问，"波波到底什么事？你快说呀"。"小强子，那天晚上，我和花花到你们店喝酒，消息是不是被你漏出来了？今天，花花的父母又来，臭骂了花花一顿，到现在花花还很委屈，眼睛都哭红了。""真有这事？波波。""小强子我几时骗过你。""怪了，我俩这几天没出门啊，更不要说华哥了。""哦，我想起来，波波，那天晚上你们进来时后面好像跟一个年轻的高个的男人，当时我没看清，想问你又忍住了。""哦，小强子，我想起来了，一定是他，他妈的卑鄙无耻。"波波突然悟出也没有好话说……"那个人利用工作便利，时时调戏花花，大白天还想捉花花的'兔子'，被我和花花骂得狗血淋头。花花厌恶至极，没格局肚子又没货、土不拉叽的，还癞蛤蟆想吃天鹅肉。他还嚣张至极地对我们说，'别以为你们自己是金贵女人，可比起雪儿你们差远了，没她纯洁和漂亮'""呵呵，怪不得黄鼠狼惦记着鸡雏。"强哥窃喜。波波也不客气地回道，"还幸灾乐祸，不好好护姐，到时你和华哥连一根鸡毛也拔不到"。"嘻嘻"，强哥嬉皮笑脸地说："波波，想得鸡的羽毛也容易，编竹笼把两只小母鸡囚起来，既防色狼又容易捉拿。""小强子，你这坏蛋，打你个没正经的"，波波气得伸手追着强哥打。强哥往自己的房间一闪，转头戏一句，"来呀，一起入洞房！"

波波臊得满脸通红，停止追赶，转身出门。

我忍不住，笑得肚子疼，静下一想，商店哪个高个男人，怎么会扯上雪儿？问强哥，"这事要不要跟华哥讲？"强哥哪想到这一层，埋怨我多嘴，哎呀一声，"我的志哥，这会刺激华哥的"。

四

初来乍到，我不习惯药店工作和生活。在公司业务科，出差时，在火车和客车上也不会闷得慌，阅读一两本喜欢的书愉快地打发闲暇，除精力集中洽谈外，还算清闲，可玩可耍，也可观光浏览风景名胜，也可逛商场和超市。没出差时，准时上下班，在食堂就餐后，回宿舍洗漱，之后，开始阅读与写作，不沾电视、不打牌跳舞，日子其乐融融。来黄荆药店就没多少时间供我自由支配，一天到晚在店里忙这忙那。这还不算，有时自己还要扫地、做饭、收拾。等吃好饭，洗漱好，时钟不知不觉地转到晚上十点，拿起书，没阅完一个章节凌晨将至，疲惫入睡。华哥早就响起鼾声，他一般不出去，守在老掉牙的旧电视边，看一会儿电视连续剧，电视开启时，刺啦刺啦地响，银屏满是雪花点，不清晰时用力拍打几下电视机上面，嘣嘣响声过后，图像又回来了。强哥晚上多部分时间出去，与年轻的男女相会或谈天说地，或跟其他单位的人玩牌。邀了我几回，我以没时间推辞，强哥就不再叫我。有次，强哥出去反手掩门，华哥追了出去，没追到强哥。我也知道华哥的心思，默然中被他感动。强哥不出门这天，在家也不看书，和华哥聊一会儿天，一般十点之前就上床入睡。

等到次日清晨，我醒来，开灯再读，刚看完有趣的一页，第一缕晨光从窗口射来。瞧了瞧闹钟，六点了，正是开店营业的时间，我不得不打住刚刚涌动起来的兴趣。华哥路过房间，看我匆匆地穿衣，"志哥，多睡一会儿，你挑灯夜战，睡得晚"。我听到这关怀的话揉了揉惺忪的眼睛，抹着嘴角还留有的昨夜的梦涎，说："不行，入乡随俗。"去厨房打了水，走出侧门在屋檐沟边洗漱。又去铺面掸灰、洒水扫地、端十多个圆簸箕的饮片去外面晒太阳。这样一来一去，原来的工作和生活的时间秩序就被打乱了。

我郁郁不乐，晚饭仅扒拉两口，一个人也不说话，也不看电视，径直往房间走，之前华哥还打一声招呼。华哥知我有心思怕我憋出病，喊住出门的强哥。强哥心领神会，进我的房间拽着我往外走。我正龟缩房间，开着灯，望着天花板呆呆发痴。华哥推门进来，惊讶地说："老弟，你这是干什么？快跟强哥去供销社宿舍，那里有年轻人合适与你交往，以你的条件她父母不会反对。"我没答他，苦笑摇头，华哥又把我心思猜错了。知道他为我好，也晓得他说谁了，可我不夺人之爱。

翌日，我在营业间察看抽屉里的饮片泛霉生虫情况。陡然，一个洪亮的声音在喊，"小胡经理和小强子"。我抬眼见到刘叔，忙打招呼，说："刘叔好，华哥到县公司去了，强哥在厨房水池洗药。"刘叔下山为老婆拣药，顺便给一个山里人捎一味雄黄。我二话没说，看到柜子角落上摆着长方形的木箱，写着墨黑的三个字：土雄黄，见雄黄两字，没考虑土雄黄和雄黄的区别，称了100克给他。本应发药先审方，发完后，要另人核对。等我喊强哥对药方时，刘叔急着提起中药和一包土雄黄向我笑了一声跑出门。当时，我看他走远，就没有喊强哥。

次日，漆黑夜晚，十字路口，人声喧嚣，药店的大门擂得如鼓响，"快开门！"我没有睡，哪里遇过这场面，吓得战战兢兢。华哥和强哥被响声惊醒。华哥趿拉着拖鞋出来，一看全是愤怒的山里人，惊慌地上前问带头闹事的人，"什么事？"带头的说："昨天，我在你们店里买的雄黄，把它给我的猪崽和猪婆食了，它们全被药死了。"有一高个子吼道，"别跟他们废话，赔钱。不然，我们住在这里不走"。强哥一时慌神，抹了一把胸部。华哥客气又声音缓和地说："我是药店的经理，请你们不要冲动，等我了解情况后，再给你们答复。"华哥转身问强哥，强哥蒙了，摆了摆手，说："他没称过雄黄。"华哥又向墙角的我走来。这时，强哥忙掏出白沙烟向屋里闹事的人撒了一圈，烟雾缭绕之后，紧张的氛围减轻了一丝。顷刻间，情绪激动又亢奋的声音又一次出现，"胡经理，别磨蹭，赶紧拿出赔偿方案"。华哥看着我低下头手抱紧身子缩成一团，知道是我发错了药。他惊了下，再没之前的临危不乱，似乎被一种责任压得喘不过气。华哥骤然如火烤的树叶枯蔫了下来，几乎成了罪人，求着对方原谅，把对方来的十多人待为上宾，安排椅子让他们坐下，还答应赔偿，想让对方的情绪稳定。

对方依着占理，气势蛮高地说，"你店药死了我八只小猪和一只母猪，要赔钱不低于 800 元钱"。我的脑袋嗡嗡地响，腿软了下来。我一月才 46 块，要集两年的工资。想着这里，我更加惊恐和害怕，急得手和脚都抖了起来。华哥不同意对方报出的数目，说当按猪肉的行情也不过 450 块，他们狮子大开口。对方恐吓道："今晚不答应就不走了，明天还继续闹。"事件弄大，影响极坏。县公司也会知道，我三年的工资提级和评先评优也会断送，还涉及药店声誉，影响我店省"示范药店"的申报。

十几人愤怒的情绪无法控制，放肆和嚣张随之而至，有的蹲在木凳上，有的坐在韩医生诊桌上，有的往铺台上撒烟蒂，都向我们叫嚣和逼迫，这些嘈杂和纠缠不休的情形，让我完全蒙了，由于自己的疏忽，造成人家的财产损失，又让人家闹成这样。顿时，我脑子像水洗过一样一片空白。

华哥向强哥使眼色，强哥随华哥走进他的房间。华哥说："看来不赔钱对方不会罢休。""那就我们赔吧。"我顾不得害怕，也跑进来，说："胡经理，强哥，这事是我粗心大意酿成的祸，我负责赔偿。""志哥，这事你莫添乱"，华哥安慰我说。我不好再插嘴，耷拉着头，唉声叹气地出去了。

外面黑暗，十字路口上出现一束手电光，如萤火虫一样的闪烁。刘叔和他女儿雪儿两个人气喘吁吁地跑进药店。我心一热，遇到救星似的迎接刘叔。他脸色寡白，进来脚有点打颤，强哥迎向前扶住他，豆粒大的汗珠从他前额滚了下来，他用手一抹，一甩汗珠向远处飞去。他向为首的走去，"唉，我不是跟你说过了，不要闹国药店，我给你拣的，我来负责"。"刘叔，这不是你开的店，也不是你发的药，这事与你无关。"对方知道，刘叔没钱，他老婆把他家底都掏空了，刘叔在空口打哇哇，到时赔钱没钱找谁要？"怎么没关系哩，是我买的，又是我拿回去的。"刘叔主动承担责任，委实叫我感动。"刘叔，你莫插手"，又有人说。几个人七手八脚地将刘叔搡至门外，他又挤进屋里发了火，"你们这是干什么？我们邻里邻居的，我也是为你们着想，别把事闹大了，打砸国有财产，到时叫你们吃不了兜着走"。对方带头的被震慑住了，如死猪一样默不作声。强哥又及时端了热水瓶出来，恭敬地给十几个山里人泡茶。刘叔顾不上阻碍，一心想替药店解围，又诚恳地说，"你们快回去，你家死的猪，按猪的行情由我来负责，我

总跑不掉吧，退一万步讲，我猪栏不是有只肥猪吗？今天，国药店的药剂员的确有误，可国药店这些年在收购本地药材、拣药治病诸多方面给我们山冲人提供方便和服务，我们不要为几只猪崽伤了国药店与我们的感情。”全场的山里人，面面相觑，焦急的目光全集中在受害方的身上，弄得对方为头的尴尬起来。

华哥拽着刘叔走到一边，说：“刘叔，感激您帮国药店化除矛盾，不要您替我们担责，只委托您作为中间人处理这事，我们不会亏待对方的。“又向强哥使眼色，强哥马上从房间拿出五百元给刘叔，拜托刘叔处理。刘叔拒绝给钱，可强哥硬塞入他的口袋。刘叔不好再推辞，说：“好好，交给我。”

对方见刘叔出面，又按价赔偿，都勾着，悻悻地回去了。

雪儿看到我坐在门后低头无语沮丧着脸，就知道是我闯下的祸，轻悄走到我面前安慰，“志哥，没事。别有顾虑，事情总会过去，听到发生这事，我和父亲立马赶下山，现在父亲又接手处理，对方也冷静下来，会没事的”。我听到雪儿安慰的言语，无颜面对，感激之情如泪水一样从眼眶中涌出。说：“雪儿，难为你和你父亲，你们救了我。唉，是我大意，对零售的工作不熟悉，造成人家的财产损失。”我情不自禁地责怪自己。雪儿笑着说：“志哥别自责了，孰能无过，吃一堑长一智，引以为戒。”我更感动，热泪一下奔涌而出如同决堤的洪水将惭愧和后悔一起发泄出来。雪儿掏出白色的手绢递给我，我闻到一股茉莉味的芳香。

这事暂且平息，雪儿和刘叔又回山里了。三个人坐在一起情绪低落，强哥掏出烟弹出一根给华哥，又向我弹了一根，本来我不抽，但我接下了，还狠狠地抽了起来，呛得咯咯咯咳起来。华哥抽了一口烟后，打破平静，说：“我是药店的经理，这事不上报公司了。发生这个事，我占首要责任，齐志是当事人占次要的责任，张强也有一点，对赔偿猪钱的分配，我个人的意思：我占 50%、齐志 30%、张强 20%。你们两位有什么意见？”我噌地站起，惭愧地说：“胡经理，不行，这事件因我大意造成，我负全责。钱，我回家筹集归还。”“志哥，这不行，华哥刚说的方案，不合当时情况，胡经理没在家，我是这店老员工，我和志哥负责。”“你们两位敢于承担责任是好的，但我是这店经理，负有领导责任，这事不议了，就按这样的决定。

我们吸取教训，药品安全重于泰山。"

次日，刘叔下山进入我们药店，对华哥说："小胡经理，没事，对方拿到钱，很满意，又去邻村买了一个猪婆崽。"我在华哥旁边挺高兴，刘叔给国药店化解了一场即将爆发的干戈，也给我前景的路上扫除屏障，忙感激刘叔。刘叔走时，又拿出一摞角元的两百元的纸币给华哥，说："我也有责任，这是我的一点意思。""不行"，华哥把刘叔的手挡了回去。望着刘叔的背影，我晶莹的泪花滚了下来，同时堵塞在心腔上的一块痰，一下子坠落，整个人清爽许多。

过一天，明亮的阳光射在营业间门前的台基上，暖洋洋的光芒铺盖大地。我看阳光万里，端了几盘饮片的簸箕出来晒太阳。

看到雪儿走在十字路上披着白色的孝巾，胸脯前系一根麻线，我咯噔一下，胸腔似重物从天空中坠落碎裂了一般，空落又惋惜，手下的簸箕嘭的一下掉在地上，飞出几片饮片。我慌张地朝大门走，见到华哥，就悲伤地喊了一声，"雪儿这是去哪里？"华哥走出铺面，停在大门口看到熟悉的身子往供销社商店走，悲悯地说："雪儿家里出事了。"强哥闻声跑出来，紧紧张张地往对面供销社商店跑去。

我和华哥悬着心等了好久。强哥一声不吭地回店，声音衰弱地说："雪儿真披麻戴孝了。"得到证实，华哥自言自语地感叹："这是怎样哪？"强哥叙述，雪儿娘听到刘叔给邻居捎药出了事，忧虑所积，一时想不开，二度中风，脑梗毙命。

脑袋被重物一击，轰然一声，我一阵眩晕，身体差一点跌倒。华哥上前一把拽住我，说："志哥别这样。"我悲伤的心涌出一丝负罪感，沉重地压得我喘不过气，发了疯地自责，"华哥，我对不起雪儿娘"。强哥摇了摇头叹了一声，"祸不单行，看这事弄的，一事接一事"。华哥向抱怨的强哥使了一眼，强哥欲言又止。华哥安慰我："志哥，谁都有个疏忽，别为难自己。"他又征求我的意见，"志哥我看这样，我和强哥上一趟山，吊唁雪儿娘"。"华哥，我也要去。"华哥迟缓地望着我，似乎有顾虑，说："志哥，不行，三个不能同去，得留人看店。"一猜，就知华哥的想法，我是当事人，避免去受害人家中。我强忍着泪说："不去给雪儿娘磕过头，我过意不

去。"华哥愣住了，面有难色。强哥主动让出，"好，你们两位去，我留在家"。"志哥，你也不要自责，与你没多大的关系。"

下午晴天万里，华哥揣着一百元和我出门。路过供销社商店，被门口的花花发现，她疑惑地望着我们有目的地前行。我心咯噔一下，身子晃闪，想提醒一直朝前走的华哥，心情不好便忍住。

走进巍峨的大山，树木茂密，鸟语花香。脚踩着阴凉凉的山径，落叶铺满了道路，足下软绵绵。华哥深有感触地与我聊起雪儿。"雪儿这人不错，手脚勤快，药店逢集真还离不开她。"我虽情绪不好，也附和，"是的，这次没雪儿和她父亲，我都不敢想，前途被毁，药店声誉也会损坏"。"雪儿实在，她家里人也实在"，华哥忍不住夸赞，"不比花花家。"我好奇地问："花花不是喜欢你吗？""快莫说，我与她不在一个档次。"华哥的内心隐藏很深，今天深情道出。"志哥，我不上山能行吗？"我点点头，"华哥你够情义"，又问："华哥，你来过？""来过，记得有三次。"

"第一次是逢集那日，黑森森的夜晚送雪儿回家。我打着手电，雪儿引路，俩人一前一后。出门时，雪儿关怀地对我说，'小胡经理，你走不了山路，借手电给我，就别送了''不行，我总不能让一个小女孩在伸手不见五指的黑夜爬山穿林回去？'雪儿拗不过大腿。两人一前一后，她欢笑地，如俏皮的小妹子缠绕哥哥似的，问这问那，每次我回答，她佩服得不得了，水汪汪的眼睛瞅着我，笑个不停。有时，闻到鸟叫一声，她故意一惊，哎呀呀的，双手紧抱颤抖的身子躲在我的后背，有时草丛出现不知名的动物窸窸响动，也是一乍的，之后她那毛骨悚然样子，又小鸟依人之状，弱小得可怜，我安慰她说，'别怕，有我在哩'。可到家后，她寻烟没找到，独自一人偷偷地跑去两里路远的村上代销点。我追出来，不见她的人影，望到一个墨黑又寂寥的小山头，焦急地悬着心。刘叔看着我笑了起来，'没事的，山里的女孩都习惯走夜路'。我豁然醒悟，她在耍我，但听到她的脚步声心又落下。她进门时看我担心地等在门口，抿嘴咯咯地笑，说：'小胡经理你愣怔啥！'"

"第二次是我带韩医生上山给雪儿娘看病。那闷热的六月上午，知了吱吱地叫个不停，两旁茂密的树叶纹丝不动，好在山上凉爽。我们在刘叔的引领下进入窄小的房子，雪儿在娘的床前服侍，看到她身姿婀娜有致，着一件单薄的乳白色的衬衫，满头汗水，经她的额头流向细长的白脖子，前胸湿透，湿漉漉的白衬衫贴紧皮肤，清晰地凸现出膨胀又发育完全的乳房，连同紫葡萄似的乳头也呼之欲出。泡茶散烟这刻，我瞅着她晶莹剔透的前胸血脉偾张蠢蠢欲动，幻想眼前是花花，差一点扑上去……发现自己失态，雪儿触电似的惊了一下，羞得捂住胸部，转身去房间换衣服。"

一想到雪儿冰清玉洁，华哥还想玷污，我不知哪来的火气，像一头发疯的公牛，用力冲向华哥。"志哥你这是干吗？"我闷头不吭声。"山路不好走，志哥你小心，别蹦跳"，华哥在喊。我仍然憋着怒火，默然无声。

华哥看我没有冒失举措，又接着讲：

"我呆呆坐在竹椅上，为当时差一点出格而后悔，又不知所措。韩医生正为雪儿娘看病。雪儿娘下身失去知觉，人还算清醒。韩医生扎脉后，沙沙地写了一张处方，与原处方相似只加重了制草乌制川乌的用量。刚写完，雪儿换了一件大号的黄军衣，低着头羞涩地从自己闺房走出来，羞愧得不敢看我。韩医生早约好患者，没吃饭一个人提前走了。我吃了中饭后才走，雪儿拿着处方随我下山。"

"第三次是秋高气爽白露时节，雪儿邻居种植的五亩芍药大丰收了。雪儿捎了信，请我去山里当一次加工师傅，得益于刘叔向山里人推荐，说我在种植和加工中药材方面承袭了父亲的技术。你也知道，芍药成为白芍有三个程序：削皮、水煮、干燥。水煮关键是时间，沸水在5—15分钟之内，捞出。我去给雪儿邻居指导，雪儿陪着我，给我打下手。完毕，随着欢喜的雪儿来到她家，看到躺在那张发出吱呀响声的木床上的娘有气无力地对她说：'雪儿，郭家冲王媒人跟你爹约好了，后天她带伢子过来，你收拾一下。'雪儿脑袋轰隆一响，惊吓一跳，然后翘起小嘴说：'娘，我还小。''雪儿，你不小了，娘像你这么大已经生下了你。再说，你看看娘这个身体，娘只想有生之年，看到你结婚。''娘，你又想哪里去了？娘莫操心，我的事我自会打算，你还是安心养病。''雪儿那怎么行呢？山里人都是明媒正娶。'我跟在雪儿后面，闻听娘俩的对话，吐吐舌头，尴尬地退出。雪儿娘看她后面有客人，把要说的话咽进了喉咙。刘叔进屋看见我客气打招呼，'小胡经理来了，坐坐'。雪儿娘又惊吓下，后笑吟吟地支使女儿说，'雪儿快给客人泡茶'。我和她父母闲聊一阵，出来，雪儿眼角都是红的，

闷闷不乐地跟在我的后面，突然说：'华哥，我去国药店住几天。'我一愣，这不是给我出难题吗？公司从没分配一个女同志来店，虽独住独出，毕竟男女住在一栋有点混居，人又少怕出事。雪儿看我迟疑，一副失望的样子独自离开。

"隔了一天，天色阴沉，好似整个灰暗的苍穹要往下坠。雪儿挎了一个蓝色的包袱，心情如当时的天色，见不到晴朗和明亮。强哥想今天不是逢集，就问雪儿，'你这是去哪里？''小强子，我想借宿你们店里几天。''好啊，我去腾床铺。'雪儿把包袱放在长条的木凳上，我在铺面间向雪儿笑，知道雪儿想逃媒，不好说什么，可心里另有顾虑，转身与强哥商量。强哥出来立马就改换了口气，'雪儿，我的被褥太脏了，我跟波波说一声，让你跟她搭铺，她的被单干净'。'好，麻烦你了'，雪儿得意地笑了。强哥出门后朝对面走去，一会儿回来偷偷跟我说，波波听说有位女客跟她搭铺，很高兴，后来，知道是雪儿，脸色立马阴沉，变脸比翻书还快。我一时不知所措。幸好，花花走出来，大度地说：'小强子，别为难波波了，雪儿可以跟我搭铺。'"

……

华哥的故事讲完，我们也爬上了一座树木茂密的大山，抵达一个有几棵矮茶树的小山头，沿着一条两旁有花草的小路进去，看见硕大的伞状的大樟树，后面一池碧水清清的小山塘，正对着一栋小瓦屋。我没言语，情绪低落，无名的嫉妒在看到这户人家后逐渐消失。

见出门迎接我们的刘叔，皱纹的脸上呈现出憔悴和悲伤，罪孽深重的我害怕上前，想乞求他的原谅，"刘叔，我是害了婶"。"小齐，快莫这样讲，她是老病磨的。"我心想，不管怎么样皆是因我而起，于是，奔向堂屋的雪儿娘灵柩前，对她的遗像长跪不起。雪儿连忙朝我三跪回礼后一把拉起我，说，"志哥，不要自责，这只是巧合，我娘天命难违，躲不过的劫数"。我想赎自己的罪孽，反而得到她的宽恕，我感激地望着善解人意的雪儿。

我和华哥回来，一直惦念着雪儿，盼着集日到来，只有这天，才能看到冰清玉洁的雪儿。许多的事要问，心里积累许多的话要说。晚上，我打开书，无法静心，呆呆发怔。眼前浮现山中雪儿的家，门前的招幡飘起像一根白色的雪带猎猎作响。披麻带孝的雪儿头上像落满一层白色的雪花，凄苦的哀乐随着铜锣和钹镲的响声从堂屋传出，又混淆一阵又一阵噼里啪啦的爆竹声放置在猩红棺材的堂屋内外炸响。炸飞的红纸，缀满跪在灵堂前的雪儿白头上，红白相映，似红尘与阴间相隔。好像此时自己亲临其间，腰间也扎上一圈白色的孝巾，穿梭在哀乐声和哭灵声响起的灵堂。

<h1 style="text-align:center">五</h1>

翌日波波又来了，见强哥和我在，她一闪身进入铺面后，坐在矮脚柜台上，双手放在膝盖上像药店的小老板娘。强哥绕过波波停在她眼前调侃说："我还以为哪个小丫头片子在偷吃甘草？""小强子，瞧你这张臭嘴，睁开你小势力眼看看，你姐还缺买甘草的钱？""哎哟，原是波波姐呀，算我眼瞎。"强哥一抱拳就往厕所里溜去。波波见强哥惬意地逃走，转身问我，"才子，昨天下午你们上山了？""对，上山吃丧酒。波波，你怎么晓得？"我很惊讶她怎么掌握我们行踪？"呵呵，逃不过我的眼啊，你们店里的临工雪儿在花花手里购买过酒席用的作料和一些副食品，她衣衫扣子上吊着一束麻线。"强哥撒了一泡尿出来插话，"看你波波有备而来"。"小强子，你闭嘴，我在问志哥。""哦哦，对对，波波，我们出门在路口看见花花"，我想起那天明白过来。波波大眼睛显得神秘，问我，"才子，你们的经理华哥呢？""在加工室。"波波趔身进入熟悉的切药房间，两人絮絮叨叨说了很久，波波不仅代花花询问还有传递讯息。咔嚓咔嚓的铡刀声，掩盖了波波和华哥的谈话声。

晚上，我在看书，被撞击的破铜烂铁嘶哑又刺耳的歌声打破了沉静，强哥在隔壁房间哼着《水浒》的插曲《好汉歌》。华哥蹑手蹑脚地进入我的房间，拍一下我后背说："志哥，你整夜待在房间这样怕不行，久而久之怕待得抑郁，人是交流的动物，出去散散心。波波今天邀我们店里的人到她

屋里聚一聚。"话没完，强哥就溜进来，高兴得跳跃，拍起手，说华哥提议好，拉起我的手就去。出于多次婉拒他的邀请，今天当着华哥不能再扫他的面子，我合上书本，扭扭捏捏地说："好。"起身对华哥说，"你也跟我们一块去"。"不行，药店总要留一个人。"华哥像是有难言之苦，我想起来波波在加工室找到他，可能向他透出有关花花家对他不利的讯息。出门之前，华哥在强哥耳根轻语，好像在吩咐强哥。我心里知道他们葫芦里卖啥药，越想越不对，这怎么行？我只是去坐坐，来这么久，能看得出花花与华哥、波波与强哥的关系。虽花花、波波与他们交往父母极力反对，但，我也不能将自己的目的打在她们身上，这是我交往的底线。

强哥把我带到花花房间，房里飘着一丝淡淡的清香糅合着水果味和胭脂味。我坐在矮小木凳上，腼腆得不知所措，低头不敢正视屋里的女孩们，似稚嫩的小伙子出来相亲一样，斜眼看到十几只红透的大苹果、一扎黄色的香蕉摆在垫上梅花塑料布的书桌上。花花泡了茶走近递给我，然后又张烟。我接下茶杯，忙摇着右手婉谢香烟，本性不抽。落落大方的波波也向我走来，指着另一个刘海大、长脸、略显微瘦的女子说，"这是玉玉"。"啊，玉玉好"，我低头站起来，不敢正视玉玉。波波埋怨我说，"才子，你像小女人似的，男子汉要主动"。我才抬起眼，身子不由得颤了下。波波又转了口吻给玉玉介绍我，'这是国药店的齐志，能写文章的才子'。叫玉玉的蜜笑，上前握着我浑厚的手掌，说："幸会，大才子。"可被玉玉的皮包骨一样的尖手指硌得生痛，我将手抽回来，马上面红耳赤。三个女孩像三只叽叽喳喳闹个不停的麻雀，围着我不饶。花花笑我，"你看你看大学生还怕丑，嘻嘻，握个手还如新媳妇"。玉玉用手轻抿嘴巴，莞尔一笑，说："我没看出啊！"波波仰天大笑，"玉玉，怪了，志哥在我和花花面前不这样，在你面前就局促不安，一般男孩在心仪的女孩面前就出现这种窘态。不信，你问小强子"。强哥心领神会同流合污，"对对，玉玉"。嘻嘻，玉玉娇羞又故作深情地瞥我一眼，咯咯地笑。她们一笑，我想起雪儿的清纯，反而胆生，假意迎合，斜眼淡淡扫视玉玉，一闪而过。玉玉捕获到不被重视的情形，长脸上的笑容渐渐凝固。花花和波波看出后，倒吸凉气，面面相觑。强哥惊得骇然，尴尬得起身告辞。

七

  集日那天，早晨初霞东升，天气晴朗。我问正开店门的强哥，"今天，雪儿会不会来？"他从懒洋洋的伸腰中惊讶地回过神，诧异地盯着我看，"这事我不知，她娘昨天才入土，家里许多烦琐的家事要她料理"。顿时，失望和怅惘立马写在我脸上。强哥看了我一阵，从我六神无主的样子中发现了什么，哈哈一笑，说："志哥，看来你喜欢上雪儿了，可你的父母会反对。"我没细嚼最后一句，而是否定没有这事，瞬间脸一阵羞红，忙跑出药店的大门，呆呆地站在门外，望了望十字路口。可岔路口走来一个身姿秀丽的女人，穿一件纯蓝色的夹克衫，身上斜挎一个浅灰色的布袋。看清是雪儿，我不由自主地笑着迎上，那种失而复得的欢喜，仿如一朵花似的烂漫地开在春天。雪儿见我就笑，我又有些忐忑不安，顿觉唐突，想说又说不出来。雪儿微笑地对我开玩笑，"志哥你来接我"。我腼腆地点了点头。强哥看这情景，迎面对进店的雪儿说："雪姐，我以为你不来了。刚才，华哥和志哥刚谈起你。""哎，娘的后事弄好了，不敢耽误店的事，就下了山。""好，雪姐，我们都盼着你哩。"我愣了下，看强哥是不是糊涂了？刚才没看到华哥向他打听雪儿。他说完，神色紧张地向加工室跑去。我看着今日的强哥，有点怪怪的。

  雪儿从厨房打一桶水过来，抹韩医生的诊桌，擦拭后桌面清洁和干净。正好，我和强哥在给药屉上饮片，我看到雪儿就停了手，从药柜边走出来，想帮一下雪儿，上前就将诊桌上堆积的药盘子搬开。强哥焦急地招了手喊："志哥，韩医生有洁癖，别去添乱。"我一时蒙了，这叫什么添乱？转头木木地看着强哥那严肃的面孔，也不好反驳。被惊怔的雪儿停下手，看着我和强哥，更蒙了。强哥觉察到，马上换了笑脸又解释道："雪儿细腻，这事一直都是雪儿做。"想着自己是个粗人不便插手，"哦，我真不晓得"。不过，热情被无意中泼了一瓢冷水，心沁凉沁凉。

  我转身回到药柜边，看雪儿抹完诊桌，又抹木条的长凳，又接着去用鸡毛掸拂去柜台面上的灰尘。从第一个顾客进来，不到半小时，一波又一波患者和病人家属往铺面涌来。有拣中药的有买西药丸子的，有等韩医生问诊开处方的，还有转单子的，木条的长凳上挨满人，柜台边也站满了人。中药处方叠成一沓，中药纸张摆满了柜台。我们三人手忙脚乱，或跑去仓库取饮片，或急着去加工室临时切制，或去厨房开火急炒。

时间晃到早饭时，我眼前没看到雪儿，不知她此刻在做什么，走进厨房，看雪儿在那给我们做早餐，她回头笑着对我说，"快了，志哥"。烫好鲜嫩的四小碗豆腐汤撒上一些葱花，青白相映，一看就有食欲；一碗散发着淡淡油香的青椒炒肉，一份水焖丝瓜还在锅里冒热气，发出扑噗扑噗的响声，吊着我的胃口。想帮一下雪儿，拿碗抽筷，不巧，华哥手拿戥秤不知何时出现在我面前，催我，"志哥，前面忙不开"。"哦，我就去。"回答后，见他又去了前面柜台，我就没挪脚，想吃了再去。早餐店里都是分开吃的，一个个来，便于有人在铺面为顾客发药。不一会儿，强哥又急速跑进厨房，拽着我就往铺面走，说："志哥，有人单独点你的名，说你拣药细心。"你真以为是那回事？其实不然。我有个习惯，发药时先看处方，后说出处方治疗的方向，再说君臣佐使药的功效，有些患者听我讲得头头是道，自以为我有两把刷子，其实我是三国的马谡。我急着出来，走到铺面间，排着长龙等着拣药的顾客，有几个病人看到我空了手，急着把自己的处方往我面前递，并没点名要我拣，也没顾客在等我。我提着戥秤，发现强哥的行为怪怪的。

雪儿等我们陆续地吃了早餐，清洗碗筷，到铺面上又给我打副手，我拣药，她帮我包先煎后下的中药，或临时捣碎的中药果实，不用我动嘴，只要我动手，她便明白，彼此心有灵犀一点通的境界，配合默契和愉快。强哥似乎醋劲十足，总在喊，"雪姐，快来帮我捣碎田七"。雪儿微笑答着，"不急，等弄完志哥这边的"。我心想，"强哥你眼红什么，不都是一块为顾客服务"。雪儿包完我拣的这张单的另包中药，去跟强哥配合了。华哥忙还过来打着飞脚，陡然，隔壁的邮政所来人说县药材公司来电话了，他出去一会儿就回来了，好像跟强哥说，下午要去公司开会，正好两点有一趟去县城的客车。强哥点了头说："华哥你放心去，店里有我。"强哥这般回答，似乎忽视了我。我心里不愉快，拣药时又望了一眼左边强哥和雪儿一块配合的场景，更不是滋味，心有不甘，喊着，"雪儿过来"。雪儿看了铺面墙

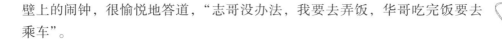

壁上的闹钟，很愉悦地答道，"志哥没办法，我要去弄饭，华哥吃完饭要去乘车"。

　　中饭时分，铺面的人慢慢稀了下来，此刻，大家缓了口气。快下午一点了，铺面没有顾客，可坐在饭桌旁边，我有意依靠着雪儿身边坐下。强哥看见惊了下说，"志哥，你别坐了，看你坐的那木凳的腿好似坏了"。我惊得起身把木凳提起走开，瞧了瞧，"没有呀？"瞬间华哥见我离开，把他自己的方凳移到我的位置正好挨着雪儿，且雪儿甜蜜地看一眼华哥，欢喜地笑起来。我一下热情的心陡遇冰水一样冷凉。强哥给我搬了另一方凳。我只好落寞地挨着华哥坐。刚才，强哥和华哥彼此恰到好处的配合，雪儿好像看明白了，我也发现，只要我跟雪儿走近，他俩就想阻挠。我心咯噔一下，惊得身子战栗起来。华哥吃了饭后，对强哥吩咐一番。强哥说，"放下心，店里有我，不会乱套"。

　　华哥出门，在十字路口上了去县城的客车。我一个人心情不悦地去加工室，留下强哥守铺面，恰好，一个患者急着拣药，一时半刻离不开。

　　加工室有华哥昨天浸润的苍术，已经软化。雪儿忐忑不安地进来，坐在我的旁边，说："志哥，你是个知识人，知道事多，有些……"她欲言又止。我放下药刀，看到她圆形的脸庞，白里透红，含有一丝腼腆的浅笑藏着不愿透露的隐私。我激动地说："雪儿你这不打我的嘴巴，呵呵，只不过喜欢看书罢了，没有什么阅历？""别这么说，我真想请教你，志哥。""雪儿，你说吧，我当你是最好的听众。"

　　"……这样的，我一个初中辍学表妹，跟母亲摆摊赶集。一日很凑巧，收摊时认识一个帅气又沉稳的乡税收员，他热情又善良，肯帮忙，一来二往，他们就熟悉了。

　　"表妹暗恋那个有魅力的小伙子，被他迷去，可他与乡政府的女秘书关系密切，对她的示好和追求视而不见。表妹很痛苦不敢去追。"我说："雪儿你表妹，不是自找烦恼吗？人家不爱你，不要一厢情愿了。"雪儿哦了一声，转身就走，脸色陡变，像快要下雨的天色暗沉下来。"雪儿，告诉你表妹，人生何处无芳草。雪儿你不是找我有事吗？你怎么走了？"

　　我追出门，强哥脸色凝重，说："志哥，你对雪儿没动手吧？"强哥的话震得我全身一颤，愣怔了，"没呀"。"没有的话，雪儿眼睛怎么红肿还有泪水？好似受了委屈般跑出了门。"

于是我跟强哥解释，他不听说，"志哥，雪儿在我们店来了一年多，还没像今天这样情形。志哥，以后离雪儿远点。"

"强哥，你这说的是人话吗？我齐志是这样的人？雪儿是我的恩人，我才追求雪儿，若我真动了她，她就是我的人。"强哥惊骇，忙说，"我相信你，志哥你别认真啰"。

八

第二日下午天色不明朗，有点灰暗。店里来了一对中年男女，像干部，我和强哥在柜台后面，我看见，这对男女干部好像从供销社商店出来。店里没顾客，进门时，我热情地迎上去，问："您俩需要什么药？"男干部笑了笑，女干部说："哦，买点甘草和桂皮吧。"强哥就给他们称。称完后，强哥上厕所去了。男女干部有点磨蹭，问这问那，后来男干部说，"你们店里有个大学生吧，姓齐"。当时，我有些疑惑，来这里不过半年，这里周围没有我的熟人。女干部察觉我的情形，忙插话，"这样，不要误会，有位熟人托我们打听，有没有这人？"说话很随意。我笑了笑说，"此人就是我"。"哦哟，你不错呀，专业学的是医药吧？"女干部眼睛笑眯眯的，扫了我一遍又一遍，好像从头到脚，仔细在端详。我尴尬地说："是啊。"心想女干部怎么这样看我？像是观察对象。男干部也向我微笑，女干部满意地拉着男干部的手，看没有外人不好待下来，想往外走。强哥出来，说："志哥，你的熟人来了，让他们喝杯茶吧。"女干部见强哥来，找到一种理由，在此店能心安理得地多停留一会儿。强哥客气地把他们迎进他的房间，又是泡茶又是散烟，不知他们聊什么，好像以我为中心，彼此谈得有趣。我守在铺面，不能进去聆听。只见男女干部出来，带着满足和欢喜，好像跟强哥混得像亲密无间的兄弟姐妹。

晚上，强子在厨房做饭，我在前面的铺面上，查看药柜的抽屉，有没有空下来。波波来了，见我就笑，"才子，华哥和小强子呢？"我说："华哥去上面开会，强哥在做饭。"她扫视一眼，见我没说假话，就说："你这小子，还可以啊，就博得花花父母好感。"我很惊讶，"波波你说什么？""我这人直来直往，下午你见到中年的一男一女了吗？""见到了，强哥与他们谈了很久。""才子，他们就是花花的父母，他们来看你，了解你的情况，他们对你非常满意。"我又一惊，蒙在鼓里。波波异样看我，说："才子，你还有手段啊。""波波，你在说什么？"我更加蒙了，像雾里看花。"别在波姐面前装蒜，才子智商不低，你还请了你县公司的副经理替你做媒。""波波，你在梦话吧，我真没有，连这个想法都没有。我知道，华哥和花花关系好。""这是你的真心话？""我骗你是狗，波波。"听了我的，似乎波波不那么激动了，说："才子，既然你也知道，就要先跟华哥说清楚，之后再去追花花，若花花有这意思，你再请人牵线不迟，才子，你这样先斩后奏的手段，你得不到花花，我也看不起你。"我想解释，波波不听，丢了这一句，气冲冲地走了。我再次一震惊，被这突如其来的插曲，委屈得要死。强哥喊我吃饭，我说："不饿。"强哥问我，"刚才谁来？""波波"，我阴沉着脸回答。强哥说，"这个波波疯婆子，好事还会被她弄砸"。

晚上我无心看书，想了想，这又是谁啊？公司经理们，或者华哥，在替我解决个人问题。即使这样，也应先和我说一下，搞得我一头雾水摸不到头脑。以后如何面对波波，更无颜面对花花，事情很乱，难绕出来。我不想蹚这趟浑水。花花和波波都是名花有主的，我来店也看出了也听说了。玉玉她们，只是花丛中飞舞的蝴蝶，没有落下的意思。我的脑子想到的只有雪儿，善解人意，单纯又重情还细腻。现在，我不纠葛了，也不想雪儿什么身份了，也不想父母的希望，人生短暂，找一个相知相熟又看重自己的女人，比什么都重要。面对这样的环境，我只有这样的选择。深夜，我写了一封情真意切的信，用上"相思、敬仰、喜欢、夸奖"等词语，折成一小纸张，慎重地揣在上衣的表兜里。

雪儿集日来店，抽屉里的党参和当归饮片不多，我去加工室去铡一点。

我摸兜里的小纸张，心怦怦地跳动如跑马一样，喊雪儿，让她帮我择药材。可华哥捷足先登，吩咐雪儿端盘晒饮片。雪儿愉快地去了，走时看了一眼华哥，眼神满是柔和温润。我有点嫉妒。雪儿看到我的情绪不悦，说："志哥，等会儿，我就来帮你。"她忙完又被强哥喊去，帮他放浸药池中的水。他俩同心合力要将我与雪儿分开。雪儿忙了一阵，回到加工室，细细在我耳畔说："志哥，我上次请教你的事，不要对华哥说。"我心里不高兴，故意说："那我和强哥说去。"她惊了一下，说："不行不行。"我又说，"哪天强哥要是追问，我真瞒着不说？""志哥，拜托你，替我保密，你想，强哥和华哥穿一条裤子。"雪儿显得紧张，我一下子开心起来。很快，强哥出现在我俩面前，生怕我俩在加工室做坏事。我问强哥，"有事吗？"他看了我一下，敷衍说："没事，我来拿饮片。"雪儿心情不悦地出来了。我想着怎么把信交给雪儿，又被强哥搅黄了，心情不悦地继续铡党参和当归。

雪儿吃了中饭，要离药店，我又摸了一下表兜，心不安起来，赶紧地向外追去。雪儿走得不见踪影。跑出十字路口，见花花在供销社商店门口含笑着向我招手，好似在喊，"才子，你去哪里？"想起请人做媒那事，我腼腆地转过头，脚步跑得更快，如箭一样往山岭射去。大概追了半个钟头，雪儿听到啪啪的脚步，回头惊讶，喊了一声，"志哥是你"。她好奇地停下脚步，想问我有事吗？我上气不接下气，喘着粗气，说："雪儿，我我……"说不出话了。她感到突然，一愣，有些不知所措。我马上从表兜里掏出那小纸张，交给雪儿。我手不停地颤动，脸红红的。她眼角有些湿润，稍显惊喜，说："志哥，这是给我的。"我点了点头。"志哥，你跑什么？"我不敢停留，转身就跑，边跑边按住胸脯，生怕蹦得厉害的心跳出来，跑上一里路，遇到供销社商店的那个高个喜欢调戏花花的年轻人，他好似去追赶雪儿了。

九

波波过来了。强哥看见她开玩笑，说："波波又来看我，有几天没来国药店了。想你强哥了。""去了你的，小强子，少油腔滑调。""才子哩？"

"啊，好像出去了，波波你有什么事同我讲，慢点我告诉才子。""不行，你这人嘴上没毛，办事不牢。""波波，别那么神秘。"我一进店满脸的汗水，跑得脸色煞白，呼呼喘着粗气，坐在长条木凳上缓气。波波看见，笑着跟我打招呼说，"才子，你这是忙什么？"我随意说："有一点事。""才子，有人要你今晚去一趟。"我说"谁呀？""你还要问，敢做就敢当。"我有点莫名其妙，说："波波，我做了什么见不得人的事？""你真不晓得，这就怪了。""才子，这也不是坏事，这是好事，你不要娇娇喜喜扭扭捏捏像个小女人。"强哥在柜台后面，看波波和我说话，笑了起来，好似他早知道这件事，我心想，波波进店之前，早就告诉了强哥。

"才子，你不要假装不知，话我传到了，你不去，就不能怪我。"波波说完就走。当然，明眼人一看就知道，波波和谁是闺密？

华哥从加工室出来，说："志哥，人家对你有好感，你就去走走，别失去这机会。听公司副经理说，她父母对你非常满意，就做通了女儿工作。"这下弄得很尴尬，又让我心里不是滋味。正好强哥走近，我一肚子郁闷无处发，就对强哥一阵抱怨，"放心，我不夺人之爱。""志哥，你放心，华哥跟我说，你来之前，他跟花花其实就断绝往来了。"我心想，怪不得他俩一直督促我与花花走近。

十

吃晚饭后，波波捎信的事，我忘到脑后。心情忐忑不安，我想着雪儿看完信后如何反应？会不会拒绝我与她深交？是否她在心里默许，此刻，她正在脑海中对我甜蜜回想。强哥好似从华哥房中出来，推开我的房门，说："志哥，跟我出去散散心。"我说："我心情不好，不想出去。"强哥不拐弯抹角了，直接说："志哥，既然花花捎信，你还是去一下。"我火气一蹿，就骂强哥，"老弟，你明知华哥与花花关系，还让我插一脚，你不怀好意，让我遭世人遣责"。"志哥，你想错了，花花父母认为华哥不是健全之人。华哥也有自知之明，早有自己的定位。""强哥，你的如意算盘打错了，我明确告诉你，我向雪儿求爱了，下午慎重向雪儿递了情书。""什么？你你，这对不住华哥和我一片苦心。""志哥你作践自己，雪儿人虽好，可她在山区，也不是吃商品粮的，到时，你的父母会反对。""我已经考虑好了。"

这时，咚咚的急促的敲门声响起，我想，不是波波和花花。自从花花的父母来我店一次，花花再也没有来过我店，只有波波一个人来。波波往常造访，走后门进。否定她俩，只有急需救命药的顾客，"吱呀"一声华哥推开自己的房门，又去拉开前门木闩，只听威严的一声，"我们是公安局的，有件案件与你店人员有关，需你配合"。我一震，惊吓得不得了，偷偷地拉开房门，静听。"你们国药店谁是负责人？你把他叫过来，我们找他有事。"华哥紧张起来，是不是店里又发错了药，上次药死了几头猪，还闹得不得安宁。我一听是警察，脚就打软，人命关天，不置人于死，警察不会找上门来的。我使劲地回忆，有没有发过毒性药物、精神药物、麻醉药物，这些药很少流到下面的国药店，而小毒的中药，我们还是双人双锁制。治咳嗽和镇痛的栗壳，在公司上班时中药部还有一点，到这里基本没看到了。华哥手有点微颤，哆哆嗦嗦地说，"我是，我叫胡华"。"好的，胡经理，你不要紧张，回答我们的问题，你们店里在集日这天，请一个临时工？"

"对，请一个是山区的，叫刘雪，我们都叫她雪儿。"

"是个女孩，年龄是不是二十岁？"

"是的。每月逢三和六她过来，早上六点准时到店，忙到吃了中饭回去，倘若这天店里很忙就下午三点回去。"

"胡经理，我们问你，今天下午雪儿什么时候回去的？"

"领导，下午两点。"

"你记清楚了？"

"记清楚了，她回去后，我店有个营业员叫齐志，紧跟其后出去的，我看了下墙壁上的挂钟正好两点零两分。"

"好，你去把你店的齐志叫过来。"

"领导，到底出了什么事？"

"胡经理，我们没问你的，你就别问。"

华哥进来，紧张地推了我一下，在我的耳畔轻轻地叮嘱一番，"如实回答，不要乱讲"。

我手抖得厉害，来到门市，看见一高一矮的两个公安人员很严肃，高的公安坐在韩医生诊桌，面视我。矮的公安坐在高的公安对面也是就患者的位置，手臂伏在诊桌上做记录。他们在我面前亮出警官证后，就开始发问。

"你是齐志？"

我点了点头，"是"。

"你把今天下午你的全部行程，复述一遍。"

"公安，我一直在国药店。"我不想把送情书的事说出来，感觉这事有点害羞，就隐瞒了。

"齐志，如实回答。"高的公安敲得桌子咚一声重响，吓得我脸色寡白，唯唯诺诺，说："好，我老实。"矮的公安取出一封带有血渍的信纸，放在我面前，"这是不是你写的？"顿时，我被一颗炸弹击中，随着轰隆一声炸响，脑子一片空白，我心里骂雪儿，"怎么这么没做人的原则，我又不强迫你，不同意就不同意，你报什么警……"

没等我想明白，高的公安对矮的公安示意一眼，就说："齐志，为了案件，我们带你回乡镇派出所，接受调查。"

"胡经理，请你理解，你店的营业员齐志与案件有嫌疑，我们必须带回审讯。"华哥点了点头。

我虽没戴上手铐，但被一前一后的公安押着上了一辆黄色的吉普车。审讯了一个晚上，高的公安问过我，以平常的心态与我交流。我如实地把我将求爱信交给刘雪时又害羞地跑离现场，回来时，看到供销社的那个高个的年轻人也往雪儿的方向走去……一一重复了一遍。当然，讲完这个情况，天已亮了，外面射出一缕晨曦。

次日我在派出所吃了早餐，被公安的吉普车送回黄荆国药店，华哥看见我一身疲惫，他悲伤地说，"志哥，你回来，这就证明你清白，与命案无关。你知不知雪儿昨天出事了"。我惊愕，无法相信。悲愤涌出，他叹息说，"雪儿好好的，走在熟悉的山路上，怎么会死啊？""华哥，你不要乱说。""真的，她被人勒死在一条窄小的山径旁边茂密的油茶林当中，脱得

精光，全身多处伤痕。被一个放牛娃发现，叫来她的父亲。哎哟，多好的雪儿被人害了。"华哥的眼睛湿润，声音哽咽。"志哥，公安的人没同你说?"我泪流满面地摇了摇头，说："华哥，他们只问我下午的事情。"

近几天，小集市的居民传得沸沸扬扬，好似是我奸杀了雪儿。不少人出现在国药店门口，有事没事，互相谈起这事或者直接向华哥和强哥打听这事。尤其小集市传说，有人在黄荆集市口不到三里路处的那一片水田边的路上，看见过我和雪儿在一起。我被公安放回来，潮涌般的流言稍微减缓。

次日华哥和强哥上了山，去吊唁雪儿。当然，我不能去，这事或多或少与我有些关联。他们情绪低落地回来，也没同我讲，好像这次之后，他们把我当作外人。雪儿的惨死，我的心情沉重，这更增加我一份难受。

事情水落石出，不攻自破，我的冤情得到洗刷，是花花和波波分店的那个人干的，我提供这个线索后，警察马上逮捕了那个人。一审讯，他竹筒倒豆子全倒了出来，他在花花那里得不到一点希望，又想到雪儿，晓得雪儿每逢集日来，又单独回去，通过一条山岭树木草丛掩盖的小径，一两小时无人影。于是，他跟踪雪儿，并表示想与她交朋友，遭雪儿拒绝后，干脆强来，一番打斗后，那个高个下了狠手掐着雪儿的颈部，致她窒息而亡，然后，进行奸淫。

这段时间，波波又没来国药店了。花花很少出现在商店的门口张望，反而，人蜂拥而至，有的在看热闹（这个小集市几十年没出现过凶杀案了），有的在控诉和诅咒这种缺德丧失人性的行径。山里人群情激怒，围在商店门前义愤填膺地嚷嚷：要商店负责赔偿雪儿。

一周后，强哥在门市上跟华哥说，"我要去对面送一只脸盆给花花，花花要调往县城"。华哥说："等等，我凑一份，你帮我一起带过去。"强哥说："好，华哥，不如我俩一起送，再买一只铁壳的热水瓶吧。"我想也来一份，考虑到他们能不能答应还是未知数，我也不可能厚着脸去凑在一块，再者，我也不想送礼，请人做媒这事是心中一条无法逾越的沟壑，到时，花花将我们三人的礼全退回，自己的脸面又置于何处？使华哥强哥的情分遭受不幸，会让我更难堪和不安。

过了两周，一天上午，县公司又下来一个年轻人，年龄二十多点，白裤白衣，找到国药店向华哥说，"胡经理，我来报到"。我咯噔一下，怎么来得这么快？我想离开让我伤心的这个地方，但我还没向县公司打申请报告，又想，也许我跟出现的这件凶杀案有所牵涉，公司怕我在这里工作难开展下去，派人来替换。若公司有这想法，也要先向华哥通一下气，征求我的意见。

晚饭后，我心情郁闷，想写又写不了，强哥轻轻地走进房间，说："志哥，我明天就走了。"我惊讶，突如其来的消息让我无法接受，想起店里新来的那个同事，就确定了这事的真实性。"强哥，你不是说过，要和我们待在这里，怎么说走就走了？""志哥，你知道我是临时工，转正无望，迟早要走，我姐要我去深圳，帮我联系了一个中外合资的中药厂上班。""志哥，花花调走后，波波也不想留在这里了，听说我要走，前天已经停薪留职了，和我一起去深圳。"

"志哥，这一年，我对不住你。我和华哥一直想撮合你和花花结成一对，事实上我们错了，在婚姻上只有自己能做主。近段时间，失去雪儿，看你心情不好，我们没与你一起玩了，不想触起你的伤心处。"我一把搂住强哥，流着泪水说，"好兄弟！"

十一

强哥走后，我的心情更糟透。去县城买书时，遇到在县人事局工作的同窗，他看我胡子拉碴，脸色黑沉，眼睛深陷，灰头土脑，说："你老弟，怎么弄成这样？"他听到我这一年情况后，他很惊讶我遭遇事业挫折和情感打击，"你怎么还在那个鸟不拉屎的地方？赶快去报考，县商务局正向外招考一个副局长的岗位，你们公司的业务不是属于县商务局吗？去报名吧，凭你的文化底子复习一段时间，没问题的。"我对他的用词不屑，黄荆这小

地方，虽让我有些伤心，但也是美丽又人情味十足的地方，不能说鸟不拉屎。我没表现出来，只是说："到黄荆国药店时间不过一年，不想离开。""哎哟，我的同学啊，你想没想过，你在国药店，你做到最好也就是个优秀的药师，可你考出来，可发挥你更大的潜力，服务商务系统，可为商业的发展做出更大的贡献。"回想起来，近段心伤，我接受了同学的建议。我从网上，从县人事局县组织部获得有关信息，进行了半个月刻苦复习，笔试拿到第一，面试第三，总分还是第一，竞争到县商务局的副局长的岗位。

那天，我乘车去县城报到，华哥送我，一路上他默默无声。他眼睛像是一夜没睡似的，或进了风沙，揉得又红又浮肿。他狠狠地咬着嘴唇，不让自己抑制不住内心的情绪而激动，所以他的喉结过分抑制后微微在颤抖。他默然跟在我后面，拿着我的被子和书箱。我也心情沉重地走在黄荆十字口，这地方还是原样，坑坑洼洼。我又望了一眼供销社商店墙壁上还有我来时的标语。

想看一眼时，陡然天上起风，我也分不清朝南朝北刮起的风。我感到那风来势凶猛，嗬嗬叫着，卷起青青的树叶和屋檐上的瓦片，满天飞舞。我和华哥忧伤的脸庞被叶片和沙土打着，华哥睁不开眼睛了。感觉今日的风有些怪，是不是雪儿化作的，来跟我饯行？想起雪儿，我就忍不住泪水簌簌地流……

到县运汽车停靠点，只能低着头，生怕飙风扬起灰土揉进眼眶，我眼睛朝下面。这时我发现了地面上摆着一大片一大片新鲜的野花，红红的、黄黄的。于是我弯下了腰捧起了一束说，"花多么鲜艳啊！"我嗅了嗅，没有一点芳香味仅草木和泥土味。是不是从雪儿家乡的山区摘来的？不知不觉地朝那里望去，眼前出现穿着蓝色夹克衫的雪儿，愉悦地向潇洒的华哥和我跑来，我们俩奋不顾身地冲向雪儿……知道是幻影，瞬间，我头一阵眩晕，险些跌倒。

突然华哥想起晒了一些饮片在外面，说："志哥，我不送了，快下雨了。"

我从恍惚中清醒过来，哽咽地说："华哥，你保重，我的好兄弟！"

黄荆国药店在我的视野中，慢慢地远去，但风越刮越大……